KB077322

시인이 쓴

꽃의
별주부전

시인이 쓴 독도의 별주부전
김병중 지음

초판 인쇄 | 2015년 06월 25일
초판 발행 | 2015년 06월 29일

지은이 | 김병중
펴낸이 | 신현운
펴낸곳 | 연인M&B
기　획 | 여인화
디자인 | 이희정
마케팅 | 박한동
등　록 | 2000년 3월 7일 제2-3037호
주　소 | 143-874 서울특별시 광진구 자양로 56(자양동 680-25) 2층
전　화 | (02)455-3987 팩스 | (02)3437-5975
홈주소 | www.yeoninmb.co.kr
이메일 | yeonin7@hanmail.net

값 15,000원

ⓒ 김병중 2015 Printed in Korea

ISBN 978-89-6253-168-8 03810

시인이 쓴

훈도의 별주부전

김병중 지음

별난 주인의식을 부드러운 붓으로 전하는 어느 시인 세관원의 이야기

연인M&B

독도는 육지와 뚝 떨어져 있다.
그래서 그곳만의 단단하고 작은 문화가 있다.
아무나 범접할 수 없는 곳
하지만 독도는 누가 뭐래도 엄연히 대한민국 영토다.
우산국의 깃털이 아니라
한반도의 영롱한 사리가 들어 있는 몸이다.
바위가 아니라 조국의 땅임을 외치며
진정 우리의 국토를 지켜 낼 수 있어야 한다.
동떨어진 바위섬같이 우뚝한 세상의 모순들
별의별 모순을 바로잡으며
두 번째 서른 살을 맞는
남다른 주인의식을 가진 나의 유별난 생각
그것을 별주부전이라는 이름의 책으로 엮어 본다.
망망대해의 작은 파도가 될지언정
작은 바람으로 날기 시작하여 태평양을 횡단하는
나비의 날갯짓을 시작해 본다.

2015년 6월
김병중

| 차례 |

제2부
|
문학과 대중

제3부

|

일과 열정

제1부

—

사회와 정의

박 대통령과 태극기

　초등학생에게 있어 방학이란 단어는 매우 즐겁고 유쾌함을 던져 준다. 특히 예전에는 옷이 없어 천둥벌거숭이가 되어도, 먹을 것이 넉넉지 않아 배가 고파도 이런 점이 여름방학에는 별반 문제가 되지 않았다. 런닝과 팬티 정도만 입어도 누가 이상하게 쳐다보지 않았고 마을 주변으로는 과실나무들이 지천으로 있었기 때문이다.

　1966년 8월, 나의 초등학교 5학년 여름방학은 내게 있어서 잊을 수 없는 한 해였다. 담임 선생님이 방학 숙제로 광복절에 태극기를 게양하고 소감문을 적어 오라고 하셨다. 언뜻 보기엔 쉬워 보이지만 당시 나에게는 혼자 해결하기 어려운 숙제였다. 태극기를 게양하려면 우선 태극기가 있어야 하는데 큰집에는 헝겊으로 된 멋진 태극기가 있었으나 우리 집에는 천으로 된 태극기가 없었다. 국경일은 모두 같은 날이기 때문에 태극기를 빌릴 수도 없는 일이어서 다른 방법을 생각해야 했다.

　문방구에 가서 큰 도화지를 사다가 크레파스로 태극기를 그리기 시작했다. 연필로 밑그림을 그린 다음 크레용으로 색칠을 했다. 건곤감리를 뜻하는 막대기 형태는 그런대로 그릴 수 있었으나 태극의 원은 둥글고 매끈하게 그려지지 않았다. 더욱이 원 안에 적과 청을 나누는 태극의 경계선은 이상하게 구불거렸고 색을 칠하자 모양이 더 이상해졌다.

　광복절 아침, 싸리나무를 깃대 삼아 도화지에 그린 태극기 가장자리에 풀칠을 하여 대나무 장대에 꽂았다. 대문 입구에 세운 태극기는 부는 바람에도 펄럭임이 없고 그저 기린 목에다 작은 명찰을 단 것처럼 멋이 없어 보였다. 국기는 나라의 표지(標識)로 한 국가의 권위와 존엄을 표상하는 상징이며 국가의 전통과 이상을 나타내는 것인데, 이렇게 무성의하게 종이에다 개발새발 그려서 게양한다는 것은 한참 잘못된 것이라는 생각이 들었다. 그렇다고 숙제를 내 준 선생님께 항의를 할 처지는 아니었고 숙제를 해 가지 않을 정도로 농땡이도 아니었다.

　아침부터 오후 나절까지 혼자 고민하다 묘안을 찾아냈다. 태극기가 없는 집이 대부분으로 나라에서 태극기를 보급해야만 된다고 생각했고, 나라에서는 조금의 비용을 들이면 국민들의 애국심을 고양시킬 수 있는 최고의 방법이라는 결론에 이르렀다. 그날 저녁 나는 방에 박혀 줄곧 편지를 쓰기 시작했다. 초등학교 5학년이 누구에게 쓰는 편지일까? 바로 하늘 같은 대통령, 박정희 대통령께 겁도 없이 편지를 쓰고 있었다.

'우리나라는 애국심을 가지라고 학생들에게 가르치면서 국기 한 장 보급하지 않는 정부가 잘못되었다. 광복절에 종이에다 국기를 대충 그려서 다는 것은 국기의 숭고함을 모독하는 것이다. 나라에서 하루빨리 국기를 보급하여 이 나라를 보다 단결되고 통일된 국가로 발전시켜 나가야 한다.'는 내용의 두 장짜리 편지였다. 연필에 침을 발라 꾹꾹 눌러 쓴 편지의 봉투 주소는 의외로 간단했다. '서울특별시 청와대 대통령 각하님께'

여름방학이 끝나고 2학기 개학을 한 지 며칠 되지 않은 어느 날 아침 선생님은 나를 불렀다. "너 혹시 대통령께 편지를 쓴 적이 있니?" 나는 즉답을 하며 선생님의 얼굴을 빤히 바라보았다. "청와대에서 여기 편지와 더불어 국기가 오백 장이 왔다."며 놀란 표정으로 나를 바라보시더니 뭐라고 편지를 보냈느냐는 것이었다. 그간의 자초지종을 설명하고 제자리로 돌아와 평상시처럼 공부를 하는 등 이후 특별한 문제는 없었다.

일단 편지를 보내 대통령께서 답신과 함께 국기를 보내 줬다는 소식에 기분은 좀 들떴지만 그렇다고 국기가 내 손에 들어온 것도 아니므로 그다지 흥분할 일도 아니었다. 그리고 며칠이 더 흘렀다. 선생님은 나를 불러 "태극기를 이렇게 내가 가지고 있으면 뭘 하느냐."면서 "마을에 가서 이장님에게 말씀드리고 마을에 나눠 주라."고 하셨다. 그런 선생님의 지시에 나는 그대로 순순히 따랐고, 마을에서는 대통령이 하사한 태극기 보급에 아이 어른 할 것 없이 자기들이 큰일이라도 한 것처럼 자랑했다.

사실 나는 이때부터 유명 인사가 된 기분이 들었다. 나를 알아보는 사람들은 "쟤가 대통령께 편지 써서 국기 받은 아이"라며 한마디씩 거들었고, 학교에 가도 학생들의 손가락질은 계속 이어졌다. 나도 모르는 사이에 소년조선과 소년동아일보에도 이런 소식이 보도되었고, 라디오방송에도 전파를 탔으니 그럴만도 하다는 생각이 들었다. 편지 한 통의 위력이 이렇게 대단하다는 말인가? 좀 의아한 생각이 들었다.

그러던 어느 날, 나는 그날 따라 평소보다 등교가 좀 늦었다. 아침 시작종이 울렸고 내가 허겁지겁 교실로 막 들어섰을 때 선생님은 굳은 표정으로 나를 바라보시며 기다렸다는 듯 앞으로 나오라고 손짓을 하셨다. 그리고 이끌리듯 선생님 뒤를 따라 교장실로 들어갔다. 문이 열리고 담임 선생님은 교장 선생님 앞에 무릎을 꿇고 머리를 숙인 채 아무 말없이 그저 처분만 바라는 무장해제된 포로 같은 자세가 되었다. 순간 고함과 함께 나무의자가 선생님의 머리 위를 지나 내 옆으로 던져졌다.

"나쁜 놈의 새끼들, 대통령이 보내 주신 태극기를 니네들 맘대로 처분해. 너는 이장한테 공부 배워서 중학교 가라, 천하에 고얀 놈, 빨리 가방 싸들고 집으로 갓. 어느 나라 족속인지 싹수가 한참 노란 놈."

그렇지 않아도 호랑이 교장 선생님으로 소문난 분인데, 잔뜩 흥분한 교장 선생님은 칼이라도 있다면 끔찍한 일이라도 벌일 기세였다. 영문도 잘 모르고 교장실에서 나와 나는 교실로 돌아왔다. 이대로 버텨야 되는지 아니면 집으로 가야 되는지 판단이 잘 서지 않았지만 그래도 내 편이라고 생각되는 담임 선생님이 고양이 앞에 쥐처럼 저렇게 몰려 있으니 차라리 내가 보이지 않는 게 좋다는 생각이 들었다. 가방을 둘러매고 집으로 터덜터덜 돌아왔고 아버지께서는 나의 이런 모습을 보고 왜 그런지 황급하게 연유를 물으셨다.

이후 학교 교장 선생님은 다시 아버지께 용서를 빌고 일단락이 되었지만, 담임 선생님은 나를 별로 탐탁지 않게 생각하는 눈빛이었다. 사실 선생님은 교대를 나와 임용된 지 얼마되지 않아 학교 물정을 잘 몰랐고, 그것을 순전히 본인의 편협한 판단으로 처리를 했으니 이로 인해 적잖은 평지풍파를 일으킨 것이다. 이 사건의 전말을 들여다보면 이러하다. 우리나라에서 최고로 높으신 대통령이 특별히 하사한 국기는 초등학교로 발송되었지만 도교육감을 통해 국기의 일부를 학교에 두고 행사 때 사용하라는 지시가 내려왔는데 그걸 다 나누어 주고 말았으니 교장 선생님이 화를 낼 만도 했다.

태극기가 왔습니다
대통령이 하사한 태극기 앞에
몸과 마음을 바쳐
충성 다할 것을 다짐하며
그렇게 사십 년을 살아왔습니다
태극기가 바람에 펄럭입니다
비가 오니 눈이 오나
태극기는 바람에 펄럭입니다
하나 태극기는 있지만
태극기를 우러러보지 않는 나라
이젠 숙제도 없고 국민의례를 거부하는 나라
붉은 주홍글씨 같은 광복절은
올해도 암흑절이 되어 가고 있습니다

_본인 졸시 〈나의 태극기〉 일부

나는 이때부터 대통령과 태극기에 대해 남다른 생각을 하게 되었다. 대통령은 나와 소통의 대상이고, 태극기는 국가를 상징하는 최고의 표지라는 신념을 갖게 된다. 투철한 국가관과 정의감이 공직으로 이어졌고 공직 생활 내내 성실과 청렴을 신조로 삼아 오고 있다.

요즘 국기에 대한 경례를 거부하거나 국기 게양을 반대하는 일부 시민들을 볼 때 나는 그들에게 말하고 싶다. 올림픽에서 금메달을 따고 국기가 게양되며 애국가를 부를 때 우리는 하나가 된다는 사실을 보라. 붉은 악마 응원단이 대형 태극기를 흔들며 태극 이마띠를 두르고 응원할 때 우리는 자랑스런 대한민국 국민이 된다는 것을.

부평역에만 사는 비둘기

지하철 1호선이 지나는 부평역, 인천항에서는 남북으로 가로지른 철마산을 넘어야 그곳을 갈 수 있다. 그 산을 중심으로 인천과 부평으로 생활권이 나누어지던 시절, 같은 도시 내에서 인천 택시와 부평 택시가 따로 있을 만큼 예전에는 고개 하나 넘는 걸 기피했다. 지금이야 터널도 뚫리고 지하철도 더 생겼으니 별반 문제가 아니지만 어쨌건 부평은 인천의 지하철 역 중 붐비기로 유명한 곳이었다.

당시 국제공항이 한 곳밖에 없어 나는 매일 김포국제공항으로 출근을 했다. 아침마다 만원 버스를 타고 부평역으로 나가 다시 지하철을 타거나 공항으로 가는 직행버스를 탔다. 대개 출근길에는 습관적으로 시계를 들여다보며 허겁지겁 서둘러 출근을 하게 되어 주변 상황을 별로 살필 기회가 없다. 그러던 어느 날 부평역에서 지하철을 기다리다가 1층 벽에 걸려 있는 눈에 거슬리는 안내판을 발견하게 되었다.

벽면 상단에 걸려 있는 열차 시간표는 큰 아크릴 표지판에 흰 페인트

글씨로 열차 번호와 열차 구분 및 시간이 나란히 적혀 있었다. 새마을호, 무궁화호, 그리고 비둘기호 순으로 표기되었는데 문제는 바로 '비들기'였다. 평화의 상징으로 통하는 비둘기의 맞춤법이 잘못 표기된 것이다. 그냥 지나쳐도 될 법한 일이지만 기왕이면 바르게 고치는 것이 낫다는 생각이 들어 시정을 해 달라는 전화라도 한 통 걸어야겠다고 생각했다.

사무실 출근을 하여 부평역으로 전화를 걸었다. 역무원은 내가 오류를 지적한 것에 대해 별로 달갑지 않은 반응이었다. 나는 그럴수록 더 정중하게 예를 갖춰 "바쁘시겠지만 시간 나실 때 잘 고쳐 달라."고 기분 나쁘지 않게 건의했다. 덧붙여 "검은 페인트로 비들기라는 글씨의 '들' 자에 아래로 한 획 살짝 내리그으면 비둘기가 된다."는 방법까지 말해 주었다.

그리고 일주일 뒤 나는 그것을 확인하러 일부러 부평역으로 나갔다. 하지만 확인 결과 크게 실망하고 말았다. 종전과 조금도 달라지지 않았기 때문이다. 기분이 좀 언짢았고 약간의 오기도 발동하여 다시 전화를 걸어 재차 부탁을 한 다음 한번 확인하러 오겠다고 단단히 대못을 박아 두었다.

그리고 열흘 뒤 확인을 하러 갔지만 다시 기대는 산산조각이 나고 말았다. 이젠 더 이상 물러설 수 없어 나는 마음을 단단히 먹고 마지막 칼을 뽑았다. 정당한 것을 왜 그렇게 하지 않으려는지 도무지 이해할 수 없었고, 조금의 노력만으로 고칠 수 있는데 민원인의 건의를 일방적으로 묵살한 저의는 무엇일까를 생각하면 금세 피가 거꾸로 돌며 머리가 뜨거워지는 것이었다. 이 문제의 해결을 위해 가능한 서로 좋은 방법으로 처리하려고 했지만 그것이 통하지 않았기 때문에 최후의 카드를 꺼내는 상황까지 이르게 되었다.

나는 그동안의 내용을 서면으로 정리하여 철도청 감사관실로 민원을 제기하였다. 민원 처리는 감사관실이 가장 정확하고 공평하게 처리를 하는 편이기 때문이다. 등기우편을 부치고 난 뒤 며칠이나 지났을까? 생각보다 빨리 감사관실로부터 답신이 왔다. 편지 겉봉을 뜯으면서 개선에 대한 성취감으로 기분이 유쾌했지만, 이것도 잠시, 내용을 읽어 내려갈수록 과잉 조치에 놀람을 금할 수 없었다. 우리나라 전국 역장에게 지시하여 비들기로 잘못 오기된 시간표를 새로 제작, 전면 교체한다는 내용이었다.

비들기를 비둘기로 고치는 건 붓으로 한 획만 그으면 되는데 그렇게 돈을 들여가면서 전국 역을 대상으로 새로 제작하는 것은 예산 낭비가 아닌가? 다시 감사관실로 민원을 제기하여 왜 그렇게 전면 교체를 하였느냐고 따진다면 그들은 뭐라고 대답을 할까? 이런저런 생각을 하다가 이쯤에서 마음을 접기로 했다. 나의 건의를 무시했던 직원의 소홀응대 민원을 바로잡았다는 것만으로도 충분히 역할을 하였다는 자위를 하고 끝을 맺는다.

잘못이 눈에 보이는 것을 보고도 왜 그냥 방치하는지 잘 이해되지 않는다. 요즘은 역사 속으로 사라진 비둘기호! 비록 그 이름의 열차는 사라졌지만 길가에서 평화롭게 모이를 쪼고 있는 비둘기는 여전히 역광장을 누비고 있다. 지금은 천덕꾸러기 취급을 받는 비둘기지만, 나는 비둘기를 보면 부평역이 생각나고 괜히 반가움이 앞선다. 가끔씩 내 눈에는 부평역의 비둘기 떼들이 머리 위로 가득 날아오르며 바른 이름 표기에 앞장서 준 나를 반겨 주는 듯하다.

　2004년 4월 22일 거대한 폭발이 평안북도 용천군을 뒤흔들었다. 용천은 신의주로부터 조금 남쪽에 위치한 압록강 하구의 도시이며 중국과 마주보고 있고, 화교들도 적잖이 거주하는 곳이었다. 북한 중앙통신에 따르면 '1톤 폭탄 100발 규모'의 폭발이 일어났다고 했고, 용천역 반경 1킬로미터가 폐허로 변했다. 사망자는 북한 당국이 초기 집계한 사람만 154명에 부상 1,300명이었다. 신의주 일대의 모든 차량이 용천으로 쏟아져 들어왔고 북한은 이례적으로 국제사회에 도움을 요청했다.

　그런데 폭발이 났을 때부터 이상한 소문은 유령처럼 국제사회를 떠돌았다. 이것이 우발적인 폭발이 아니라 김정일 국방위원장을 노린 암살 기도라는 것이었다. 김정일 위원장의 특별열차가 용천역을 통과한 몇 시간 뒤에 폭발이 일어났으며, 현장에서 휴대폰을 기폭장치로 한 시한폭탄 흔적이 발견되었다거나 심지어 운반 중이던 스커드 미사일이 폭발한 것이라거나 주변에서 아랍인들로 보이는 외국인들이 눈에 띄었다는 믿거나 말거나 같은 소문들이 꼬리에 꼬리를 물었다. 북한의 발표로는 인화물질에 불꽃이 튀어 사태가 발생했고, 그 원인은 비료의 원료인 질산암모늄이라고 했다. 이 질산암모늄이란 놈이 만만한 놈이 아니었다. 미국의 악몽으로 남아 있는 오클라호마 연방청사 폭발 사건에 쓰인 놈이 바로 질산암모늄이었던 것이다.

　여기에서 등장하는 룡천, 그것은 북한 지명이다. 룡천의 '룡'은 '龍'(용룡)이라는 한자 표기음이다. 그런데 우리나라 맞춤법에서 두음법칙을 적용하면 '룡'은 '용'으로 적어야 옳다. 우리나라 신문에서 대부분의 제목을 '룡천'으로 표기하고 있어 은근히 부아가 치밀어 올랐다. 우리가 북한의 표기법을 따르는 처사는 분명히 잘못된 것이다. 다시 말하면 문법에서 마저도 두 개의 대한민국을 인정하는 꼴이 된다. 북한에서 '이발관'을 '리발관'으로 표기하고 있어, 우리가 북한의 머리 깎는 내용을 보도할 때는 '리발관'으로 표기해야 한다는 우스꽝스런 이론이 성립된다.

자유당 시절 (이승만) 리승만 대통령은 리씨(Rhee)로 사용하고 그 외는 이씨(Lee)로 사용했다. 자신들만 진골, 성골이라는 특권의식 또는 선민의식 때문이다. 그러나 대법원 예규에는 한자로 된 성(姓)을 한글로 기재할 때는 한글맞춤법에 의해 표기하도록 규정하고 있다. 성(姓)의 한자음이 '柳, 李, 羅'는 두음법칙에 따라 '유, 이, 나'로 표기해야 한다. 다만 성명 기재의 경우 한자로 표기할 수 없는 경우를 제외하고는 한글과 한자를 병기하도록 규정하고 있으며, 교육부 간행 한글맞춤법 해설서에도 성(姓)의 표기 시 두음법칙이 적용된다고 강조하고 있다.

나는 잘못된 내용에 대하여 시정을 촉구하는 내용을 조선일보에 투고히였디. 그리고 내용이 보도되어 나의 뜻을 많은 독자들과 공유할 수 있었다. 정의감이나 공명심보다는 그대로 두고는 왠지 내 자신이 부끄럽다는 생각이 들어서였다. 하루빨리 통일이 된다면 이런 문제는 어렵지 않게 해결이 될 것이다. 하지만 우리 국어가 너무 외래어 투성이로 혼탁해져 가고 있어 상당수의 단어는 북한어를 더 살려 써야 할 것으로 생각된다.

어쩌다 북한에서 스포츠 중계를 하는 방송을 보다 보면 '코너킥'을 '구석차기'라고 말한다. 그것은 그냥 쉽게 웃고 넘어갈 일이 아니다. 생각보다 북한에서 순우리말 보존이 훨씬 더 잘 되고 있음을 보고 부끄러

위할 줄 알아야 한다. 나는 이따금 의도적으로 순우리말을 살려 쓰기 위해 연변어 사전이나 북한어 사전을 참고로 하다 보면 좋은 말을 꽤 뽑아 내게 된다. 고유한 우리말 속에는 우리의 고유한 정신이 숨어 흐르고 있음을 느낀다. 신문의 기사 제목 하나가 무슨 대수냐고 반문할지 모르지만 작은 것 하나라도 잘못된 것은 바르게 고쳐쓰는 것이 나의 도리라고 생각한다.

숨어 있는 비밀 숫자

88서울올림픽은 우리나라 건국 이래 최대의 국제 행사였다. 뭐니 뭐니 해도 우리나라가 개발도상국에서 중진국으로 면모를 달리하는 중요한 전환점이 된 역사적인 대회라고 할 수 있다. 인류의 화합과 번영을 추구하는 세계인의 올림픽! 그러나 내부를 자세히 들여다보면 국가 간의 첨예한 이해관계가 뒤얽혀 있음을 본다.

1972년 서독 뮌헨올림픽은 이스라엘 신수단 테러가 있었고, 1976년 개나다 몬트리올올림픽은 인종차별 문제로 아프리카 국가들이 불참하였다. 1980년 소련 모스크바올림픽은 소련의 아프가니스탄 침공으로 자유 진영이, 1984년 미국 LA올림픽은 자유 진영 불참에 맞서서 공산 진영이 불참하게 되었다.

이런 복잡하고 어려운 국제 환경과 갈등에도 불구하고 분단국가인 우리나라가 올림픽을 통해 세계 평화를 정착시키는 새로운 가교 역할을 하였다. 당시 회원국 169개 국가 중 159개국이 참가하여 사상 최대를 기록

한 것이다. '소비에트연방'으로 소련이 참가했고, 지난 올림픽에 불참했던 동독과 서독도 함께 참가했다. 중화인민공화국과 남북 예멘, 동유럽 공산국가 등은 물론 친북 성향의 아프리카 국가들까지 참가하게 되었으니 88서울올림픽이 가장 성공적인 잔치였다는 이야기를 듣는 건 너무도 당연하다.

행사 개최로 290만 명의 외국 관광객 방문과 104억 명의 TV 시청으로 4조 7천억 원의 고용유발 효과와 34만 명의 일자리 창출 등 막대한 이익을 얻게 되었다. 우리나라가 인지도 면에서도 6.25전쟁을 치른 가난한 후진국이 아니라 평화와 희망의 국가로 자리매김하게 되는 계기가 되었다. 때를 맞추어 88올림픽고속도로, 88올림픽대로가 개통되고, 88올림픽 체육관이라는 이름도 새로 생겨났으며, 자연히 우리나라 최고 국정 책임자는 올림픽 대통령이라 불려졌다.

1988년 9월 17일 서울 잠실 주경기장. 행사에 실수가 생겼는지 10만 여명이나 들어온 경기장이 일순간 조용해졌다. 그래도 아무 안내방송도 없어 사람들이 당황하고 있던 그때, 경기장 모퉁이에서 작은 소년이 들어선다. 빨강과 파랑이 한데 어울린 티셔츠에 흰색 모자를 눌러쓴 소년은 관중석을 올려다보며 달려 나간다. 소년은 굴렁쇠를 굴리며 달렸고, 세계는 은색 원이 푸른 잔디 위에서 반짝이는 모습을 모두 숨죽이고 지켜봤다. 전 세계인의 가슴에 강력한 이미지를 심어 주었고, 소망을 담은 굴렁쇠는 '세계는 서울로, 서울은 세계로' 연결되었다.

9월 29일 수원 실내체육관. 한국 대 소련의 여자 핸드볼 결승리그 마지막 경기가 열린다. 평균 신장 10cm가 큰 소련을 이기기엔 불가능에 가까위 보였다. 처음엔 우리가 우세를 보였고 전반은 13대 11. 하지만 소련에 연이어 5골을 내주며 휘청거리기 시작했다. 관중들은 목이 터져라 '코리아!'를 응원했고, 최종 점수 21대 19. 승리를 알리는 버저가 울리자 선수들은 그대로 코트에 엎드려 울었다. 한국 구기 사상 최초로 금메달을 거머쥔 순간이었다.

올림픽에서 우리나라는 종합 4위. 소련과 동독, 미국에 이은 대기록이다. 뿌리 깊게 박혀 있던 6.25전쟁으로 얼룩진 가난한 나라 대한민국은 올림픽을 통해 크게 반전됐다. 88올림픽이 추구하는 화합의 가치가 소련을 여러 개 나라로 분열되게 만들었고, 동서독과 남북 예멘은 각각 통일을 이루게 하였다. 하지만 '벽을 넘어서', '손에 손잡고' 세계 평화를 제창한 서울올림픽이었지만 정작 남북의 화합은 이루지 못하고 끝을 맺었다.

88올림픽, 지금도 그날을 생각하면 가슴이 설렌다. 나는 86아시안게임 시 성공적인 지원을 하였다고 자위하면서, 88올림픽 때는 더 큰 역할을 하리라 다짐했지만 내가 맡은 물자통관 지원만으로는 양이 차지 않았다. 당시 수입통관 부서에서 근무하여 통관전담팀에 이름은 올렸지만 특별히 내가 할 일이 많은 것보다 모두 열심히 수입신고한 물자를 신속하게 통관처리하는 일이었다. 결국 그 정도의 역할에 만족하지 못하고 무언가 의미 있는 일을 하고자 고민하기 시작했다.

그러던 어느 날 올림픽조직위에서 행사 개최와 관련된 각종 아이디어를 공모한다는 내용을 우연히 보게 된다. 은근히 구미가 당기고 나는 무엇인가 기여해야 되겠다는 생각을 하게 된다. 가루는 칠수록 고와지고, 생각은 오래할수록 묘안이 나오는 법이다. 자주 오륜기를 바라보며 무엇을 할 것인가를 생각하다 갑자기 뇌리를 스치는 것이 있었다. 다섯 개의 원으로 그려진 오륜기 상징 안에 숨어 있는 숫자 88, 바로 그것이었다.

오륜기는 1913년 프랑스인 쿠베르텡 남작에 의해 창안되었다. 흰 바탕에 왼쪽부터 청, 황, 흑, 녹, 적색으로 그려진 원이 오대주를 나타낸다. 색깔은 대륙별 나라들의 국기에 가장 많이 사용하는 것을 골랐단다. 청은 유럽, 황은 아시아, 흑

은 아프리카, 녹은 오세아니아, 적은 아메리카로 정했다지만 아시아는 황인종이라 황색, 아프리카는 흑인종이라 흑색이 아닌지 그냥 우연의 일치로 보기엔 유색인종의 차별 같은 개운치 않은 뒷맛도 남는다. 다섯 개의 원이 서로 고리가 얽혀 있는 형태로, 세계를 뜻하는 월드(WORLD)의 'W'자 형태로 배치하였다고 한다.

오륜기의 원 두 개를 일부분 겹쳐서 조합하면 '8'자가 만들어진다. 다섯 개의 원으로는 2개의 8자를 만들 수 있으며, 이 88이라는 숫자를 채색 또는 조명을 하여 88서울올림픽을 의미하는 여러 가지 상징을 만들 수 있는 것이다. 다시 말하면 '청색+황색= 8, 녹색+적색= 8자'가 되고, 중앙에 흑색의 원은 '태극의 틀'로 활용해 볼 수 있다. 이것을 다시 '청색+황색, 흑색+녹색 = 왼쪽으로 기울인 88'을 만들 수 있고, '흑색+황색, 적색+녹색 = 오른쪽으로 기울인 88'로 만들 수도 있다.

이렇게 보면 희한하게도 오륜기는 88서울올림픽을 위하여 만들어진 환상의 조합이라는 생각이 든다. 중국인들이 좋아하는 '8' 자가 아니라 한국인들이 더 좋아해야 할 '8' 자가 된다. 나는 오륜기에 숨어 있는 비밀 숫자 88을 잘 활용하여 서울올림픽 각종 행사에 활용하면 좋겠다는 아이디어를 정리하게 된다.

그것을 혼자만의 생각으로 오래 갖고 있을 시간이 없어 올림픽조직위로 서한을 보냈다. 그러나 답변은 "관심을 갖고 참여해 줘서 감사하다."는 말과 더불어 "오륜기는 존엄을 유지하기 위하여 그 칭호나 표장, 동일 유사한 상표를 만들면 안 된다."는 점과 "국제 신의의 입장에서 적절치 않다."는 내용이었다.

그 답변에 아쉬움이 남아 다시 답신을 보내 "그것은 표장의 훼손이나 상표 등을 만드는 것이 아니라 표장의 기본 형태를 변경하지 않고 조명이나 색깔로 개막식이나 폐막식 등의 마스게임이나 홍보 영상 등에 일시적으로 적절히 활용"하면 좋겠다는 점을 강조하였다. 얼마 후 "적의 활용하겠다."는 답신이 왔으나 끝내 88서울올림픽에서 오륜기에 숨어 있는 88 숫자의 진실과 효과는 보여 주지 못했다.

그 후 2014년 러시아 소치 피시트 올림픽 스타디움에서 열린 2014 소치 동계올림픽 개막식 행사에서 오륜 마크 중 하나가 펴지지 않은 것이 세계 언론으로부터 논란의 대상이 되었다. 우리나라 조직위의 논

리로 따진다면 이것을 오륜기의 훼손으로 보고 규정 위반에 대한 책임을 물어야 할 것이다. 그리고 분명히 오륜기 원의 색깔이 흰색으로 구현된 것에 대한 위반 여부도 따져야 한다. 왜냐하면 오륜기를 정해진 규격과 색깔대로 구현하지 않아 표장을 훼손한 범주로 생각할 수 있기 때문이다.

그리고 현재 독일 폭스바겐사의 자동차 아우디 심벌마크는 오륜기와 유사한 모양의 상표를 사용하기 때문에 IOC로부터 표장 훼손에 대한 제재 조치나 시정을 하여야 한다. 아우디가 벤츠를 제치고 중국 시장에서 1위를 달리고 있는 이유 중의 하나가 심벌마크 때문이라 한다. 상표의 겹쳐진 4개의 원이 그들이 가장 좋아하는 8자를 보이고, 또 8자를 의미하기 때문이란다. 내가 오륜기에서 찾아낸 88을 그들도 찾아낸 것이다. 업체에서는 숨어 있는 8자를 찾아낸 다음 그것을 상행위에 잘 접목시켜 많은 돈을 벌고 있는 것이 아닌가. 엠블럼, 누군가 오륜기의 표장을 사람의 자유를 구속하는 2개의 수갑 같다고 한다면 그것은 신성한 오륜기를 모독하는 것이라 비난받아야 하지 않겠는가?

우리는 몇 년 뒤 2018년 평창 동계올림픽을 성공적으로 개최해야 한다. '88 땐 온 국민이 팔팔했으니 평창 올림픽도 팔팔하게 잘 치르자'는 보도가 연일 눈에 띈다. 2018년은 8자 하나밖에 들어 있지 않아 88올림픽처럼 다양한 숫자의 조합이 잘 안 되니까 더 할 말이 없다. 30여 년 지난 일이지만 서울올림픽 아이디어 건은 잘 잊어지지 않는다. 4년마다 돌아오는 올림픽, 그때가 되면 원이 다섯 개인 올림픽 표장을 지그시 바라보며 나는 88을 생각하게 된다. 그리고 숨어 있는 두 개의 8자와 하나의 태극을 생각하며 아직껏 긴 미련의 끈을 삭둑 잘라 내지 못하고 있다.

옹달샘로의 유래

내가 살고 있는 곳의 지번 주소는 김포시 통진읍 옹정 3리이다. 주소만 들어도 시골 냄새가 풀풀 풍겨난다. 동(洞)이 아닌 리(里)를 붙인 옹정리, 한자로는 항아리 옹(甕)과 '우물 정(井)'으로 쓴다. 항아리 우물, 이는 독우물이라는 말인데 순우리말로 바꾸면 '옹달샘'이라는 예쁜 마을 이름이 된다.

예전 지번 주소에서 도로명 주소로 바꾸기 담포 전 김포시에서는 도로명에 대한 주민들의 의견을 받는다고 했다. 나는 그 내용을 알고 잠시 고민을 하고 있었다. 이대로 두면 동명이 '옹정리'이므로 '옹정로'라고 붙여질 것이 불보듯 뻔한 일이기 때문이다. 적어도 옹정리 전원마을에 입주하면서 '시인의 마을'로 명명한 한 사람으로서 도로이름을 적당히 붙이도록 방관할 수는 없는 일이다.

먼저 마을 이름 유래를 찾아보면서 한자 뜻풀이까지 살펴본다. 옛날 마을에 우물이 있었고, 그 우물의 생김이 독우물 형태를 띠고 있었던 것으로 추정된다. 그러나 현재는 우물이 어디에 있는지 자취도 없지만, 다만 언덕배기 아래쯤 아무리 가물어도 마르지 않는 작은 둠벙이 있기는 하다. 그러니까 전혀 근거가 없는 지명이 아니라는 것을 알았다.

'옹정리(甕井里)'라는 지명을 쓰고 있는 또 다른 곳을 확인해 보니 남원시 주천면에 동일 지명이 있다. 항아리처럼 생긴 우물이 있어 마을 이름이 독우물, 독우멀로 불리고 있다. 그 마을이 행정 분리에 따라 옹정리의 동편 마을을 금정(金井), 서편 마을을 석정(石井)이라 하여 분리한 것으로 확인됐다. 김포시 옹정리도 인접 마을 이름이 석정리이다. '돌우물마을'이라 불리는 곳으로 예전에는 우물을 중심으로 마을이 형성되었고 지금도 그 우물이 보존되고 있어 김포나 남원의 옹정리는 석정리와 접하고 있다는 공통점을 찾아냈다.

나는 김포시청으로 도로명 건의서를 냈다. 우리 마을로 들어오는 길을 '옹정로'가 아닌 '옹달샘로'로 했으면 좋겠다는 내용으로, 세세하게 사유를 적어 보냈다. 얼마 되지 않아 우리 마을 안길은 '옹달샘로'로 명명되었다는 통보가 왔고 그렇게 도로 표지판이 부착되었다. 나는 요즘 표지판을 볼 때마다 '깊은 산속 옹달샘 누가 와서 먹나요?~'라는 동요가 자꾸 흥얼거려진다. 그래도 아쉬움이 남는 것은 옹정 1, 2, 3리가 각각 있는데 우리 마을인 옹정 3리만 옹달샘로로 명명되었으니 다른 마을 길 이름을 볼 때마다 기분이 좋지 않다. 그래도 얼마나 다행인가. 그냥 지나쳤다면 오늘의 옹달샘로는 존재하지도 않았을 것이다.

꼬옥 움켜쥔 손
사알짝 펴 보니

그 안에

시조새의 흰 깃털 하나

작은 공룡의 비늘 한 조각

하나님의 땀 젖은

손금 위에 살아 움직인다

아직도 고래고래 적

애기 탯줄 하나 말리고 서서

휴화산의 숨소리 들리는 대낮

용수철같이 감긴 죄

찬찬히 펴고 계신 하나님

그 배꼽에

고개 숙여 기도하는 푸른 쉼표 하나

_본인 졸시 〈고사리〉 전문

　몇 년 후 경기도에서 새로 지은 도로명에도 지역의 특성과 상징을 잘 살려 낸 예쁜 우리말로 지어진 곳들이 많다며, 부르면 부를수록 입에 착착 감기는 '경기도 예쁜 도로명 주소 BEST 10'을 발표(정나리 기자: 2013. 12)하기에 이르렀다. 나의 채점은 공정성이 확보되지 않을 것 같아 거론하지 않기로 하겠다. 다만 어떤 것이 가장 예쁜 이름인지 독자들이 한번 순위를 매겨 보는 것도 재미있는 일이 아닐까 생각한다.

- 옹달샘로(김포시)
- 푸른솔로(용인시)
- 달래내로(성남시)

- 꿈나무로(양주시)

- 산마루로(구리시)

- 새향길(여주시)

- 숯두루지길(시흥시)

- 윗찬물길, 아랫찬물길(포천시)

- 진상미로(이천시)

- 효원로(수원시)

이름이 한 사람의 인생을 바꾸고 한 마을의 흥망을 좌우한다고 하여 쉽게 이름 붙이지 않았던 옛날, 그 시절은 그만큼 인간애와 향토 사랑이 컸다고 말할 수 있겠다. 요즘은 개명이 유행이다. 그도 그럴 만한 것이 부르기 좋고 듣기 좋으며 쓰기 편리한 이름은 많은 사람들에게 부르면 부를수록 기쁨과 희망을 주는 역할을 하기 때문이다.

입국인가 도착인가

번역이란 매우 중요하다. 원문에 충실해야 하는 것이 기본이지만 생각보다 쉽지는 않다. 직역이 있고 의역이 있지만 어떤 것을 선택해야 할지 갈등이 생기기도 한다. 요즘은 외국어 번역기가 있어 어지간한 외국어는 스마트폰이 다 해결해 준다.

그렇지만 그것으로 만족되진 않는다. 일상적인 것은 번역기로 번역할 수도 있으나 좀 고급화된 문장으로 가면 어림없다. 우리나라가 번역원까지 설립, 운영하고 있지만 노벨문학상에서 번번이 탈락하는 이유가 부실한 번역 때문이라는 말이 나오기도 한다. 형용사와 부사가 유난히 많은 한글을 외국어로 원문 손실 없이 번역을 한다는 것은 거의 불가능하다. 희지도 검지도 않은 '희끄무레하다', 고르지 않고 칙칙하게 푸르스름하다는 뜻의 '푸르죽죽하다'는 어떻게 번역하겠는가?

인천국제공항 여객대합실 1층에는 입국 여행자들이 나오는 문이 있다. 법무부 입국 사열과 세관 검사를 끝내고 나오는 문은 하루에도 수없이 여닫기를 반복한다. 여행자를 마중 나오는 사람들은 문이 열릴 때마다 시선을 그곳으로 집중한다. 문을 뚫어지게 쳐다보고 있어도 자기가 기다리는 손님을 찾는다는 것은 생각보다 쉽지 않다. 비행기가 어떤 탑승교에서 여행자를 내려주고 또 짐을 어느 구역에 내려놓느냐에 따라 출구가 달라지기 때문이다.

인천국제공항 대합실 1층 출입문 위쪽에는 '도착 到着 ARRIVAL', 3층 출입문 위쪽에는 '출발 出發 DEPARTURE'라는 표지가 각각 부착되어 있다. 그런데 김포국제공항은 1층에는 '입국 入國 ARRIVAL', 3층에는 '출국 出國 DEPARTURE'라는 표지로 두 공항의 상이점이 발견된다. 결국 영어 표기는 같지만 한글과 한자 표기는 다르다. 우리나라에 있는 공항이지만 영어를 우리말로 번역하는데 따른 차이가 이런 결과를 낳고 있다.

좀 더 따져 보면, 국어사전에 '도착'은 '목적한 곳에 이르러 닿는 것', '출발'은 '특정한 목적지나 방향을 향하여 나아가는 것'을 말한다. 다시 말하면 항공기와 여행자, 마중고객 기준으로 볼 때 이 표현이 적절한 것으로 판단된다. 공항 안내방송에서도 "○○항공기가 도착하였습니다", "○○으로 ○○시 출발 예정인 항공기가 기상 사정으로 지연 출발되고 있습니다." 등의 안내방송을 하고 있다는 것을 알 수 있다. 그리고 도착이나 출발은 어떤 사람에게도 무난하게 사용할 수 있는 용어이다.

그러나 '입국'은 '한 나라의 안으로 들어감', '출국'은 '나라 밖으로 나감'을 말하는데, 문제는 입국이나 출국이라는 단어는 단순히 출입국하는 여행자에게만 국한된다. 예를 들면 홍길동(사람)이 입국하거나 출국하지 대한항공이 입국하거나 출국한다고 하지는 않는다. 그러므로 공항의 표지는 여러 사람(입출국 여행자, 환영객, 환송객, 상주기관 근무자 등)을 위한 시설인 점을 감안한다면, 협의의 '입국, 출국' 보다는 광의의 '도착, 출발' 이 더 맞다는 결론을 내릴 수 있다.

나는 이런 문제점을 발견한 후 김포국제공항으로 인천국제공항처럼 표지판을 개선해 줄 것을 요구하였다. 그러나 공항에서는 자신들의 표기가 틀리지 않다면서 지금도 입국, 출국이라는 표지판을 그대로 사용하고 있다. 그들은 아무 문제가 없는 것을 갖고 시비를 건다고 할 것이다. 그런데 공항 이용자들은 조금이라도 편리하고 고객 위주의 시설이 갖추어지는 것을 원한다. 느낌상으로도 '입국, 출국' 은 법률용어같이 딱딱한 느낌을 주지만, '도착, 출발' 은 한결 부드럽고 친근감이 느껴지는 건 나만의 착각일까?

제주, 김해, 무안, 청주공항에도 입국, 출국이라는 표지가 붙어 있어 언젠가 다시 한 번 이런 문제점을 재검토하였으면 하는 생각이다. 내 의견이 관철되지 않아서가 아닌 정말 잘못된 것이라면 그것을 하루빨리 개선 조치하는 것이 더 옳지 않을까 생각한다. 더욱이 우리나라 공항이 세계 최고를 지향하고 있는 만큼 사소한 것 하나라도 세심한 검토를 통해 고객들이 만족하는 세계적인 국제공항이 되기를 기대해 본다.

황새마을을 지킨 소년

어떤 이는 이렇게 말했다. 백로를 보고 황새라고 하는 것은 소를 보고 말이라 하는 것과 같다. 황새를 보고 학이라고 부르는 것은 개를 보고 토끼라고 부르는 것과 같다. 그러나 황새는 우리나라에서 이미 멸종된 새지만 나는 어린 시절 집 뒤에 살고 있는 철새가 황새인 줄 알고 살아왔다. 뒷산을 '황새등'이라 불렀고, 동네의 딴이름으로 '학마을'이라고도 불렸으며, 할아버지께서는 '황새가 마을에 복을 가져다 주는 새'라고 강조하셨다.

> 백로는 사람 가까이 산다
> 뒷산 소나무 위에 살면서
> 하늘 바라보는 버릇 하나 더 생기고
> 무시로 떠다니는 흰 돛단배는
> 뱃고동 한번 울리지 않고도
> 서로 추돌하지 않는다
> 언제 백로가 이름을 알고

가끔씩 나를 부르는데

난 이름 모를 백로에게 묵묵부답이다

백로는 날고기 먹어도 하얗게 살고

까마귀는 죽은 고기 먹고도 까맣게 사는데

나도 죽은 조기 살점을 뜯는 까마귀과

암캐구리도 꽃뱀 한 마리도 없는

황새마을 둥지 아래

나는 늘 백로를 흉내내는 배고픈 선비다

_본인 졸시 〈백로의 이름〉 전문

그 새들은 두 종류로 백로와 왜가리였는데, 나는 그들이 같이 서식하는 것을 보고 별도로 구분하지 않고 그냥 황새라고 불렀다. 백로는 흰색이지만 왜가리는 등이 회색이고 머리는 흰색이며, 검은 줄이 눈에서 뒷머리까지 연속되어, 길고 우아한 댕기를 이룬다. 이 새들은 논이나 하천을 다니며 물고기, 조개, 개구리, 뱀 등을 잡아먹는다. 3월부터 10월까지 뒷산에 머무르면서 고록고록 또는 가락가락 하는 소리를 내며 새끼를 기르고 살았으니 니는 늘 그 새들과 함께 유년기를 보낸 셈이다.

학교에서 배운 '까마귀 노는 곳에 백로야 가지 마라. 희고 흰 깃에 검은 때 묻힐세라. 진실로 검은 때 묻히면 씻을 길이 없으리라.' 는 어지러운 광해군 시절 선우당 이씨가 동생에게 벼슬하는 것을 말리며 쓴 시조다. '까마귀 싸우는 곳에 백로야 가지 마라. 성낸 까마귀들이 너의 흰빛을 시샘하나니, 맑은 물에 깨끗이 씻은 몸을 더럽힐까 하노라.' 는 정몽주의 노모가 꿈이 흉하여 이성계 병문안을 말리며 쓴 것이라고 전해 오고 있어, 나는 어릴 적부터 백로로 인하여 청렴 교육을 자연스레 받은 셈이다.

그러나 산란기와 부화기 무렵의 밤이 되면 새들의 집단 비명으로 인해 잠을 종종 설쳤다. 알과 새끼를 포획하기 위해 여우, 담비, 족제비, 오소리와 까마귀, 말똥가리, 올빼미가 둥지를 공격하기 때문이다. 일시에 지르는 비명은 생각보다 크고 무서워 소변을 보러 밖에 있는 화장실을 가기가 두려웠고, 어쩌다 외마디 비명이 들리면 한 생명의 죽음에 대한 상상으로 인해 칠흑의 밤이 악몽으로 이어지기도 했다.

　어떤 날은 신경통에 좋다면서 사람들이 몰래 나무에 올라가 황새 알을 훔쳐 가기도 했다. 그러나 새알 도둑을 잡아내는 방법은 그리 어렵지 않다. 백주에 둥지를 떠난 여러 마리 새들이 나무 위로 원을 그리며 불안한 울음소릴 내면 그것은 대개 사람의 해코지가 있다고 보면 된다. 덩치 큰 사람이 나무에 올라가서 알을 훔치면 새들이 강력하게 맞서서 저항하기보다 울음소리만 크게 내며 어느 정도 체념을 하게 되지만 그 정도의 상황이 벌어지면 나에게도 발각되고 만다. 내가 뒷산을 향해 소리를 지르거나 아니면 할아버지께 일러 주면 수염을 길게 기르신 근엄하신 할아버지는 체면 불구하시고 큰 목소리로 단숨에 나쁜 사람들을 쫓아내신다.

　그러나 공해 없는 골짝에서 살던 새들도 문명의 발달로 개체수가 점점 줄어들기 시작했고, 새 둥지 주변은 새똥이 너무 독하여 식물이 다 말라 죽는다고도 했다. 논에는 병충해 방지를 위해 농약을 독하게 치면서 새들의 운명이 점점 위태로워지기 시작한다. 게다가 사람들의 새알 포획도 심심찮게 이어졌으나 할아버지께서 세상을 떠나셨으니 누가 그 새들을 복을 내려 준다며 보호해 주겠는가. 그저 작은 보호막이라고는 공부하러 고향 떠난 나의 무기력한 걱정밖에 없었다.

토요일 오후 집에만 오면 먼저 뒷산부터 바라본다. 한 마리 두 마리 헤아려 보지만 점점 숫자가 줄어드는 것 같다. 산의 색깔을 보면 어느 정도 개체가 가늠이 된다. 총총하게 흰 점을 뿌려 놓은 듯 밀도가 높으면 좋으련만 자꾸 희미해져 가는 산을 보면서 나는 결심을 하게 된다. 경상북도 도지사에게 편지를 쓴다. 천연기념물은 아니지만 보호조로 지정해 달라는 건의문이다. 그리고 몇 달 후 입간판 하나가 서고 '보호조'라는 내용과 함께 새를 해치거나 알을 포획하면 법에 의해서 처벌을 받는다는 내용이었다.

요즘도 시골을 가면 예전보다는 숫자가 많이 줄었지만 뒷산에는 여전히 백로와 왜가리들이 산다. 우리 마을에 복을 준다는 것은 결국 오염을 줄여 새들과 함께 살 때 사람도 행복하게 살 수 있다는 뜻이 아닌가. 이 새들의 아버지의 아버지의 아버지는 나의 유년 사랑을 듬뿍 받으며 살았고, 오늘의 새의 새의 새들은 나에게 좋은 환경을 제공해 주고 있으니 이에 감사할 뿐이다. 특히 국록을 먹는 내게 청백리 정신을 깊이 심어 준 고향의 뒷산 백로에게 나는 몇 번이고 감사할 따름이다.

공항이 살아야 나라가 산다

우리나라에 비행기가 처음 뜬 것은 1913년이다. 라이트형제가 비행을 한 후 13년 뒤 용산 연병장에서 첫 비행을 한 이래 2001년 3월 29일 인천 국제공항 개항으로 이어진다. 1922년 12월, 우리나라 최초의 비행사인 안창남이 모국방문 기념비행을 해 한국인의 기개를 떨치게 된다. 그리고 1924년 여의도에 민간 항공기와 군 항공기가 공동으로 이용하게 됐고, 광복 후 1948년부터는 민간 비행장으로 운영되기 시작했다. 그러다 1958년 1월, 공항 기능을 김포로 이전하면서 여의도는 군 전용 비행장으로 사용되다 1971년에 개장 54년 만에 폐쇄된다.

김포공항은 1939년 당시 경기도 김포군 양서면 방화리에 일본군이 활주로 3개를 건설하면서 시작됐다. 일본군이 태평양전쟁 발발 직전, 이곳에 비행장을 만들고 가미가제 특공대 훈련장으로 활용했던 것이다. 해방 후 김포공항의 관할권은 미군으로 넘어갔고 미 제5공군 전용 활주로로 사용했다. 1958년 1월 미군 측에 김포공항의 관리권 이양협정을 체결, 1958년 3월 대통령령으로 김포공항을 국제공항으로 지정했다. 당시 얼마나 이용객이 적은지 월 100명, 연간 만 명이 넘질 않았으며, 오죽했으면 출국자 명단이 신문에까지 실렸다 한다.

1973년 4월, 김포공항 청사 건물이 준공돼 하늘에서 내려다봤을 때 그 나마 공항의 면모를 갖추기 시작했다. 그러나 점보기의 취항과 항공 수요의 급증에 따라 이 시설만으로는 아예 감당이 불가했다. 그리고 86아시안게임, 88서울올림픽, 2002월드컵 축구 등 대규모 국제 행사를 앞두고 청사 증축과 신축, 인천공항 오픈 등을 통하여 새로운 전기를 맞이하게 된다.

철천지 세상에도
녹슬지 않는 철로는 없다
그렇게 무겁고 힘센 기차가 온몸으로 닦아도
녹이 스는 철로는
막힘없는 외통수 길이 될 뿐
철철 넘치는 굽이진 인정도 없이
산 가슴을 뚫고
강 다리를 세우고
숨은 이웃 가슴까지 뚫어 가며
침목이 침묵하고 있는 정오
햇빛도 가릴 곳 없는 기찻길로
심심파적 외마디 비명만 지르는
철부지 놀음판을 벌인다

_본인 졸시 〈추전역에서〉 전문

해외로 떠난 우리나라 출국자 수는 2005년 사상 처음으로 1천만 명을 돌파한 이래 2014년에는 1천 608만 명이나 된다. 결과는 숫자로 나타나듯, 산술적으로는 국민의 3분의 1이 해외여행에 동참하고 있는 셈이다. 수송 여객도 2005년 2,605만 명에서 2014년 4,551만 명으로 1.7배 이상 성장을 계속하고 있다. 이제 인천국제공항에 나가면 세계가 보인다. 다양한 해외 각국 외국인들이 공항의 인파 속에 섞여 인산인해를 이룬다. 이들이 한국을 보고 한국을 말하며 한국을 가지고 돌아가는 것이다.

인천국제공항이 2014년 세계 공항서비스평가(ASQ)에서 Global Ranking 1위를 차지하면서 전 세계 1,800여 개 공항 중 10년 연속 1위의 유일무이한 기록을 세운다. 별다른 주목을 받지 못하던 동아시아 작은 나라의 공항에서 시작하여 세계 최고의 서비스 공항이라는 기록적인 역사를 이루어 낸 것이다. 이것은 여러 상주기관 및 업체들과 유기적인 협업 채널을 통해 고객 중심의 서비스 혁신을 지속함으로써 최고의 서비스 품질을 유지한 값진 결실로 평가할 수 있다.

나는 이런 과정에서 가장 안전하고, 빠르고, 편리하며 친절한 공항을 만들기 위해 작은 힘이나마 보태려고 노력하였다. 그러면서도 명실상부한 대한민국 국제공항의 경제 지킴이인 Customs officer로서 묵묵히 얼굴 없는 공항의 주인으로 일하는 것을 게을리하지 않았다. 상주기관 직원 입장이 아닌 늘 고객의 차원에서 그들을 그림자처럼 살피며 문제점을 발굴하고 개선하려는 자세가 나의 기본이자 소명이라고 생각했다. 그런 과정에서 2004년 인천국제공항 초창기에 공항공사에서 공항친절도 향상을 위한 아이디어 공모는 나의 생각을 펼치는 중요한 기회가 되었다. '초일류 문화공항 만들기' 제안으로 은상 수상과 함께 부상을 받게 된다.

국제공항은 외국인들이 첫발을 딛는 관문인 만큼 우리 문화의 옷을 입혀야 한다고 생각했다. 공항 건물이 워낙 규모가 크고 공간이 넓기 때문에 자칫 시멘트 기둥과 철골조, 그리고 유리창이 흉한 속살처럼 보여질 수 있다는 것이 우려된다. 또한 항공기 탑승을 위해 항공사 체크인과 보안검사, 출국 사열 및 물품 검사 등의 까다로운 수속 절차와 지정시간 내 사전 탑승 등으로 상당한 시간을 따분하게 공항 안에서 대기해야 된다.

그렇다면 답은 무엇일까? 정답은 바로 문화에 있다. 외국인들이 우리나라를 방문하는 이유야 다양하겠지만 특별한 문화 서비스를 제공하는 공항이라면 최고의 접대가 된다는 점이다. 나는 이런 관점에서 인천공항에 노출되어 있는 시멘트 기둥과 철골조와 유리창을 어느 정도 예술적인 조형물이나 그림 등으로 보완하자고 제안했다. 그리고 장시간 기다려야 하는 환승객을 위한 '짧은 문화투어'와 '열린 음악회', '고객참여 한류 체험장' 확대 등을 통한 문화 서비스가 필요하다고 건의하였는데 그것이 심사위원들로부터 받아들여진 것이다.

세계 3대 공항의 하나인 시카고 오헤어공항이 문화 공항의 모델이다. 공항이 위치하고 있는 일리노이주는 미국의 중북부 북미 오대호 미시간 호수의 남서부 호변에 접하고 있다. 건물 그 자체만으로도 예술적 가치가 있을 뿐 아니라 곳곳에 진열된 각종 조각 등 미술품들이 그 가치를 더해 주고 있다. 공항을 방문한 대부분의 승객은 세계에서 가장 붐비는 공항의 번잡함을 마주치기보다는 질서 정연함과 청결함, 격조 높은 분위기와 체계적이고 합리적인 시설에 우선 감탄하게 된다. '내일의 터미널(Terminal for Tomorrow)'이라 이름 붙인 1청사는 건물 자체가 유리와 알루미늄으로 된 예술품이다.

둥근 천장을 1만 9천여 평의 유리 지붕으로 채광을 해 은은한 자연광이 흐르는 것이 일품이다. 연회색과 짙은 청회색으로 단순하게 통일된 실내에 빨강, 흑, 백이 기둥이나 표지판의 포인트 색상으로 사용돼 깔끔한 색이 조화를 이루고 있다. 복도에는 밀라노, 바르샤바, 상하이 등 12개 시카고 자매도시의 화가들이 시카고 방문 후 인상을 표현한 그림들이 즐비하게 전시돼 있다. 1955년 10월부터 공식적으로 민간 공항으로 운영돼 왔던 오헤어공항은 1963년 국제공항으로 탈바꿈한 후 세계에서 가장 많은 승객이 드나드는 공항이 됐다. 당시 케네디 대통령은 "여기는 특별한 공항이고, 특별한 도시이며, 특별한 나라이다. 그리고 이것은 우리 시대의 하나의 경이로 분류될 것"이라며 첫 개항 테이프를 끊었다. 그렇다. 공항 하나가 특별한 도시를 만들고 특별한 나라를 만든다는 것을 오헤어공항 다음으로 우리 인천국제공항이 그렇게 보여 주고 있다.

인천공항은 문화로 하나 되어 '즐거움이 모樂모樂 피어난다'는 것이 그들의 슬로건이다. 개항 이후 공항의 기능을 넘어선 차별화와 항공 수요 창출을 위하여 문화예술공항(Culture-port)을 지향하고 있다. 밀레니엄 홀과 한국문화의거리, 한국전통문화센터, 한국문화박물관, 전통공예전시관, 입국장 문화의거리 등 여객 동선을 따라 공항 곳곳에 총 12곳에 달하는 문화시설을 공항 주요 동선 곳곳에 운영하고 있다. 연중 열리는 상시 문화 공연과 한류 팬을 위한 스카이 페스티벌, 왕가의 산책 퍼레이드, 계절별 정기 문화 공연 등 연간 8,400여 회, 일평균 23회에 달하는 문화예술 공연을 펼친다. 365일 문화의 향기가 흐르는 공항을 만들어 가고 있으니 세계에서 인천공항을 최고의 국제공항으로 평가하는 이유를 굳이 설명하지 않아도 될 것이다.

요즘 창조적인 문화예술 서비스 개발을 지속해 환승객을 대상으로 공항 내 문화예술 공연 및 시설 관람을 위한 투어 시행, 골든 위크 한류 페스티벌 개최, 해외 유명 아티스트 초청 공연, 세계인의 미디어 합창단 영상 프로젝트 등을 계획하고 있다. 나는 자신 있게 말할 수 있다. 우리 모두의 관심이 세계적인 공항을 만든다고. 그리고 공항이 살아야 나라가 산다고.

누구를 위하여 문이 열리나

시민의 발이라 불리는 전철, 서울은 1호선 내지 9호선이 중심축을 이루고, 수도권은 경춘선, 인천선, 분당선, 신분당선, 공항철도, 수인선, 의정부, 에버라인, 경의중앙선 등이 거미줄처럼 얽혀 있다. 이제 우리는 보다 단시간 내 안전하고 빠른 내왕을 꿈꾸며 체증 없는 전철 시대를 열어 가고 있다.

지상철과 지하철, 경전철, 자기부상열차, 모노레일 등 그 종류도 다양하다. 신도시 건설에는 전철 시공이 필수적이지만 엄청난 돈이 드는 게 흠이다. 일단 지하철이 들어와야 도시 품격이 높아지는 시대가 도래되고, 지하철이 없으면 일상이 제대로 잘 돌아가지 않을 정도의 현실에 당면하고 있다. 점차 도시화가 진행될수록 계속 지하로 길을 내고 있어, 도심의 지하는 이미 두더쥐 굴처럼 길이 사방팔방으로 뚫어지고 있다.

문은 하나
자동 미닫이 철문

그 안에는
늘 외등이 켜져 있다

숫자 버튼이 있는
지상에서 가장 작은 방엔
얼굴도 모르는 사람끼리 들멍나멍
서로 문 닫기에 바쁘고
고르지 않은 숨소리만 들려오는
합방의 시간들

하루에도
하늘과 땅을 말없이 오가며
세상에서 가장 단단하고 짧은
네모난 사랑의
집 한 채

_본인 졸시 〈엘리베이터〉 전문

    지하철은 영국인 피어슨이 두더쥐 구멍에서 힌트를 얻어 발명되었다. 이것은 자연을 모방하고자 하는 심리에서 비롯된 발명품의 하나이다. 그는 '모든 동물은 거의 땅 위의 길로만 다니는데, 저 두더지는 왜 땅속으로 다닐까? 왜 저렇게 힘들게 땅굴을 파고 다니는 것이지?', '런던은 길이 좁아서 늘 복잡한데, 런던의 복잡한 길 밑으로 두더지 굴처럼 길이 또 있다면 훨씬 한가해질 것을……' 이라는 생각이 오늘의 지하철 시대를 열었지만 처음부터 지하철 도입이 쉬운 일은 아니었다.

1843년 피어슨은 오랜 시간 생각하고 연구한 결과를 들고 런던 시의회를 찾아갔다. 그리고 의원들 앞에서 세계 최초의 지하철도 시스템을 공개적으로 제안했다. "미친 사람이구먼. 지금 그걸 제정신으로 말하고 있는 거요?" 자신감에 넘쳐 당당히 시의회를 찾아간 피어슨에게 돌아오는 소리는 그것만이 아니었다. "누구나 죽으면 싫어도 땅속으로 들어갈 텐데, 살아서부터 땅속으로 들어가긴 왜 들어갑니까?"

그러나 피어슨은 자신의 의지를 굽히지 않았고, 기회가 있을 때마다 지하철도의 중요성을 인식시키기 위해 노력하고 또 노력했다. 그렇게 10년이란 시간이 흐르고, 그동안 지하철도의 중요성과 장점들을 알리는데 노력하여, 결국 런던 시의회는 피어슨의 제안을 받아들이기로 결정한 것이다.

사람들은 무척 기존의 틀을 깨기 싫어한다. 아니 지금 잘되고 있는데 힘들게 왜 쓸데없는 짓을 하느냐는 식이다. 피어슨의 10년간에 걸친 끈질긴 노력과 집념이 아니었다면 오늘의 지하철은 없을 수도 있다. 반면 런던 시의회에서 피어슨의 의견을 좀 빨리 받아들였더라면 앞당겨진 10년의 지하철 역사가 세상에 얼마나 큰 기여를 했을지 궁금해지기도 한다.

고정관념을 깨뜨리고 지상으로 다니는 기차를 지하로, 지하로 다니는 열차를 수중과 수륙양용과 공중으로 달리게 할 수도 있다는 식의 상상력의 확장이 필요하다. 우리나라에서 성공한 '버스 중앙차로제'를 보라. 중앙선을 중심으로 전용차선이 설치되어 많은 사람들을 편리하게 실어 나르는 대한민국 노선버스를 보고, 첨에는 '미친 짓이다, 대형사고 발생을 초래한다.'는 등 부정적인 시각이 지배적이었으나 일부 문제를 해결하고 나니까 이처럼 편리한 제도를 왜 진작 도입하지 않았느냐고 반문하지 않는가.

예전 나는 인천에서 서울을 갈 때 주로 국철 1호선을 타고 가다가 신도림역에서 내려 2호선을 이용하였다. 버스는 약속 시간에 제대로 가려면 오천 원짜리 복권당첨 같은 행운 정도는 따라야 하므로 지하철을 이용하는 것이 기본 패턴이었다. 요즘은 지하철 노선이 많아져서 예전과 비교가 안 될 만큼 차내가 쾌적하고 혼잡도도 덜하다. 그때는 지하철을 타기 위해 겉옷의 단추를 단단히 달고 다녔다. 그리고 문이 열리면 문 방향으로 등을 향한 후 힘껏 차내의 승객을 밀쳐서 타는 '등치기' 방법이 유행했다. 그야말로 차 안은 콩나물시루가 아닌 벌크 상태로 실은 산물과 같다는 게 더 맞는 표현이었다.

이렇게 전철을 탑승했지만 그다음이 문제가 아닐 수 없다. 목적지 역에서 제대로 내리지 못하면 아주 낭패를 겪게 된다. 하지만 옴짝달싹도 못하는 차내에서는 몸을 좌우상하로 움직여 봐도 별반 묘안이 되질 못한다. 다만 한 가지 방법은 자기가 내릴 역을 감안하여 몇 정거장 전쯤 미리 출입문 쪽으로 조금씩 기회 있을 때마다 나가면 상당히 문제가 해결된다. 하지만 2호선 차내에 부착되어 있는 노선도에는 특별한 안내 표시가 없었다. 오른쪽 문이 열릴지 왼쪽 문이 열릴지 알 수 없으니 그냥 절반의 확률 싸움을 벌여야 하는 수밖에 없다.

나는 이런 불편을 겪으면서 그냥 남의 일처럼 지나치지 않고 문제 해결의 방법을 고민하기 시작했다. 돈은 적게 들고 개선이 편리한 방법은 무엇일까 고민하던 중 의외로 답은 쉽고 간단했다. 지하철 안에 부착하는 노선도에 각 역마다 열리는 문 방향표시를 하면 되는 것이었다. 오른쪽이건 왼쪽이건 표시를 해 두면 승객들은 자신이 내릴 역의 출입문 방향 쪽으로 미리 나가면 되는 것이다. 이 내용을 작성하여 서울시 지하철공사에 자신 있게 건의를 하였다. 그리고 얼마 후 2호선 지하철 노선도에 '열리는 문 방향표시'가 되어 새로 부착된 것을 확인할 수 있었다.

이 개선 내용을 어떻게 알았는지 당시 문화방송 라디오 프로그램인 서유석 씨가 진행하는 〈푸른 신호등〉에서 연락이 왔다. 내가 건의한 내용을 알고 전화를 했다면서 출연을 요청했고, 나는 인터뷰에 응하여 방송을 탔다. 아침 골든타임에 출연하여 인터뷰한 내용은 전파를 타고 흘러나갔고 나는 여러 사람들로부터 격려의 전화를 받게 되었다. 요즘도 서울 일부 지하철과 경의선 노선도에는 열리는 표시가 부착되어 있는 것을 본다. 사소하지만 고객들의 편의를 위한 배려는 앞으로도 계속되어야 한다는 생각이다.

문은 누구를 위하여 열리는가? 당연히 고객들을 위하여 열린다. 그러나 우리가 매일 이용하는 역도 역방향으로 서 있다 보면 오른쪽과 왼쪽 방향이 헷갈리게 된다. 차내가 시끄럽거나 낮은 방송음인 경우도 마찬가지다. 어느 문이 열릴 것인가? 그것을 노선도에 표시만 하여도 고객들의 불편은 크게 해소되는데 그런 불편함을 생각한 것은 비단 나 혼자만은 아닐 것이다. 다만 내가 적극적인 시민의식을 갖고 그것이 수용되건 안 되건 간에 상관없이 다수의 불편 해소를 위해 건의를 했기 때문이다.

말달리자 견훤길로

요즘은 길이 유행하는 시대이다. 제주 올레길을 필두로 전국 어느 지방을 가더라도 여러 형태의 길들이 잘 조성되어 있으며, 이름도 각양각색이다. 둘레길, 명상길, 순례길도 있다. 그런가 하면 서울 조선 궁궐(창경궁, 창덕궁)길, 해운대 삼포길, 해인사 소리길이 있고, 부산의 해파랑길, 통영의 동피랑길, 문경새재의 과거길 등 이름을 다 기억하기 어려울 정도다.

세세적으로 유명한 길로는 고내 로마에서 가장 먼저 만들어진 아피아 가도가 있다. 무한 쾌속 질주라는 독일의 아우토반이 있으며, 동서양의 교역이 활발히 이뤄지던 지구 반 바퀴쯤 될 법한 실크로드, 그리고 눈부시도록 하얀 볼리비아 우유니 소금 사막길 등도 우리에게 널리 알려져 있다.

길은 우리에게 빠른 통행을 위한 최단 거리만을 요구하지 않는다. 적어도 길이 유명해지려면 길에 걸맞는 여유가 필요하고, 보다 의미 있는 공감 스토리가 있어야 한다. 예를 들면 유네스코 문화유산으로 지정된 아리랑은 길을 중심으로 서민들이 고개를 넘으며 부르는 한의 노래이며, 그 노래 속에는 숱한 전설과 갖가지 크고 작은 역사가 공존한다. '모든 길은 로마로 통한다.'는 속담에서도 우리는 길을 통해 로마제국의 융성을 잘 읽어 낼 수 있다.

> 사람이 가지 않는 길은
> 이미 길이 아니다
> 새의 길도
> 바람의 길도
> 구름의 길도
> 다 누군가의 길이지만
> 그 길을 사람이 가지 않아
> 이제 길이라 말하지 않는다
>
> 끝이 보이지 않는 길은
> 이미 길이 아니다
> 하늘의 길도
> 욕심의 길도
> 그리움의 길도
> 다 사람의 길이지만
> 그 길에 끝이 보이지 않아
> 이제 길이라 부르지 않는다
>
> 선비가 없는 길은
> 이미 길이 아니다

새재의 길도
죽령의 길도
추풍령의 길도
다 한양으로 가는 길이지만
그 길에 선비가 보이지 않아
이제 길이라 이르지 않는다

아리랑이 없는 길은
이미 길이 아니다
문경의 길도
진도의 길도
정선의 길도
다 굽이진 아리랑 노래 길이지만
그 길에 눈물이 너무 많아
이제 길이라 노래하지 않는다

_본인 졸시 〈새재길〉 전문

길은 길에 연하여 더 큰 길이 되기도 하고, 사람이 자주 가면 없는 길도 열린다고 한다. 길이 있어야 세상이 열리고 세상이 열려야 문화가 확산되고 문화가 살아야 행복한 세계가 열린다. 길이 아니면 가지마라고 하지만 그것은 옛날에나 쓰던 말이다. 누가 낸 길을 따라 편하고 안전하게 가는 것보다 없는 길을 새로 내는 개척과 도전정신이 필요하다.

내 고향 문경은 유적지가 많은 곳이다. 그 이유는 반도의 배꼽 부분에 해당하기 때문에 신라와 백제, 고구려가 이곳을 서로 점령하기 위해 치열

한 영토 싸움을 벌인 요충지이다. 예전에는 싸움에서 중요한 것 중의 하나가 길이며, 길이 차단되면 독 안에 든 쥐의 형국이 되고 만다. 우리나라에서 유일의 '길박물관'이 문경에 있는 이유는 다시 설명할 필요가 없으며, 후백제 견훤의 출생과 성장이 관련된 유적지가 상당히 많다.

그러나 전주와 광주에서 견훤왕 프로젝트를 추진하고 있는데 비하여 문경에서는 미동도 없다. 그러니까 견훤왕에 대한 역사적 발자취를 찾는 일이나 보존 발전시켜 나가는 노력이 없다. 이런 무관심한 역사관과 점점 훼손되어 가는 유적들을 그냥 지켜보노라면 나의 가슴은 새까맣게 타들어 간다. 다른 지자체들은 없는 길도 만들고, 없는 이야기도 스토리텔링하여 문화적 역량을 키워 나가는 데 매우 적극적이다.

〈메밀꽃 필 무렵〉의 소설가 이효석의 묘소는 평창에서 영동고속도로 확장 공사로 파주 경모공원으로 이장을 하였다. 이후 지역 주민들의 결사반대로 유가족들은 다시 평창으로 이장을 하게 된다. 〈파랑새〉의 시인 한하운은 생전에 한센병을 앓아 휘하에 문하생들이 거의 없다. 세상을 떠날 무렵 부인이 가까스로 수습하여 김포 장릉공동묘지에 안장하였다. 이후 시가 좋은 평가를 받자 갑자기 애제자가 나타나고 한하운문학상을 만들며 호가호위식의 법석을 떠는 일이 생겨나고 있다.

아무리 좋은 문화유산이 있어도 손끝 까딱하지 않는 지자체의 태도는 한심하기 짝이 없다. 백범 김구의 문화론은 오늘을 사는 우리들에게 어떤 자세를 견지해야 하는지 시사하는 바가 매우 크다. 백범은 〈내가 원하는 우리나라〉에서 문화의 힘을 강조하고 있다.

나는 우리나라가 세계에서
가장 아름다운 나라가 되기를 원한다.
가장 부강한 나라가 되기를 원하는 것은 아니다.

오직 한없이 가지고 싶은 것은 높은 문화의 힘이다.
문화의 힘은 우리 자신을 행복하게 하고,
나아가서 남에게 행복을 주겠기 때문이다.

　홍익인간의 이념 안에서 이기적이고 개인적인 문화가 아니라 이타적이고 공동체적인 문화가 우리나라를 비롯하여 전 세계에 널리 퍼졌으면 좋겠다는 뜻이다. 역시 선각자는 다르다. 그 시대에 문화의 중요성을 설파했으니 세상을 앞서가는 시대의 위인이다. 지금 우리 주변에는 개발 논리에 휩싸여 소중한 문화 자산들이 훼손되고 있다. 개인의 소유권을 존중하는 건 좋지만 다시 되살릴 수 없는 문화 유적을 경시하는 것은 자신의 족보를 훼손하는 것과 별반 다를 것이 없다. 온고이지신(溫故而知新)이라는 말이 고루한 공자님 말씀이 아니라 옛것을 오늘에 되살리는 것이 문화국가와 문화민속의 도리인 것이다.

　나의 몸은 고향을 떠나 객지에 머물고 있으나 마음은 늘 유년의 고향에 머물고 있다. 이런 연유로 고향 곳곳에 산재되어 있는 견훤의 문화 유적지를 살펴보면서 이를 잘 보존하고 관리해야겠다는 결심을 하게 된다. 그리고 문화 유적을 길과 연계하여 재미있는 이야기로 엮어 내는 스토리텔링은 관광 개념의 관점보다는 역사적 문화 체험의 관점에서 더 필요하다고 생각한다.

길은 하나의 중요한 역사를 만든다. 북으로 향하는 자유의 다리, 그 즈음에서 길이 끊어지자 역사는 단절되고 동시에 문화도 불통이 된다. 견훤이 말바우에서 아무도 범접할 수 없는 야생마를 길들이고, 화살과 말의 빠르기 시합으로 생겨난 돌이킬 수 없는 후회를 대변하는 아차산 등의 전설이 말과 깊은 연계성을 보여 준다. 말은 달려야 하고, 견훤은 말을 타고 달리면서 후백제를 건국하는 왕이 되었으니, 그를 새 길을 여는 대왕으로 이름 붙여도 무관하리라 생각된다.

견훤! 신라에 반기를 들고 호남 지역에 백제의 부흥을 꿈꾸며, 후삼국 중에 가장 강력한 군대와 국가로서 제도적 장치를 갖추어 통일에 대한 야망이 컸던 인물. 하지만 승승장구하던 견훤은 929년 고창전투에서 왕건에 한 차례 패하면서 회복을 못한 채 서서히 기운을 잃고, 급기야는 아들 신검에게 유폐당하면서 왕위마저 빼앗기게 된다. 그리고 고려에 투항하고 끝내는 자신이 세운 국가를 토벌하는 비운의 장수이자 왕이다.

견훤이 태어난 곳은 상주 가은현, 지금의 문경시 가은읍이다. 비운의 장수가 태어난 곳이지만 그의 기개와 용맹은 누구에게도 뒤지지 않는다. 그러기에 견훤에 대한 더 많은 설화가 전해져 오고 있다. 탄생설화만 하여도 하나는 금하굴에 얽힌 설화이고, 다른 하나는 농암이라는 바위에 얽혀 내려오는 설화이다. 그 외에 전해 오는 자료들을 정리해 보니 역사성 있는 견훤길이 되고도 남음이 있다. 그런데 이대로 방치해 둔다면 후손들에게 부끄러운 일이 될 것이기에 나는 견훤길의 노정을 어렵사리 만들어 본다.

• 독서굴(讀書窟)

신라 말기의 대문호인 고운(孤雲) 최치원(崔致遠)의 독서하던 곳.

• 모래실(沙谷), 봉암사(鳳岩寺)

최치원이 난세(亂世)를 절망하여 봉암사 등을 찾아 풍월을 읊은 곳, 친필 석각(石刻)이 있음.

• 아침배미 · 조야미(朝夜味)

경순왕이 견훤이 거병하였을 때 난을 피하여 이곳에서 아침을 먹었던 곳.

• 한배미 · 일야미(一夜味)

경순왕이 견훤의 침입을 받아 이곳에 와서 저녁 식사를 하였던 곳.

• 홍문정

경순왕이 견훤의 난을 피하여 이곳 절터골에서 피난하면서 왕래하던 길목에 홍문정이라는 정자를 세운 곳.

• 배행정(排行亭)

경순왕이 견훤의 난을 무사히 피하고 금성(경주)으로 되돌아갈 때 이곳 주민들과 고을 원이 여기까지 나와 환송한 곳.

• 선유동(仙游洞)

주변의 산들과 수석(水石)이 아름다워 선녀(仙女)들이 하늘에서 내려와 놀았다는 전설에 따라 선유동이라고 하고, 최치원(崔致遠) 선생의 친필이 있음.

• 왕릉리(旺陵里)

경순왕이 난리를 피해 이곳으로 왔다. 왕비가 이곳에 왔다가 아이를 낳아 태(胎)를 묻은 곳, 본시 왕릉이 있었는데 이장하여 현존하지 않다고 하는 곳.

• 아차 · 아개동

후백제의 시조 견훤의 아버지인 이아자개(李阿慈介)라는 사람의 출생지.

• 금하굴(견훤 탄생설화)

동네에 처녀가 있었는데 밤마다 아주 잘생긴 남자가 찾아와 처녀와 정을 통하곤 하였다. 그렇게 시간이 흘러 처녀가 임신하게 되자 가족들은 이상히 여겨 처녀에게 캐물으니 처녀가 모든 것을 고백하였다. 이에 남자의 정체를 밝히고자 그 남자가 오거든 실을 꿴 바늘을 옷에 꽂아 두라 하였다. 방책대로 바늘을 남자의 옷에 꽂았는데 실을 안내로 삼아 따라가니 금하굴에 이르렀고, 굴 안에는 큰 지렁이 몸에 바늘이 꽂혀 있었다. 후에 처녀는 아들을 낳았는데 바로 견훤이다. 삼국유사의 내용과 많은 부분이 일치한다.

• 아차산

활쏘기 명수가 된 견훤이 백마의 달리기 실력을 견주어 보기로 하고 말바위에서 아차동으로 활을 쏘기로 하였다. "활을 쏘아 말이 화살보다 빠르면 일생을 같이할 것이나 만약 그렇지 못하면 네 목을 칠 것이다."라고 하고 시합을 하였는데, 날아오는 화살이 보이지 않아 이에 견훤은 화살보다 늦었구나 한탄하고 칼을 뽑아 명마의 목을 쳤다. 억울한 말의 목이 땅에 떨어지기가 바쁘게 '쐐―' 하는 소리와 함께 화살이 날아와 견훤은 '아차!' 가슴을 치고는 하염없이 눈물을 흘렸다 한다. 이 곳을 아차산으로 불렀다.

• 굴동, 모산(募山)

정월 대보름날 굴 보기 장소로 마을의 전 농악이 동원되고 주민들이 많이 모인다.

• 성너머 · 성넘어(城踰)

신라 53대 신덕왕 2년(914)에 축조하였다는 토성(土城). 본디 산성이 있고 이 성이 견훤의 가은현의 통치 거점이었던 성이라는 설이 있다.

• 소양(瀟陽)

소양서원(瀟陽書院)이 있는데 조선 숙종 나암 정언신(懶庵鄭彦信), 인백당 김낙춘(忍百堂金樂春), 가은 심대부(嘉隱沈大孚), 가은 이심(嘉隱李심), 고산 남영(孤山南嶸)의 다섯 분 선생의 유덕을 추모하기 위하여 건립됨.

• 견훤산성(성재산)

이 성은 일명 천마산성이라고도 하며, 문경군 가은읍 민지리(泯池里)와 농암면 농암리(籠岩里)를 연결하는 견훤산성(甄萱山城)을 말한다. 신라 51대 진성여왕 6년에 견훤은 군사를 모아 산성을 쌓고 군사훈련을 시켜 병력을 증강 하여 근거지로 삼아 신라와 대진(對戰)하여 승리한 후 원주(完州)에서 후백제를 세웠다고 전해 오고 있다. 일명 백제산이라고 부른다.

• 농암(籠岩), 농바위

옥황상제의 무남독녀와 사랑을 나누던 구호라는 총각이 발각되어, 지상으로 유배되는 벌을 받았는데, 구호는 지상에서 아비라는 처녀와 사랑하다 하늘로 올라갔다. 공주는 크게 노해 다시 구호를 내쫓으니 구호가 타던 백마는 천마산이 되고, 구호와 아비는 천마산 동쪽에 떨어져 두 개의 바위가 되었다. 얼마 후에 그 속에서 한 손에 칼을 든 장한이 나

타났으니 이가 곧 견훤이라 한다. 갈라져 떨어진 그 바위가 오늘의 농바
위이며, 지금도 농바우에는 1,200년 전 견훤이 심었다는 높이 30m의 느티
나무가 들판을 압도하며 서 있다.

• 북짓골
옛날 견훤이 북을 울리면서 군사를 조련했던 곳.

• 말바우, 마암(馬岩)
견훤이 어렸을 때 바위 밑 굴에 야생마가 살고 있었는데 성질이 워낙
난폭하여 사람들이 가까이 접근할 수 없자 견훤이 용감하게 길들여 명
마로 만든 곳.

• 고기(古基) · 이터골 · 옛터골
견훤이 이곳에서 많은 군병을 모집하여 훈련한 곳으로서 본궁(本宮)을
설치함.

• 궁기(上宮)
일대에 견훤이 궁궐도 짓고 군병도 훈련하던 곳, 궁터라고도 하는데
이 지명은 후백제왕 견훤이 출생한 곳인데서 연유했다고 한다. 즉 임금이
나온 곳이라 해서 궁터라는 지명이 생겨났다. 후백제를 세운 견훤이 가은
아개에서 태어나고, 농암면 궁기리에 주춧돌이 흩어진 건물지에서 기와편
이 나오고 있어 견훤 왕궁터라 불리어 오고 있으며, 지금도 궁터를 파면
고대의 기와조각이 나옴.

• 의상대
신라의 명승 의상대사가 일시 수도한 곳이라 한다.

• 원효대

신라의 명승 원효가 이곳에 머물렀다 함. 중궁에 비각이 있다.

이렇게 자료로 확인된 견훤 설화와 유적, 관광지 등 25개소를 30킬로쯤되는 하나의 길로 이어 본다. 제법 역사적인 길이 되고, 재미있는 스토리도 만들어지며, 빼어난 풍광과 함께 피부로 느끼고 가슴으로 생각하는 견훤길이 될 수 있다고 확신한다.

독서굴(희양산) → 모래실(봉암사) → 아침배미 → 한배미 → 홍문정 → 배행정 → 선유동 → 왕릉리(연개소문세트장) → 아차 아개동(아자개장터) → 방자유기촌 → 금하굴(탄생지) → 아차산 → 굴동(대보름 굴보기) → 성너머 → 소양(소양서원) → 견훤산성(백제산) → 농암(농바위, 느티나무) → 갈동리 삼밧골(말무덤) → 대정공원 → 북짓골 → 말바우 → 궁기(궁터)→ 의상대 → 원효대 → 고기(옛터골)

역사 속에 묻힌 견훤의 말은 21세기를 힘차게 달려야 한다. 지금 견훤과 명미는 우리 앞에 없지만 역사는 우리에게 말한다. "역사를 잊은 민족은 미래가 없다."고. '위대한 역사'를 계승 발전시켜 나가는 일이 지금 당장 필요하다. 나는 이런 내용을 정리하여 시청으로 보냈으나 아직 깊은 산으로 떠난 강원도 포수처럼 몇 년째 감감무소식이다. 토인비도 우리를 향해 큰소리로 말한다. "역사를 통해 미래를 배운다."고.

학동역에는 학동이 없다

강남구 학동역이 소재한 곳은 논현동이지만 예전에는 학동이었다. 학동에 학동역이 있는 건 당연한 상식이다. 그러던 학동이 논현동으로 흡수 통합되어 그만 자취를 감추고 만 것이다. 요즘은 주소 혼돈 시대, 도로명 주소가 있고 지번 주소도 있어 혼란이 이만저만이 아니다. 도로명 주소로 쓸 때 괄호 안에 예전 법정 동명을 병기하기도 하지만 그래도 믿음이 가지 않는다. 누가 주소를 물으면 많은 사람들이 금세 답하지 못하고 머뭇거리게 된다.

우리나라는 도로명 주소를 쓰는 미국과는 달리 마을 단위의 지번 주소 개념이 더 편리하다고 생각한다. 물론 바둑판 같은 신도시 건설로 계획도시가 세워진 경우는 예외일 수 있으나 주민들이 이장을 중심으로 대동단결하고 상부상조하던 마을 두레 개념의 애향심이 그들만의 독특한 문화를 만드는가 하면 단합된 조직의 힘을 과시하기도 하던 소중한 덕목이 우리 곁에서 점점 사라져 가고 있는 느낌이 든다.

서울세관 지번 주소는 강남구 논현동 71번지이지만, 도로명 주소는 언주로 721이다. 민원인이 도로명 주소만 가지고 세관을 찾아오려면 언주로 길이 어디쯤인지 감이 잘 잡히지 않는다. 흔히 세관을 방문하고자 문의를 하면 "지하철 7호선 학동역에서 내려 10번 출구로 나와 건설회관 방향으로 조금 걸어오면 된다."고 답한다.

그러나 압구정역에서 걸어오거나 다른 곳에서 택시를 타고 오는 경우에는 학동사거리와 학동역사거리가 다르다는 것을 분명히 알고 있어야 시행착오를 줄일 수 있다. 착오가 생기는 경우 적어도 두 곳은 거리가 멀어 도보로는 15분 이상이 걸리기 때문이다. 택시 기사들이 의도적으로 그렇게 하진 않겠지만 분명히 학동역사거리를 가자고 했는데 학동사거리에 내려주는 경우가 더러 있기도 하다.

지번 주소로 검색된 동명으로 인해 고생하는 민원인들이 수시로 발생한다. 어떤 사람들은 주소가 논현동이니까 7호선 논현역에 내려서 걸어오려는 생각을 하기도 한다. 그러나 한참을 걸어와야 하기 때문에 다시 지하철을 타거나 버스를 타는 경우도 있다. 논현동에는 논현역이 있고, 학동역도 있다는 것을 모르기 때문이다.

이런 민원인들의 불편함을 해소하고자 나는 서울시에 7호선 학동역명에 '서울세관'의 병기 표시를 건의하게 되었다. 적어도 없어진 학동을 역명으로 사용하고 있는 것도 좋지만, 국가기관 대형건물 청사가 가까이 있으므로 학동역 명칭에다 기관명을 병기한다면 이용자들이 얼마나 편리할 것인가를 생각하게 된 것이다.

흐르는 물은 여울을 만들지만

그 여울 속에는 밝은 거울이 있고

고인 물은 거울을 만들지만

그 거울 속에는 무수한 파편이 있네

흐르다가 고이고

고였다가 다시 흐르는 물이여

천의 얼굴이었다가

하나의 얼굴로 다가오는

천의 사람이었다가

나 하나의 눈거울로 마주하는 사람이여

때로는 해뜨는 산으로

가끔은 달뜨는 섬으로 만나도

우리는 물처럼

서로 밝은 거울을 만드는

무수한 그리움의 파편이라

파편으로 하나 되어

다시 밝고 큰 거울을 만드는 일

그것이 참사랑이라

_본인 졸시 〈그리움〉 전문

　이후 역명 병기 표시를 위해 서울시에서 원하는 보완 자료를 제출하기에 이르렀다. 타당한 사유와 일천 명 이상의 시민 서명을 받아 오라고 하여 몇 날 며칠을 뛰어다니며 요구 자료를 제출할 수 있었다. 이후 일말의 기대감을 가지고 결과를 기다려 보았으나 서울시에서 불수용이라는 결과를 알려 왔다. 쉽게 되지 않을 것이라고 어느 정도 예상을 하였지만 잘 이해되지 않는 불수용 사유로 인해 은근히 화가 치밀어 올랐다. 왜냐하면 학동역 다음 역이 '강남구청역'인데, 그 역에서 강남구청은 서울세관에서 학동역 거리보다 훨씬 더 멀다는 점이다. 역시 팔은 안으로 굽고 떡장수는 떡 하나 더 먹는다는 논리로 생각하니 조금이라도 마음이 편해진다.

요즘 서울의 지하철 역이름을 한번 살펴보라. 대학교와 상당한 거리가 있음에도 그 이름을 따오거나 병기하고 있다. 서울대입구역은 서울대학교까지 얼마나 떨어져 있는지 한번이라도 가 본 사람은 말이 잘 안 된다는 것을 알게 된다. 이름도 들어 본 적도 없는 대학교 이름을 역명과 병기하는 경우도 생각보다 여러 곳이 있다. 대학생들이 지하철을 많이 이용하는데 대한 배려일까? 아니면 시에서는 이런 여러 대학교와 별도 협약이라도 체결한 것인지 의아하기도 하다.

그런 서울시가 도로명 표기와 버스 안내방송, 그리고 지하철 출구 안내도 등은 정비가 부족하다. 그 예로 관세청이 대전으로 내려간 지 십수 년이 지났는데도 관세청이라는 도로명 표기가 있고, 신사역 1번 출구, 야탑역 2번 출구 표지에도 관세청이라고 되어 있으니 참으로 한심하다. 아직도 서울과 대전을 분간하지 못한다는 말인가. 세관을 지나는 노선버스를 타도 안내방송에서 관세청을 외친다. 이런 문제를 정식 건의하여 서울세관으로 고치도록 조치하면서 조금이나마 그동안 상처받은 마음을 자위할 수 있었다.

청담사거리와 청담역사거리는 다르고, 학동사거리와 학동역사거리는 확실히 다르다. 말은 정확히 발음하고 성의껏 귀담아 들어야 한다. 대충

이 통하지 않는 세상, 글씨 한 자에 몇 십 분을 손해 보는 일이 생길 수도 있다는 것을 알아야 한다. 붕어빵에는 붕어가 없듯이 서울시민이라면 학동에는 학동역이 없다는 것도 알아야 한다는 것이 꼭 필요한 상식일까?

제2부

—

문학과 대중

립스틱 짙게 바르고

 립스틱은 BC 69~30년 클레오파트라로부터 유래되었는데, 부처꽃과 헤나에서 추출한 붉은 물감을 입술에 칠했다고 한다. 이미 6세기경 스페인 상류층에서는 가내수공업으로 립스틱을 제조하여 널리 사용하기 시작했고, 1880년에는 프랑스의 화장품 기업인인 겔랑이 세계 최초로 립스틱을 대량생산하기에 이르는 역사를 갖고 있다. 우리나라는 신라 시대에 이르러 잇꽃의 즙이나 진사로 입술 화장한 것을 시작으로 지금은 여성의 핸드백에 립스틱 하나 정도는 기본으로 갖고 있는 편이다.

 심리학자들에 따르면 평소보다 립스틱을 진하게 바르는 행위는 여성들이 심경의 변화를 표현하는 무언의 방법 가운데 하나라고 한다. 미스 월드 출신인 여배우 린다 카터가 '원더우먼'에서 립스틱을 칠하는 이유는 반드시 정의를 바로 세우겠다는 의지의 표현이라 한 것처럼 이렇듯 립스틱은 여성들에게 있어 화장품 그 이상의 사회학적 의미를 지닌다.

 이외에도 '립스틱 효과(Lipstick Effect)'는 1930년대 미국 경제학자들이 만든 용어로 소비경기가 좋지 않은 상황에서 립스틱 같은 저가의 미용 제품의 매출이 오히려 증가하는 현상을 의미한다. 또한 '립스틱 지수 (Lipstick Index)'는 미국의 화장품 회사인 에스티로더가 립스틱 판매량으로 경기를 가늠 발표하는 경제지표로, 립스틱은 한낱 미용 제품이 아니라 대중의 삶의 질을 나타내는 생활의 바로미터가 된다.

이렇게 입술에 바르는 립스틱이 우리나라에서는 1994년에 입으로 부르는 립스틱 노래 대소동이 벌어진다. 이 노래로 인하여 립스틱 판매량이 30%나 증가했다는 임주리의 〈립스틱 짙게 바르고〉라는 노래가 바로 그것이다. 본시 1987년 발표를 했으나 인기를 끌지 못했고, 1993년 이 노래를 탤런트 김혜자가 MBC 연속극 〈엄마의 바다〉에서 불러 인기를 끌면서 대중들에게 폭발적인 인기를 얻기 시작하여 기적 같은 반전 드라마를 펼쳐나갔다.

> 내일이면 잊으리 꼭 잊으리/립스틱 짙게 바르고/사랑이란 깊지가 않더라/영원하지도 않더라/아침에 피었다가/저녁에 지고 마는/나팔꽃보다 짧은 사랑아/속절없는 사랑아/마지막 선물 잊어 주리라/립스틱 짙게 바르고/별이 지고 이 밤도 가고 나면/내 정녕 당신을 잊어 주리라

이 노래는 1987년에 발표된 이래 지금도 노래방 애창곡 베스트 10의 하나로 꼽힌다. 당시로서는 파격적이며 감성적인 제목과 가슴에 와 닿는 가사로 특히 사, 오십대의 마음을 설레게 했다. '까짓것, 잊어 주마. 그래도 난 괜찮아.'라는 결의에 찬 자기 위로, 또는 애인을 떠나보낸 남자들은 술을 마시고 꺼이꺼이 울며 분노를 삭이고, 여자들은 거울 앞에 앉아 비장하게 립스틱으로 입술을 붉게 칠하기도 한다는 것이다.

나는 이 노래를 들으며, 대중들의 폭발적인 인기를 끌 수 있는 충분한 매력을 지닌 곡으로 생각했다. 그런데 들을수록 노래 가사 중에서 자꾸만 나의 뇌리에 딱 걸리는 것이 한 곳 있었다. '…아침에 피었다가/저녁에 지고 마는/나팔꽃보다 짧은 사랑…' 바로 이 소절이었다. 나팔꽃은 '아침에 피었다가 저녁에 지는 꽃'이 아니라 '새벽에 피었다가 아침에 지는 꽃'이라는 사실이다. 물론 노래 가사의 특성상 비유와 상징이 감안되었다 하더라도 좀 정도를 벗어난 가사로 생각되었다. 나도 시를 쓰는데 그것을 역설이나 반어적으로 표현은 할 수 있지만 너무도 뻔한 사실을 왜곡한다는 측면에서 마음의 불꽃이 튀기 시작했다.

　나는 마음속에 립스틱을 진하게 바르고, '반드시 가사의 오류를 바로잡아 보겠다.'는 의지를 굳혔다. 초등학교 5학년 탐구생활에 나팔꽃 실험 과제가 나온다는 예시도 인용하였다. 그리고 식물도 사람의 배꼽시계처럼 일종의 생물시계가 들어 있어 낮의 길이가 짧은지 긴지를 파악하여 자기에게 유리한 시간에 꽃을 피운다는 점, 동물처럼 좋은 환경을 찾아 옮겨 다니지 못하므로 낮이 짧은 조건에서 꽃을 피우는 단일식물이라는 점, 일몰과 동시에 개화 작업에 들어가 새벽 4시께부터 꽃망울이 열리기 시작해 5시가 되면 만개하는 생태를 가지고 있다는 점, 이렇게 핀 꽃은 아침 햇볕 아래 3~4시간을 보낸 뒤 9시가 되면 시들어 씨를 맺는다는 점 등을 이해하는 등 상당히 이론적으로도 무장하였다.

　이후 노래 가사의 오류라는 내용을 써서 조선일보 독자 투고란에 보냈다. 며칠 뒤 신문 독자 투고란에 내가 보낸 내용이 게재되었다. 그 보도를 본 직장 선배 한 분이 내게 전화를 걸어 내용을 잘 보았다며 나의 의견을 지지한다고 했다. 그 선배는 "아침에 피었다가 저녁에 지고 마는 나팔꽃보다는 오히려 새벽에 피었다가 아침에 지고 마는 나팔꽃이 오히려 가사의 주제를 더 심화시켜 준다."고 했다.

어차피 후행되는 가사에서 '나팔꽃보다 짧은 사랑아'를 보면 나팔꽃은 짧게 피었다가 지는 꽃의 속성으로 짧은 사랑을 강조하고 있지 않은가? 그러므로 아침에 피었다가 저녁에 지는 나팔꽃보다 새벽에 피었다가 아침에 지는 것이 시간상으로는 훨씬 짧은 것이다. 게다가 애달픈 이별을 주제로 하고 있어 나팔꽃(사랑)의 개화가 평이한 일과 시간(아침부터 저녁까지)보다는 오히려 특별한 시간대(새벽부터 하루 시작 전 시간, 어둠과 여명과 아침의 교차)가 더 의미 측면에서도 잘 조응된다는 점이다.

그렇지만 그다음 날 신문에 곧바로 작사자인 양인자 씨의 반박의 글이 실렸다. 노래 가사이므로 사실과 굳이 같을 필요가 없다는 점을 간과해서는 안 된다는 점을 내세웠다. 나의 예상과 같은 내용의 반론이 제기되었다. 얼마든지 저작권자의 의도가 중요하다는 점을 인정해야만 했고, 이 노랫말은 1994년 한국노랫말 대상을 수상했으며, 이후 더 가사에 대한 다른 시비는 없었다. 이런 논쟁이 저작권자나 가수에게는 득이면 득이지 손해 볼 일이 없기 때문이다. 그러나 요즘도 그 노래가 나오면 나는 내 맘대로 가사를 고쳐 부른다. "새벽에 피었다가 아침에 지고 마는……."

시가 있는 곳에 노래가 있고

　당송8대가(唐宋八大家)의 한 사람인 소동파는 '畵中有詩 詩中有畵'라
고 했다. 그림이 시가 되고 시가 그림이 된다는 말이다. 그러나 여기에 하
나 빠진 게 있다면, 바로 노래다. 노래가 시가 되고 시가 노래가 된다는
말을 우리는 무수히 들어왔고 또 여태껏 그렇게 보아 오고 있다. 시에다
곡을 붙인 노래가 우리 주변에는 얼마든지 있으며, 정지용의 〈향수〉나 김
소월의 〈진달래꽃〉은 성악가 박인수와 가수 마야에 의해 인기 있는 노래
가 되었다.

　갈수록 시가 대중들로부터 멀어지고 있다. 그러나 시인들은 엄숙주의
와 순수주의를 내세워 창작의 깊이를 더한다며 점점 난해의 질곡으로 빠
지고 있다. 이미 쉬운 것은 시가 아니라 낙서에 불과하고, 어렵고 이해되
지 않는 것이 현대시라고 할 정도로 위험수위에 이르고 있다. 시를 노래
로 만든 향수나 진달래꽃은 현대시처럼 어렵지 않다. 아니 가사가 어렵다
면 곡이 붙여져 대중들이 부를 수 있는 노래가 되지 못한다. 그렇다면 이
런 시들을 수준 이하라고 말할 수 있는가? 요즘 쉽게 쓰지 못하니까 보

다 어렵게 쓴다는 말이 나오기도 한다. 어쨌건 이 시대의 주인은 대중이지 소수의 부류들이 문화를 창조하거나 예술의 생명을 좌우하지 못한다.

시대적으로 자유와 민주로 부글부글 끓어오르던 80년 초, 나는 암울한 세상의 벽을 뚫는 창이 되어야 한다는 생각을 하게 된다. 펜의 힘이 창보다 훨씬 강하다고 생각하면서 내가 쓰는 글은 점점 현실 비판적인 성향으로 기울어져 가고 만다. 세상을 부정적으로 보기 시작하면 할수록 똑바로 된 것은 하나 없고 모든 것은 나와 정면으로 맞서는 적이 된다. 이 무렵 나를 찾아온 황국현 친구, 그는 선명한 쌍꺼풀과 뚜렷한 이목구비에 짙은 구레나룻이 돋보이는, 어찌 보면 〈이유 없는 반항〉의 배우 제임스 딘의 느낌이 났다.

그가 강변가요제와 대학가요제 등에 출전하려 한다면서 작곡을 해야 된단다. 그래서 내가 써 놓은 시를 좀 달라고 하였다. 사실 현실 비판적인 시는 노랫말이 되지 못한다는 것쯤 알고 있는 터라 그의 요구를 선뜻 받아들일 수 없었다. 하지만 포장마차에서 밤이 깊어 갈수록 한번 해보자는 방향으로 흘러갔고, 그 뒤 열 편 정도의 가사를 써서 넘겨주었다. 그 후 입상에 대한 기대감보다는 나는 약속을 지켰다는 작은 만족감뿐, 사실 그의 도전과 결과에 대해서는 서서히 관심 밖으로 지워져 가고 있었다.

어느 날, 1981년 제2회 MBC강변가요제에서 〈사랑은〉이라는 곡으로 은상을 받았다는 연락을 받는다. 얼떨떨하고 기분이 묘했다. 당시 김광용, 김은희, 황국현 셋이 불렀는데 음악을 모르는 내가 들어도 좀 괜찮게 들려졌다. 대상은 〈별이여 사랑이여〉, 금상은 〈푸른 여름에는〉이 차지했는데, 그는 심사에 대한 작은 불만을 갖고 있었지만, 앞으로 더 좋은 노래로 가요제의 변혁을 일으키겠다고 했다. 앞으로 기획사 하나 만들어서 올인하자는 말도 덧붙였다. 그들은 〈젊음의 행진〉 등 TV 출연과 당시 최고의 건물인 서울역 앞 대우빌딩 지하 레스토랑 '전하' 등에서 특별출연을 하며 바쁜 나날을 보내면서 남다른 의욕을 불태우기 시작했다.

이어 우리 두 사람이 작사 작곡한 〈작은새〉가 1982년 제6회 MBC대학 가요제에서 동상을 수상하게 되었다. 다사랑(김명주, 김현경, 김영순, 최경희)이 부른 이 곡은 대상인 〈참새와 허수아비〉, 금상 〈윷놀이〉, 은상 〈햇발〉에 이은 입상이었으나, 그는 이번에도 만족하지 못했다. 그 후 심혈을 기울여 대작을 만든다면서 깊은 암자에 들어가 보름 동안 기거하면서 만든 곡이 있으니 그것이 〈태양의 아들〉이다. 널리 알려지지는 않았으나 유난히 그 노래를 즐겨 불렀고, 나와 둘이 있을 때 통기타를 치며 더 잘 부르곤 했다. '오백나한 예지에도 범부의 눈이 뜨고, 내 지성이 드리운 합창에도 해는 떠더이…'로 시작되는 데 아무래도 가사가 무겁고 재미가 부족하다는 것이 흠인 것을 나중에야 알게 되었다.

그러나 대중가요와 나의 만남은 여기까지였다. 그의 아버지는 하늘의 새도 비켜날고 명예를 하늘처럼 소중히 생각한다는 장성 출신이었다. 당시 자신의 장남이 가수 나부랭이나 날라리 작곡을 하는 것에 대해 단호하게 반대를 하였으니 그 풀에 꺾여 그는 노래 부르기와 작곡을 손에서 놓고 만다. 효자는 노래보다 사업을 선택했고 그 선택이 그를 더 행복하게 만들지는 않았지만 늘 자신의 생활 속엔 음악이 있고, 음악이 그를 위안의 시간으로 만들어 준다는 것을 즐기고 있었다.

나는 이후 시인들과 작곡가들이 모여 시에다 곡을 붙여서 무대에 올리는 '내 마음의 노래' 팀에 참여를 하게 된다. 시인 20명과 작곡가(대학교수) 20명으로 구성이 되어 작곡가들이 자기 성향에 맞는 시를 한 편씩 골라 각각 곡을 붙인다. 그리고 국립극장 무대에도 올리고 CD로도 제작하는 것이었다.

상당히 의미 있는 일이었지만 새로 발표된 창작 가곡을 대중들이 부른다는 것은 어림없는 일이었다. 시를 일부 수정하여 곡을 붙였기 때문에 어찌 보면 얼굴 면도를 하다가 코나 귀가 좀 잘려 나간 느낌이 들기도 했다. 그러나 작곡가 입장에서 보면 곡을 붙일 만한 시가 없고, 시인의 입장에서 보면 시의 운율도 살릴 줄 모른다는 이야기들이 도는 것을 보면 어쩔 수 없는 장르의 견해 차이를 인정하지 않을 수 없다.

그래도 내 졸시에 정덕기 교수가 곡을 붙이고, 소프라노 인성희 씨가 부른 〈아카시아꽃〉은 EBS에 심심하지 않게 방송될 정도로 한 편의 가곡으로 건져진 성공작이란다. 나는 그 노래를 몇 번 들어 봤으나 가사가 잘 들리지 않는다. 시인은 곡보다는 가사 전달에 더 신경을 쓰기 때문에 그럴 것이라는 생각이 들기도 한다.

산 넘어 산에 잎새 푸를 때/너의 하얀 이마 솜털이 보인다//뻐꾸기 한 골짝 울음 베어 나면/너의 하얀 하얀 소리 목젖이 보인다//순백의 사랑 그윽한 향기로/너의 하얀 이마 웃음이 보인다//오월의 산이 좋아/산에서 살아가는 아가씨

노래가 먼저냐 시가 먼저냐를 따지기도 하지만 어느 것이 먼저인지는 그리 중요하지 않다. 그보다 시에 좋은 곡이 붙여져 많은 사람들이 즐겨

부르는 것이 더 중요하다. 시와 노래는 무촌이다. 다시 말하면 한 지붕 아래 한솥밥을 먹고 살면서 시가 있는 곳에 노래가 있고, 노래가 있는 곳에 시가 있어야 한다는 말이다. 아무도 거들떠보지 않는 예술을 죽은 예술이라 이름 붙인다면 너무 가혹한 평가일까?

예전의 7080의 감성적인 노래들도 이제 시간이 지날수록 우리 귀에서 서서히 멀어져 간다. 무척이나 힘들고 어려웠던 80년대, 이유도 아닌 이유를 붙여 금지곡이 꽤나 많았던 시절, 노래 부를 자유마저 박탈을 당한 듯 했으나 그래도 노래 구절마다 우리들의 눈물샘을 자극하고 마음의 위로를 받게 되는 노래들이 꽤 많았다.

그런데 요즘은 감성은 접어 두고 알아듣기 어려운 영어와 욕설에 가까운 가사까지 판을 치고 있으니 어디까지가 문화이고 어디가 음담패설인지 그 경계가 모호하다. 이럴수록 수준 높고 감성을 자극하는 대중가요가 그리워진다. 정지용의 〈향수〉를 부른 서울대 박인수 교수는 대중가요 〈향수〉를 불렀다는 이유로 국립오페라 단원에서 제명되었다는 이야기가 전해 오는 것은 이해되지 않는 참으로 가슴 아픈 일이 아닐 수 없다. 그런 후일담을 듣고 나니 "대중이 있어야 나라가 살 듯 대중가요가 있어야 시인도 산다." 는 주장을 펼쳐 보이고 싶다.

시인의 마을에는 한 사람의 시인이 산다

    어느 유명 가수의 노래처럼 '저 푸른 초원 위에 그림 같은 집을 짓고' 싶은 꿈은 이미 이 노래가 나오기 전부터 시작되었다. 꿈을 꾸면 반드시 이루어진다고 했지만 전원의 꿈을 이루는 것은 그리 호락호락하지 않다. 가능한 시골로 들어가야 하고, 일정 규모의 땅을 사야 하며, 그런 연후에 꿈꾸던 집을 설계하여 지어야 하므로 비용의 문제도 뒤따르고, 이외에 문화생활을 누리던 사람들은 도시 문화와의 단절과 고독감을 감수해야 한다.

    장수 드라마의 하나인 〈전원일기〉, 1980년 10월 첫 방송을 시작하여 1,088부작으로 2002한일월드컵이 있던 그해 12월 대단원의 막을 내린다. 양촌리에 사는 김회장 댁과 일용이네를 중심으로 그려내는 따뜻한 이야기가 주를 이루는데, 한국식 전원은 우리 생각 속에 이 드라마의 배경이라는 고정관념을 던져 준다. 농경지나 녹지 등이 있어 시골의 정취를 느낄 수 있게 한적한 교외에 지은 친환경적인 주거 유형의 주택을 말하는 것이니 그렇게 틀린 것은 아닌 것 같다.

명확한 규정은 없지만 우리나라 전원주택은 주로 도시 외곽의 교외에 위치하는 경우가 많다. 도시에서 멀리 떨어지지 않은 지역에 위치하고 있어 농촌에 소재하는 일반적인 농가주택과는 좀 차이가 있다. 목적 자체가 친환경적인 주거이므로 단독주택으로 공급되는 것이 일반적이라는 특성을 갖고 있다. 환경, 교통, 교육, 문화 등을 충분히 감안하여 본인이 원하는 것이 별장형인지 거주형인지 잘 검토하여 선택하지 않는 경우 그림 같은 집의 꿈은 달라지고 만다.

옛날에는 별장으로 불리다가 1990년대 들어 준농림지에 주택개발이 허용되면서 공급이 크게 증가하기 시작한다. 이때 나도 초원의 집을 꿈꾸어 보았지만 걸림돌이 있어 그냥 꿈으로 만족해야 하는 입장이었다. 사내가 태어나서 한번은 꼭 해 보고 싶은 일이 있다면 자기가 맘속에 그리던 집을 직접 지어 사는 것이라 했다. 그러나 전세부터 시작한 형편이고 보면 전원주택은 퇴직 후에 도시의 아파트나 팔아야 가능한 것이니 그것은 아무나 작정할 수 없는 일이다.

사람은 누구나 유혹에 약하다. 첨엔 어렵다고 생각하지만 자꾸만 반복하여 꼬드기면 맘이 흔들리다가 나중엔 할 수 있을 것이라는 막연한

기대감이 싹튼다. 그리고 일순간 사고를 치듯 일을 저지르게 되면 그 이후는 고난으로 이어지고, 나중에는 헤어날 수 없는 위기 속의 주인공이 된다. 주인공은 어지간하여 영화나 드라마 등에서 잘 죽지 않는다는 점을 믿고 나도 그렇게

되리라는 막연한 자신감으로 〈전원일기〉에 출연하게 된다.

전원주택 붐이 일기 시작한 1995년, 내 나이는 불혹에 막 넘어서고 있었다. 하룻강아지 범 무서운 줄 모르고 용기백배하던 시절, 모든 것이 원리원칙 준수와 청렴결백하기만 하면 통한다는 신념으로 살던 나에게 전원주택의 길은 엄청난 시련의 시작이었다. 애초 내가 그것을 주도한 것이 아니었는데 본의 아니게 추진을 주도하는 리더가 되고 말았으니 그것은 우공이산의 힘으로도 역부족이었다.

동호인들의 첫 회의를 열었다. 당시 가입자 수가 넘쳐서 곤란할 정도였고, 토지도 1만 평을 매입, 50가구를 짓는 것으로 시작하였다. 컨설팅사가 따로 있어 나는 동호인 관리와 중요한 사안에 대한 결정 정도였으니 초기 단계에는 큰 문제가 없었다. 그러나 이렇게 큰 규모의 단지 건설에 어찌 매양 꽃피는 봄날처럼 훈풍만 불겠는가. 토지 매매계약을 체결한 후 산림형질변경허가서를 제출하였는데 그것이 반려되었다는 통보였다. 지역이 우량임지이므로 산림 훼손이 불가하다는 내용이었는데, 더 자세히 알고 보니 토지 계약 이전부터 마을 주민과 지주와 민원이 있었던 곳이었다. 어떤 민원이건 당사자 간 원만한 합의가 이뤄지지 않는 한 법적 투쟁으로 갈 수밖에 없고, 우리는 그런 절차를 하염없이 기다릴 수밖에 없는 처지가 되었다.

민사소송은 사안에 따라 다르기는 하지만 한번 시작하면 판결이 날 때까지는 세월아 네월아 노래를 불러야 된다. 우물쭈물 법원의 결정을 기다리고 있을 때 검은 먹구름이 잔뜩 몰려오고 있었다. 한국경제를 침몰시킨 IMF의 시작으로 건설과 부동산 시장의 몰락이 시작되었다. 중견 건설업체도 직격탄을 맞아 하루아침에 부도가 나고 은행금리도 20%에 육박하는 엄청난 위기 상황에 전원주택 시장은 꽃도 피기 전에 된서리를 맞고 주저앉게 된다.

토지대금은 시행사에서 선납 상태였으나 동호인 탈퇴가 속출하자 전원주택의 건설은 점점 가물거리기 시작했다. 공멸이라는 말이 나오기 시작하면서, 나는 동호인들을 끌어안고 사정의 긴박함과 물릴 수 없는 현실, 한 배를 탄 사람으로서 공생공존해야 한다며 그들을 설득했다. 하지만 IMF가 언제 끝날지 모르고 또 허가도 나지 않는 땅을 붙들고 마냥 기다릴 수 없었다. 토지 대금을 납부한 시행사의 금리 부담은 눈덩이처럼 불어나기 시작했고 민간에서는 금 모으기 캠페인이 벌어지고 있었으니 전원주택 건설의 당위성은 점점 약화되어 갈 뿐이었다.

시행사에서는 시도 때도 없이 나를 압박해 왔다. 한계 상황에 이른 그들은 나를 밀실에 감금하고 공갈 협박도 했으나, 나는 눈도 깜빡하지 않았다. 하지만 추진위원장이라는 직위로 인해 그들은 투자금 회수를 명분으로 나의 급여를 압류하는 시점에 이르러 나도 동호인들에게 적극적인 대응 국면으로 돌아섰다. 진행에 협조하지 않으면 지금까지 납부한 돈이 다 날아간다는 입장을 간곡히 설명하고, 그래도 진행이 어려운 사람은 이런 현실을 각오하고 많은 이해를 해 달라는 눈물 어린 호소로 동호인 관리에 최선을 다하였다.

넘을 수 없는 허가의 벽, 나는 그것을 넘기 위해 최종적으로 법원의 결과만 기다리고 있다 보면 이대로 다 죽는다는 입장을 정확히 파악한다. 고민 끝에 사형선고를 앞둔 죄인처럼 세상을 하직하는 기분으로 진실만을 담은 마지막 편지를 쓴다. 밤새워 빼곡하게 쓴 편지는 무려 10장이 넘는다. 그리고 한 권의 시집과 함께 허가 관청으로 보낸 뒤 희망도 보이지 않는 암울한 운명의 날만 기다리고 있을 뿐이었다.

최선을 다하고, 그래도 안 되면 나머지는 하늘의 일이라 어찌 그것을 거역하겠는가. 그다음 수순은 내가 모든 책임을 지고 목숨이라도 내놓을 각오였는데, 사람은 그냥 죽으라는 법은 없는 모양이다. 이 편지를 기화로 허가권자가 감동을 받았는지 민원의 실마리는 서서히 풀려나갔다. 결국 재판은 취하되고 단지 규모를 절반으로 줄여 허가를 받아 내는 쾌거를 거두게 되었다.

동호인들은 허가를 득한 소식에 수고했다는 사람도 있었으나, 일부는 땅 매입 시 충분한 검토가 되지 않아 피해만 입었다고 불만을 토로하는 사람도 있었다. 일을 진행하면서 사람은 겉으로 보기보다 속마음이 중요하다는 것을 이때 참으로 많이 배웠다. 이후 토목공사를 하게 되었는데, 사건으로 생각되는 하나하나를 다 적자면 책 한 권 분량도 넘는다. 시행업체가 부도로 인해 4번이나 바뀌었다는 걸 생각해 보라. 그것이 얼마나 많은 이야기와 힘든 과정의 연속이었는지. 그리고 멍들대로 멍든 만신창이 전원주택, 나는 몇 번 극단적인 선택을 생각한 적이 있었으나 교회를 나가면서 극단적인 무모한 생각에서 벗어날 수 있었다.

토지 접경 지역에 심어져 있던 밤나무를 무단으로 훼손했다고 경찰에서 잡으러 온 일, 단지 내 우물을 못 파도록 주민들이 진입로에다 숨은 도랑을 파 놓아 밤에 장비가 빠지던 일, 공사장 흙을 불법으로 반출했다며 경비원이 나의 비리 개입설을 유포하던 일, 지역 신문사에서 전화를 걸어 공무원이 무슨 돈이 있어 고급 전원주택을 짓는지 보도하겠다고 협박하던 일, 미분양 필지를 매각 과정에서 도로를 자기 마당으로 쓰라고 해 놓고 거짓말을 했다는 어처구니없는 모함들.

그리고 마을에서 찬조금을 더 많이 내라고 길을 막던 일, 전기공사를 자기 친척에게 안 준다고 나를 욕하던 일, 몰래 뒤를 파고 다니며 있지도 않은 말을 만들어 내던 일, 공사대금 등을 제대로 납부하지 않은 동호인들로 인해 단지 결산도 안 된 상태에서 자기가 받을 돈을 안 준다며 내게 급여를 압류하겠다고 협박하던 동호인, 사소한 건축 하자를 빌미 삼아 잔금을 주지 않고 건설사와 소송까지 가게 된 일, 일부 동호인끼리 연대하여 건설사의 건축 하자를 침소봉대하던 소송 사건 등 머리 아픈 일들이 주마등처럼 지나간다.

건설사들의 실수나 하자도 문제가 없는 것은 아니지만 하나하나 문제라고 꼬치꼬치 집어들고 일어나면 남의 집 지어 줄 위인은 존재하지 않는다. 집 장사가 제집을 지어도 맘에 안 든다는 말이 있음을 보면 이해가 간다. 돈을 벌려고 들어왔다가 막대한 손해를 보게 된다면 아무래도 업자의 입장에서는 그것을 최소화하려고 할 것이고, 공사가 자칫 부실로 이어질 수도 있다. 그럴 경우 양자가 사정을 감안하여 약간씩 양보하면 답이 나오는데 갑의 입장에서 목소리만 높이면 결국 좋지 않은 험악한 상황으로 확대된다.

정말 많은 역경이 있었지만 나는 결국 단지를 마무리하게 되었다. 이로 인해 심신은 극도로 지쳐 버렸고, 시간과 돈과 젊음을 잃어버렸다. 그동안 나의 노력에 대한 몇 푼의 대가는 고사하고 안산과 문경의 개인 소유

땅을 팔아 공사비에 보탠 억소리 나는 돈은 회수하지 못하고 고스란히 날려 버리고 말았으니 어디 누구에게 원망하리. 십 수년이 지난 지금, 아직도 미안함이 남는 동호인이 있는 반면, 서로 가슴에 풀지 못한 응어리로 남아 있는 사람들도 있다.

사람들은 왜 그렇게 이기적일까? 아무리 생각해도 답이 나오지 않는다. 중견업체들도 풍비박산이 난 IMF의 후폭풍은 소멸되었어도, 내 마음속의 상처는 시나브로 통증으로 다가온다. 승진 기회도 마다하고 수난의 10년 세월을 오로지 희생과 봉사와 헌신으로 단지를 완성했음에도 불구하고 아직도 뒷담화로 나의 자존심을 건드리는 사람들이 있다. 그러나 내가 돈을 위하여 전원을 선택한 것이 아닌 만큼 값진 자연 신록을 즐기는 나의 시간에서 황금보다 귀한 행복을 찾아간다.

무엇이 나를 그리도 힘들게 만들었는지. 이제 와서 돌이켜 보면, 모든 것이 헛되고 헛되며 헛되고 헛되니 모든 것이 헛되다. 힘든 세월 동안 잠시 흔들리긴 했으나 끝내 무너지지는 않았다. 그리고 대나무처럼 곧게 서서 부러지지 않았고, 갈대처럼 흔들려도 꺾이지 않은 정신, 그것은 때묻지 않은 자연의 힘이라고 생각한다. 자연은 이기적이지도 위선적이지도 않다. 진리처럼 불멸의 꽃을 피우고 진실보다 달콤한 열매를 맺는다.

　김포시 통진읍에는 '시인의 마을'이 있다. 마을 입구에는 표석이 서 있고, 표석 옆에는 '사랑'이라고 글씨를 새긴 작은 바윗돌이 있다. 사랑으로 보듬지 않으면 산산조각이 나고 말았을 전원주택의 일, 더 힘든 일일수록 완성의 기쁨은 커지지만 그 과정에서 살아남는 법을 익히기까지 나는 얼마나 많은 땀과 눈물을 흘려야 했는지? 그 보답으로 내가 심은 소나무는 청청하게 자라고 내가 전지한 장미는 그윽한 향기로 나를 품어 주니 이 얼마나 행복한 전원생활인가.

식물도감을 넘기다
낯선 꽃 이름을 보고 웃는다

개불알꽃, 말불알꽃, 소경불알꽃
꽃들이 숫놈이네

여우오줌꽃, 쥐오줌꽃, 노루오줌꽃
꽃들이 오줌을 누네

나도바람꽃, 너도바람꽃, 쌍둥이바람꽃
꽃들이 바람도 피우네

흰애기동자, 각시붓꽃, 애기며느리밑씻개
꽃들이 사람 흉내내며 웃네

꽃이 사람인지 사람이 꽃인지 몰라
식물도감을 덮는다

_본인 졸시 〈요지경〉 전문

　가끔씩 마을로 구경하러 온 사람들이 이렇게 묻는다. "이 마을에 시인
들만 살아요? 시인이 몇 명이나 있나요?" 그러나 이 마을에는 한 사람
의 시인밖에 없다. 다시 말하면 시인이 만든 마을로 여기 사는 사람들은
고급 독자로 살기를 추구하는 사람들이라고 답한다. 본래 마을 이름
을 '옹달샘마을'로 정했으나 나중 나는 동호인들에게 부탁했다. 지금
까지 이렇게 노력하여 마을을 완성했는데 내겐 아무 보답이 없으니 마
을 이름만은 내가 고쳐서 지을 테니 양해해 달라 하고 '시인의 마을'로
개명했다.

　후일 어느 동호인이 내게 말했다. "누가 거지처럼 마을 이름을 '시인의
마을'이라 지었냐? 시인은 춥고 배고픈 느낌을 주어 집값이 떨어진다."며
원래대로 환원해야 한다는 항의였다. 그렇다고 여기서 물러설 입장은 아
니었는데, "'백만장자마을'이나 '회장님마을'로 부르면 집값이 천정부지
로 솟겠네."라고 답하고 싶었으나 하도 한심하여 더 이상 말을 섞지 않
았다. 사람은 죽어도 이름은 남고, 시인은 떠나도 시인의 마을은 오래도
록 남을 것이라 생각하며 나의 자존심을 지켜 가고 있는 중이다.

　일생에 집 한 채 짓기도 어려운데, 나는 마을 하나를 통째로 지었으니

큰일을 한 것은 맞다고 생각한다. 그러나 성공적이었느냐는 물음에는 대답을 유보할 수밖에 없다. 왜냐하면 거대한 IMF의 격랑 속에서 내 몸 하나 살아남은 것만 해도 다행인데 전원주택까지 왈가왈부할 수 없다는 말이다. 그렇지만 한 가지, 허가를 받는 데는 애를 먹었지만 우리 마을의 터는 최고 명당으로 생각한다. 남향에다 좌청룡 우백호의 형태를 갖추고, 국도에서 도보로 3분, 전원마을만 따로 아늑하게 자리한 별유천지, 서울 근교에서 이 정도의 자리를 구하기란 하늘의 별따기와 맞먹는다. 땅을 보러 무려 300여 곳을 더 다녔으나 자리가 될 만한 곳은 이미 공장이 있거나 묘지가 자리하고 있으니 그런 조건에서 자유로운 곳이 어디 있겠는가.

누군가 덕담처럼 내게 말한다. 당신은 마을 하나를 만들었으니 세상을 떠나도 영원히 이름이 남겠다고. 하지만 내가 이름을 남기고자 마을을 만든 건 아니므로 그 말에 별반 반응하지 않는다. 다만 나는 그에게 동문서답으로 "집짓기를 통해 세상을 새롭게 보았다. 그리고 생각보다 사람들을 너무 믿어서도 안 된다는 걸 배웠다."고 답했다. 겉이 번지르르한 사기꾼들이 건설관련 현장에는 얼마나 득시글거리며 설치고 다니는지, 그들의 감언이설에 넘어가면 그야말로 끝장이 나고 만다는 것을 생생하게 내 눈으로 확인하는 특별한 기회가 되었다.

근자에는 웰빙(Well-being)에 대한 관심이 높아지면서 답답한 도시를 떠나 쾌적한 주거 환경에서 거주하고자 하는 전원주택 수요가 증가하고 있다. 그러나 나는 그들에게 한마디 권하고 싶다. 전원주택은 눈 뜨고도 꿀 수 있는 백일몽이 아니라 용기 있는 자들의 피땀이 만들어 낸 산물이라고. 그리고 전원주택은 아무나 짓는 것이 아니다. 전원의 변치 않는 자연 앞에 겸손할 줄 모르고 투기와 이기에 가득찬 사람들은 아예 그림 같은 집을 종이 위에 낙서로라도 그리지 마라고.

　앞으로, 정태춘의 노래 〈시인의 마을〉에서처럼 나도 그렇게 살아가길 원한다. '누가 내게 다가와서 말 건네주리오/내 작은 손 잡아 주리오/누가 내 운명의 길동무 되어 주리오/어린 시인의 벗 되어 주리오/나는 고독의 친구 방황의 친구/상념 끊기지 않는 번민의 시인이라도 좋겠소//나는 일몰의 고갯길을 넘어가는/고행의 방랑자처럼/하늘에 비낀 노을 바라보며/시인의 마을에 밤이 오는 소릴 들을 테요.'

문학의 큰 스승과 마주한 시간들

    스승을 사랑한다고 말하면 어울리는 표현일까? 더구나 시인 제자가 하늘 같은 문학의 스승을 그냥 사랑한다고 하면 그것은 너무 무성의한 표현이 아닐까? 보통 사람들은 문인들이 남다른 감성의 소유로 새로운 세계를 창조하는 특별한 사람이라 생각한다. 그래서인지 나는 곧잘 친구나 지인들에게 간간이 실망을 주게 된다. 시인은 고상한 줄 알았는데 별다른 것이 없다는 식으로 평가절하당하는 것이다.

    어쩌다 노래방이라도 가면 "제발 선구자 같은 노래는 부르지 마라." 고 자리에 앉기도 전에 경고를 하는 친구도 있다. 그 정도로 눈치 없는 건 아닌데 미리 이렇게 한 방 먹고 나면 그다음은 왠지 재미가 없어 슬슬 눈치를 보다 몰래 빠져나오곤 한다. 시인과 사람은 많이 다르다고 생각하지만 기본은 대동소이하다.

    그동안 나는 일천한 감성으로 부족한 시를 쓰면서도 유달리 문학을 사랑해 왔다. 그러다 보니 운 좋게 문단의 훌륭한 스승도 만나게 되었다. 그런 스승님께 감히 사랑한다는 표현은 해 본 적이 없고, 대신 존경한다는 말로 바꾸어 써 왔다. 그러나 사랑과 존경의 차이는 어느 정도 거리인지 그것이 중요하지 않다. 개인적으로는 사랑한다는 표현이 훨씬 가까운 관계를 의미한다는 점에서 더 정겹게 느껴진다. 시인도 보통 사람에 지나지 않으며, 다만 작품을 쓸 때만 사고의 폭과 깊이가 다르다는 것 이외에는 별로 차이가 없다. 나는 사랑하는 스승 몇 분을 가까이서 모시며 문학이 무엇인지를 배우는 좋은 기회가 있었다.

문단의 국수로 불리며 소월 이후 김영랑, 서정주로 이어지는 한국 전통 서정시의 맥을 이은 시인으로 평가받는 박재삼 선생님은 내겐 영원히 잊지 못할 스승이다. 나는 1983년 『중앙일보』에 〈고향산조〉를 발표하면서 본격적으로 문단활동을 시작했고, 그 후 『서울문학』과 『언어세계』 등에 작품을 다수 발표하였다. 그러다 "문예지로 등단해야 작품 발표가 쉽다."는 숭의대 문창과 J교수의 권유로 『순수문학』을 통해 추천을 받게 되었다. 그 당시 나의 작품을 추천해 주신 분이 바로 박재삼 선생님이다.

마음도 한자리 못 앉아 있는 마음일 때,
친구의 서러운 사랑 이야기를
가을 햇볕으로나 동무 삼아 따라가면,
어느새 등성이에 이르러 눈물 나고나

제삿날 큰집에 모이는 불빛도 불빛이지만

해질녘 울음이 타는 가을강을 보겠네

_박재삼 〈울음이 타는 가을강〉 일부

  선생님께서는 평소 '청하 한 병과 장미 담배 한 갑'이면 만사가 흡족하다고 하시며 늘 소박한 삶을 사셨다. 취기가 오르면 〈홍도야 우지 마라〉를 명확하지 않은 발음으로 애창하셨다. 1994년 『박재삼 시전집』 출판기념회에서 조병화, 문덕수 선생님이 축사를 하시고, 나는 뒤를 이어 선생님의 〈어떤 귀로〉라는 시를 낭송하면서 선생님의 건강을 빌어드렸다. 시인 단명이라던가? 천명을 거역하지 않고 1997년 세상을 떠나셨으나, 아직도 그분이 남기신 "시인은 재물보다 더 값진 것을 남기겠다는 오기가 있어야 한다."는 말씀은 내 가슴속에 생생하게 살아 있다.

국경이 없는 남극의 밤은

황제펭귄이 다스린다

얼음 위로 난 길을

브리자이드 눈보라가 지우고 지나가도

사라진 길 위로

황제펭귄의 행렬은

언제나 직립보행이다

빛을 가릴 차양이 필요 없는

이름 없는 펭귄의 궁전

그 얼음 벽에 등을 대면

투명하게 깨어나는 정신에 의해

남극의 평화는 지켜진다

세상은 영하 삼십팔도
천지사방이 티격태격 유리조각처럼 얼어붙고
체온은 사십도를 밑돌지만
수륙양용의 맨발 정신으로 살아가는
젊은 펭귄의 나라

몸은 죽어서도 부패되지 않고
쇳덩이마저 소름 돋는 추위에도
빨갛게 언 발로 쓴
펭귄의 시는 해체되지 않는다
순수하고 늘상 녹지 않는 시를 쓰는
황제펭귄의 나라
언제나 겨울이어도
봄은 그들 가슴속에 까만 가운을 덮고
살랑이며 오고 있다

총성이 들리지 않고
국경도 없는 저 남극은
시에 의해서 다스려지는
얼지 않는 시인 공화국이다

_박재삼 추천시 〈순수시를 꿈꾸며〉 전문

나는 늘 순수시를 꿈꾸며 글을 쓴다. 한때 참여시 대열에 서서 현실 비
판적인 시를 쓰며 큰 목소리로 세상을 호령하고 사람들을 선동하며 나

서는 것이 현대 시인의 사명이라 생각했다. 거칠고 직설적이며 두 주먹을
쥐락펴락하는 시가 독자들에게 더 공감과 카타르시스를 준다고 생각했
다. 그러나 어느 정도 문학의 기본을 알고부터는 가능한 순수시를 쓰려
고 애쓴다.

결국 이런 시도가 〈순수시를 꿈꾸며〉 같은 유형의 시를 쓰게 되었고, 그것
이 박재삼 선생님의 추천으로 이어진 것이다. 어디까지나 순수의 본질은
오염되지 않은 물처럼 무색 무미 무취 같은 것, 마시면 갈증이 해소되기는
하되 눈으로 보면 아무것도 보이지 않는 것, 다른 말로 〈맹물시(詩)〉를 신
봉하게 되었다.

> 지금 어드메쯤
> 아침을 몰고 오는 분이 계시옵니다
> 그분을 위하여
> 묵은 이 의자를 비워 드리지요
>
> 지금 어드메쯤
> 아침을 몰고 오는 어린 분이 계시옵니다
> 그분을 위하여
> 묵은 의자를 비워 드리겠습니다
>
> _조병화 〈의자 7〉 일부

한국 시단의 마지막 로맨티스트로 불렸던 조병화 선생님, 그는 인생
이 조각구름과 같다며 베레모를 쓰고 파이프를 문 허무의 시인, 물리화
학을 전공하고도 문리대 교수가 되신, '럭비는 나의 청춘'이라며 럭비

선수로 웡을 맡으신, 독특한 조병화 서체와 투명한 심성으로 경계를 초월한 풍경화를 그리신, 생전에 무려 53권의 창작 시집과 40여 권의 수필집을 내신 분. 그러나 나는 그보다 교과서에서 배운 〈의자〉라는 시로 선생님을 처음 알게 되었다. 그리고 내가 한국순수문학인협회 사무국장을 6년간 맡으면서 선생님을 가까이서 마주하는 기회가 자주 생겼다.

그렇지만 선생님은 쉽게 다가갈 수 없는 분이었다. 워낙 유명하신 분이기도 하고, 표정이 근엄하시면서 성격은 매우 강직하여 옆에 다가가면 괜스레 주눅이 들었다. 우리 동인회에서 1994년 봄 안성시 난실리 편운문학관을 찾았다. 나는 다른 사람들보다 더 빨리 도착하여 선생님께 인사를 드린 후 문학관 주변과 어머니 산소까지 둘러보았다. 선생님은 돌아가시면 어머니 옆에 묻힐 것이라면서, 당신이 어머니 뱃속에 잉태되어 새로운 삶이 시작되었으니 끝날에는 다시 어머니 곁으로 돌아가는 게 순리라고 하셨다.

그날 산소 옆에 나란히 앉아 선생님과 사진을 찍었다. 사진도 많

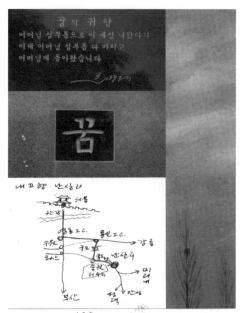

이 찍어 두어야 나중 책 낼 때 실을 게 있다면서 사진 찍을 기회를 주신 것이다. 그리고 문학관 회의실에서 우리에게 '꿈'이라고 한글로 쓴 직삼각 형태의 깃발과 장식 소품을 선물로 주시며 사람은 늘 꿈을 가져야 한다고 강조하셨다.

시를 잘 쓰는 비법은, "독서와 여행이 매우 중요하다. 사랑을 많이 하라. 사람, 사물, 자연 등 대상을 가리지 말고 많이 사랑해야 좋은 시가 나온다. 억지로 글을 쓰려고 하지 마라, 쉽게 일상어로 써라, 시상이 시인의 생각 속에서 숙성되고 용해되면 어느 날 갑자기 시는 저절로 나온다. 죽을 때 자기 몸속에 1그램의 에너지라도 남기지 말고 이 세상에서 완전히 소모하고 가라."는 등의 금쪽같은 말씀을 주셨다.

그리고 2002년 모란꽃이 필 무렵, 영랑 생가가 있는 강진 문학기행을 1박 2일로 함께하게 되었다. 생가 앞에서 나는 시 낭송 사회를 보면서 모란 향내나는 서정의 밤을 꿈같이 보냈다. 다음 날 상경하는 길에 담양 소쇄원을 들렀는데, 버스 두 대에 나눠 탄 문인들이 빨리 탑승하지 않아 출발이 좀 늦어지자 선생님께서 행사 진행자인 내게 얼마나 화를 내셨는지 어안이 벙벙했다. 그것이 생전에 선생님과 마지막 조우였고, 그리고 경희대병원 영안실에서 선생님의 영정 사진을 바라보며 눈물을 흘려야만 했다. 이승에서 머무르고 계실 시간이 얼마남지 않아 그렇게도 상경을 재촉하신 것이라 생각하면 지금도 죄송함이 앞선다.

  선생님의 삶은 그리움과 꿈으로 점철된다. 그리움 속에는 어머니가 자리하고, 꿈속에는 생명의 약으로 다가오는 사랑이 보인다. 이는 외로운 도시의 실존적 모습으로 허무와 고독에 젖은 인간 존재가 꿈과 사랑과 자아 완성에 이르는 아름다움으로 부각된다. 인간의 근원적 고독을 주제로 삼는 선생님의 영향을 나도 조금은 전수받았을까? 삶과 죽음을 아우르는 순수 허무 앞에 가끔은 고독한 군상이 되어 설핏 죽은 빛의 가시를 뜯어먹는 나의 자화상을 발견하게 된다.

> 어둠 속에서
> 죽은 빛의 가시를 뜯어먹고 사는
> 그 벌레를 아는가
> 암수가 한 몸이어서
> 시도 때도 없이 번식하는
> 그 벌레의 슬픔을 아는가
> 습하고 어둔 곳에 사는 천적이 없어
> 자꾸 늘어만 가는
> 그 벌레의 울음을 아는가
> 빗방울이 창문을 두드려도
> 열리지 않는 창에 무수히 매달린
> 그 벌레의 주검을 아는가
> 혼자서 살며

슬픔에 더 빚지지 않기 위해 일어서는

그 벌레의 화려한 부활을 아는가

_본인 졸시 〈고독〉 전문

시인이 되려면 고난의 십자가를 지고 가야 하는 형극의 길이지만 묵묵히 가난을 각오하고 진실되게 살아가야 한다. 적당히 생각하고 적당히 쓰며 적당히 타협하고 사는 정도로는 진정한 문학인이 될 수 없다. 훌륭한 문인일수록 자아도취에 빠지지 않으며 외려 겸손할 따름이다. 앞에다 아무 수식어를 붙이지 않아도 시인으로 보이시는 분, 작은 체구에도 강한 눈빛과 지적이고 양반 냄새가 물씬 풍기는 〈나비와 광장〉의 시인 김규동 선생님을 내가 만난 것은 서울문학에서 동인 활동을 하면서였다.

선생님께서는 "시인은 발명가 에디슨이어야 한다. 남이 하지 않은 것을 생각하고 그것을 글로 써야 한다. 왜 남들과 같은 것을 쓰느냐? 그것은 창작이 아니며, 시인이 할 일이 아니다."고 했다. 그러면서 덧붙여 말씀하시기를 "내가 어느 문예지로 등단했고, 어느 대학 어느 대학교수 제자라는 게 중요하지 않다. 시인이 누구 허락을 받고 시인하겠다는 태도를 버려라, 훌륭한 교수의 수제자라며 자신이 후광을 입으려는 것을 금기시" 하셨다. 대표시 〈나비와 광장〉도 그렇지만 선생님의 시는 순수하고 이미지가 선명하며, 사물과 현상을 감각적으로 재현한 것이 아니라 주지적으로 이미지와 형식을 강조하신 분이다.

1980년 후반, 30년간 종로에서 똘똘 뭉쳐 온 『바우방 문학』이 『서울문학』으로 이름을 바꾸고 새로운 한국문학의 지평을 넓히기 위해 변신을 꾀하기로 했다. 사무실은 종로2가 무과수제과 옆 대광빌딩 8층에 있고, 동인들은 피가 뜨거운 이, 삼십대가 주를 이루었다. 회원 수는 40여 명 정도였지만 하나같이 보통 열정이 아니어서 작품 합평이나 원고 편집 회의라도 하는 날엔 사무실이 대목 장날이었다. 통금이 있을 때였으니 분통같이 좁은 방에 머리를 맞대고 앉아 밤을 하얗게 새며 서로 울대와 핏대를 잔뜩 올렸다.

문단의 파벌을 없애고 작품으로 진검 승부를 하는 문학 세계를 만들 자는 것이었다. 개혁을 외치며 무가지를 만들어 배포하고자 종각역 지하철 입구에 진을 치기도 했다. 그리고 중요한 추진 계획 하나가 있었는데, 그것은 동인들의 힘으로 우리나라 최고의 문예지를 만들자는 것이었다. 문학은 언어의 예술이라는 명제에서 인용하여 문예지 이름은 『언어세계』라고 정했다. 이때 우리가 추구하는 문학정신과 참신성과 인품 등을 고려하여 회원 만장일치로 추대한 자문위원이 바로 김규동 선생님이다.

문예지 창간에 앞서 선생님께서 편집진을 불러 긴히 전하실 말씀이 있다시며 식당에서 뵙는 자리가 되었다. 조용한 목소리로 우리들에게 하신 말씀은 "돈이 있느냐? 문예지를 창간하지 마라, 너무 힘이 들고 그것을 끌고 가자면 개인적인 글을 쓸 시간도 없어진다. 창간호가 마지막 호가 되는 일이 비일비재하다, 그렇지 않아도 힘든데 왜 고생을 사서 하느냐." 는 등 우려 섞인 충고의 말씀을 하셨다.

그러나 우리는 선생님의 만류를 뿌리치고 야심찬 출발을 감행했다. 이때 내 나이는 삼십대 중반이었으나 역할은 굉장히 중요했다. 문예지 부주간 및 편집위원으로 열심히 활동을 했다. 출판비용은 뜻있는 업체들의 후원을 받고 정기구독자 지원 또한 많은 힘이 되어 어느 정도 성공 궤도로 진입하고 있었다. 그러나 8호까지 발간을 한 후, 문예지 편집진과 문학회 운영팀 간의 심한 불협화음으로 인해 문제가 생기기 시작했다. 결국 잠시 쉬어 가자며 휴간을 한 것이 오늘날까지 침묵 상태다. 비록 선생님은 떠나셨으나 혈기 하나로 창간한 문예지 8권은 내 서재에 고스란히 남아 있다. 그리고 투철한 시인정신을 강조하신 말씀 역시 생생히 내 가슴속에 큰 광장을 나는 한 마리의 나비로 나풀나풀 살아 있다.

"사업에 미치면 돈을 벌지만 문학에 미치면 쪽박을 찬다."는 말을 숱하게 들으며 글쓰기를 계속해 왔다. 아무도 알아주지 않는 글을 쓴다는 것도 힘든 일이지만, 사람들이 편의대로 하나씩 붙이는 수식어가 나를 많이 힘들게 했다. '계관시인'이 아닌 '세관시인'이라 불렀다. 세관원이 밀수나 잡고 휴대품 검사나 하지 진실을 근간으로 하는 시를 쓰는 건 독자들 앞에 눈 가리고 아웅 하는 사기라는 것이다. 아마도 그 딱지를 족히 십 년 이상 달고 다닌 것 같다. 어떻게 하면 딱지를 떼어 낼지 고민하기도 했지만 그렇다고 굳이 직업을 숨기고 싶지는 않았다.

이런 갈등의 씨앗들이 내 가슴속에 뿌리내리고 있던 때 나는 영국신사로 불리는 박태진 선생님을 만나게 된다. 이때 나는 한국순수문학인협회 사무국장으로 활동하면서 매월 충무로에서 시 낭송회를 진행하였다. 토요일 오후, 어느 정도 공간이 되는 경양식집을 정해 작은 현수막을 내걸고 시 낭송을 하면, 그때마다 선생님은 낭송회 고문으로 함께 자리해 주셨다. 그리고 후배 시인들을 위해 좋은 말씀도 아끼지 않으셨다.

선생님은 평양이 고향이고, 시인이자 공무원, 교육자이다. 일찍이 일본에 유학하여 릿쿄대학[立敎大學] 영문학과에 입학하셨다가 중퇴하고, 해방 후 귀국하여 공무원 및 이화여고 영어교사 등으로 재직하셨다. 1944년 학도병으로 일본군에 징집되어 남경사관학교로 파견된 자리에서 최남선 등이 조선 학도병을 향해 황국신민이 될 것을 강연한 내용을 듣고 분개하셨단다. 그래서 한국 문인들의 친일 행각에 대한 고민이 깊어져 일어를 버리고 영문학을 전공하시게 되었단다.

남경에서 해방을 맞이했고, 1946년 상해를 거쳐 피난민을 따라 부산항에 도착, 미 군정청 농림부에 소속되어 번역관 일을 하셨단다. 1947년 이화여고에서 영어를 가르

치며 명동 출입을 시작하셨단다. 이때 박목월도 이화여고에 국어교사로 부임해 왔고 박두진, 조지훈, 김병욱 등과 자연스레 친교를 맺고 어울리며 본격 문학 활동을 펼쳐 나가셨단다. 그리고 1950년 박목월이 주재하는 『시문학』의 창간과 한국시인협회의 창립을 도우셨단다.

그 후 한국전쟁을 경험하면서 애상적인 시 정서와 거리 두기를 시작하는데, 피난 생활을 통해 현실 비판 의지가 강해졌단다. 해운공사에서 미군 통역 일을 맡아 보다가 1957년 1월부터 1961년 2월까지 영국 런던 주재원으로 파견된다. 영국 체류기간 동안 해외 문단 동향을 김수영 시인에게 전했고 국내 문단 소식도 전해 들으며 새로운 문학 흐름에 주목하셨단다. 1963년 대한재보험공사 강의 통역을 맡으면서 이 회사 해상보험 담당이사가 되면서 영국과 프랑스를 다니면서 세계문학의 파수꾼 역할을 자청하셨단다.

특히, 해방 이후 문학의 세계화를 꿈꾸며 한국 문단 현실을 새롭게 조망하고자 한 시인, 영국 체류 경험으로 새로운 문학을 추구하면서 구세대의 전통성을 문학 유산으로 계승하는 일을 고민하셨다. 문학이 전통성과 모더니즘의 틀로 묶는데 멈추지 말고, 당대 시인과 변별되는 새로움을 모색한 시인으로 평가해야 한다고 강조하셨다. 박태진 선생님은 낭송회가 끝난 자리에서 나의 뻣뻣한 손을 꼭 잡으시며 몇 번이고 당부하신 말씀이 떠오른다.

"한국문학은 해학이 없어. 특히 한국시는 어렵기만 하고 고만고만한 정서를 한 그릇에 넣고 비빈 비빔밥 같거든. 재료만 조금 달리해서 마구 섞어 놓으면 맛은 있는 것 같은데 창작성이 떨어져요. 거기다 누구 이름표를 붙이겠어. 김삿갓을 봐요. 시 속에 풍기는 해학미, 그분의 문학을 현대에 맞도록 당신이 그것을 발전시켜 나가도록 해 봐요. 나는 당신의 열정을 믿는다는 거란 말이오. 그리고 한 편의 시에는 반드시 하나의 철학을 심어야 돼요. 작은 철학도 속담도 격언도 좋아요. 그래서 문학을 하는 사람은 문학가이기 이전에 철학가가 되어야 해요. 내가 이렇게 말하는 것은 그냥 치레말로 권하는 것이 아니오."

또, 내가 다른 사람들이 세관원에 대한 문학과의 이질성을 거론하며 좋지 않은 직업의 선입관념으로 인해 힘들다고 하자, 선생님도 공무원을 했고, 해외 문물을 많이 접하여 다른 사람들보다 열린 사고를 가지게 되셨단다. 세관원이었던 헤밍웨이나 주홍글씨의 저자 호손을 생각해 보라. 결코 직업이 문학을 속박하지는 않는다며 오히려 다양한 경험과 견문이 더 중요하다고 나에게 용기를 주셨다. 이북 사투리에 영어 발음까지 섞인 어투로 내게 당부하신 박태진 선생님, 그 선생님의 기대치에 부응하기엔 나의 능력이 턱없이 부족하다.

2006년 1월 1일 새해 첫날, 맵도록 추운 영결식장에서 나는 눈물을 흘리며, 내가 할 수 있는 한 생의 끝날까지 선생님의 말씀을 지키기 위해 최선을 다하겠다는 다짐을 하기도 했다. 그 뒤 나는 카페, 트위트 등의 닉네임을 '김삿갓'으로 지금까지 사용해 오고 있다. 그것은 선생님이 하신 말씀을 마음속에 새기고 있다는 증거로, 나는 한국시의 빈곤한 해학미 문제를 해소하기 위해 보다 재미있고 웃음이 묻어나는 시를 쓰고자 노력하고 있다는 자위라고 해도 무방할 것이다.

> 무논의 원고지 빈 칸칸에
> ....
> 시어 詩語는 없고
> ....
> 외눈박이 물방울들의 따뜻한 잠행
> 그리고 봄
>
> 꽃봉오리 터지는 소리에 놀라
> '''''' ''''''
> 여린 시심 詩心 혼자 염불처럼 중얼중얼
> '''''' ''''''

까만 언어의 머리와 꼬리가 보이는
생명의 몸짓
햇볕에 조는 물신선이
!!!!! !!!!!
비만 오면 세상의 아픈 무덤 지키며 우는
!!!!! !!!!!
시는 투명한 개구리 알 속에
한 방울의 피

세상의 푸른 들에
울음의 성을 쌓고
번지고 번져 생명의 피꽃 피우는
온몸의 시학

_본인 졸시 〈개구리 알 속의 시〉 전문

　위의 시를 김종 시인은 해설로 이렇게 적고 있다. 이 시는 우선 짚어 볼
수록 재미있고 한편으로 결연하다. 재미있다는 말은 시적 상황을 기발하
게 엮었다는 말이 되겠고, 결연하다는 말은 시가 위치한 곳이 세상의 아픈
무덤 지키며 우는 개구리의 무논이기에 여기에서 시는 생명을 부화시키는
'한 방울의 피'가 되어야 한다는 사실과 맞물려 있다. 시인은 경작을 기다
리며 누워 있는 논바닥에다 심경의 쟁기날을 박기 위해 물을 담아 두고 있
는 것이다. 거기에 암호 문자 같은 개구리는 영락없이 머리와 꼬리를 갖춘
'까만 언어'임에 진배없고, 그것이 바로 '생명의 몸짓'으로 읽혔다는 것은
김 시인의 시적 표현이 보다 절묘한 표현을 얻었다는 증거이다.

　시인들은 문학평론가를 두려워한다. 기실 문학평론가의 사명은 문학

을 더 문학답게 만드는 역할인데 때로는 작품을 잔인하게 찢어발기고 난도질을 한다. 그래야만 더 자신들의 주가가 올라간다고 생각할는지 모른다. 하지만 시인이면서 문학평론을 한다면 시인들의 심정을 누구보다 더 잘 헤아려 줄 것 아닌가? 얼토당토않은 평론으로 무고한 문인에게 이상한 올가미를 씌워 무법의 심판대 위에 올리기도 한다. 나도 이런 굴레에서 자유로울 수는 없다. 그래서 늘 문학평론가들이 존경스럽기도 하고, 어떨 땐 법 위에 군림하는 살인자라 치부하기도 한다. 공존의 개념 위에 상생의 문학이 되려면 주례사 비평도 안 되지만 언어의 무법자가 되어서도 더더욱 안 된다는 생각이다.

나는 두 번째 시집 『쉰 한해의 사랑 그 어머니 나라』의 해설을 윤병로 선생님께서 흔쾌히 써 주셨다. 선생님은 평남 중화 출생으로 『현대문학』에 평론 〈리얼리즘의 현대적 방향〉으로 추천 완료되어 문학평론가협회 회장, 한국현대소설학회 회장, 성균관대 문과대학장 등을 역임하셨다. 그리고 작고 전까지 성균관대 명예교수, 한국문예저작권협회 회장으로 활동하셨으며, 평론집으로는 『한국 현대 비평문학 서설』, 『한국 현대 소설의 탐구』, 『소설의 이론』, 『한국 현대 비평문학론』, 『민족 문학의 모색』 등의 저서가 있으며, 한국문학 평단에서 빼놓을 수 없는 분이다.

어미 품 같은
안마을에 둥지 틀고

창씨개명한 사람들을 대신하여
겁 없는 새들이 울어 주었다

제비들이
支支 配配 支支 配配
까치들이
加虐 加虐 加虐 加虐

화약 연기 사라진 휴전선에
유독 울음 많은 새들 깃들어
푸른 나뭇가지 흔들며
농부처럼 정직하게 울고 있다

뻐꾸기는
保國 保國 保國 保國
부엉이는
復興 復興 復興 復興

_본인 졸시 〈애국의 새들〉 전문

    선생님은 해설에서 '비극의 국토를 향한 참회의 서정'이라는 제목으로 이렇게 쓰고 있다. 제비와 까치라는 길조가 흉조로 상징되어 일제강점기의 친일파 또는 수용자들을 의미하고 있는데, 의성어 '지지배배'를 支支 配配의 상형어와 혼합시킨 언어미가 뛰어나다. 또 뻐꾸기와 부엉이의 '뻐꾹뻐꾹 부엉부엉'을 保國 保國 復興 復興의 상형어와 혼합시킨 언어미 역시 돋보인다. 그간의 시문학에서 의성어나 의태어는 표음문자인 우리말의 아름다움과 음성 상징성을 드러내는 대표적인 형식미의 역할을 해 왔는데, 이를 오히려 한자의 표의문자로 바꾸어 그 문자의 의미만을 표출하는 것이 아니라 의성어에 의한 음성상징까지 동시에 잘 아우르고 있다.

선생님께서는 젊은 사람들과 어울리는 것을 좋아하셨고, 나와 같이 무교동 호프집에서 큰 잔으로 건배를 나누기도 하셨다. 그런가 하면 한강 웨딩홀에서 열린 출판기념회에 오셔서 축사를 해 주신 선생님, 내게 "좋은 제자 한 사람 생겨서 기분이 좋수다."라고 늘 덕담을 해 주신 분, 내가 『시문학』지에 문학평론으로 등단했을 때 축하해 주시며 "독자들에게 읽힐 수 있는 평론을 써야 한다."는 충고도 아끼지 않으셨던 분, 2005년 겨울, 선생님은 사모님을 남겨 둔 채 홀연히 딴 세상으로 서둘러 가셨다. 그 뒤 아픔을 추수르기 위해 문예지에 2년간 재미있는 평론을 연재까지 하면서 선생님과의 약속을 지키고 또한 아픈 이별을 잊으려 했던 시간들도 이제 다 지나가고 말았다.

이 외에도 나에게 큰 힘이 되어 주신 선생님들이 여러분 더 계신다. 내가 『시문학』으로 보낸 문학평론 원고를 보시고 추천을 해 주신 문덕수 선생님, 저서에 자필 서명까지 해 주시면서 앞으로 평론계를 잘 이끌어 달라는 말씀까지 주신 분. 따뜻한 미소와 충만한 감성으로 긍정의 미학을 보여 주시는 서울대 명예교수 구인환 선생님, 그 사면춘풍의 에너지로 나의 젖은 마음을 뽀송하게 말리어 주신 분.

대학원 예술학 석사 지도교수를 맡으신 감태준 선생님, 논문 통과까지는 많은 힘이 들었지만 나중에 웃으시면서 그동안 힘들게 한 것은 그만큼 실력 배양을 하라는 의미였다고 격려를 해 주신 분. 성신여대 명예교

수이자 화가 시인이신 장윤우 선생님, 얼굴이 동안인 데다가 콧수염을 기르시고 막걸리를 좋아하시는 서울멋쟁이로 귓속말을 드릴 정도로 나와 가깝고 언제나 다정다감하게 마음을 열어 주시는 분.

그리고 현대시인협회 회장을 역임하시고 『믿음의 문학』 발행인이신 별밭 최은하 선생님, 선골풍의 양반 느낌이 나면서도 한결같이 다정하게 응대해 주시고 부족한 나에게 제자들의 작품 해설을 맡기시는 배려와 보살핌이 있는 분. 문단을 과감히 개혁하고 한국 문화를 더 융성하게 만들어야 한다는 특별한 사명감을 가지신 김건중 선생님, 한국문인협회 부이사장 역임과 『한국작가』 발행인으로 활동하시면서 문화관광부 수장을 꿈꾸시는 선생님의 열정이 나의 나태를 일깨워 주신 분. 이런 선생님들이 계심에 나는 행복하지만, 한편으로 그분들께 입은 한량없는 사랑을 어떻게 갚아야 할지 생각하면 할수록 더 죄송한 마음이 든다.

지금 문학시대는 가고 디지털 영상시대가 도래하고 있다. 도처에 영상이 판치고 문자는 구석기시대의 유물처럼 취급되고 있다. 책은 팔리지 않고 날이 갈수록 학문의 기본인 인문학이 고사 위기로 내몰리고 있다. 하지만 나는 그럴수록 훌륭하신 선생님들을 잊지 못하고 있다. 그분들은 떠나셨어도 교훈적인 말씀은 새록새록 살아남아 나를 지탱하는 힘이 되고 문학의 올바른 내비게이션 역할을 한다.

　점점 잊혀져 가는 선생님이 아니라 더 생생하게 기억으로 살아나는 스승님, 이제는 큰소리로 "사랑합니다."라고 말할 수 있다. 이미 고인이 된 스승님들과 아직 살아 계시는 선생님들께 현재를 살아가는 내가 이렇게라도 글을 통하여 좋은 기억을 상기한다는 건 그 대상에 대한 진지하고 진실한 사랑의 표현이 아닌가. 그렇다! 기억은 참 아름다운 사랑이다.

　내게는 행운이면서 숙명 같은 만남이 지금의 내 삶의 중심을 지배하고 있다. 그것은 다 훌륭하신 스승님 덕분이라 생각한다. "위대한 정신은 위대한 스승에 의해서 이루어진다. 이는 다이아몬드가 다이아몬드를 가는 것과 같다."는 하이네의 말을 곱씹어 보며 나를 돌아본다. 나는 부족하지만 풍부한 말씀의 이정표를 세워 주신 선생님들께 다시금 큰절을 올린다. 많이 부족하지만 좋은 말씀을 가슴에 가득 품고 사는 시인과 문학평론가로서, 내 문학의 당당한 사표가 있어 오늘도 너무 행복하기만 하다.

새재아리랑 고개에서 만난 형님

 아리랑은 서민들의 애환이 담긴 우리나라 전통민요 가락이다. 노래 속에는 한이 서린 대목들이 곳곳에 등장한다. 그중에서도 〈문경새재아리랑〉에 '문경새재 넘어갈 제 구비야 구비야 눈물이 난다'와 〈진도아리랑〉에 나오는 '문경새재는 웬 고갠가 구부야 구부구부가 눈물이 난다'가 눈에 띈다. 2006년 한국 대표 '100대 문화상징'으로 지정되고, 2012년에는 유네스코 인류무형유산으로 등재되어 오늘에 이르고 있다. 험난한 인생살이를 대표하는 고개의 상징인 새재, 아리랑과 함께 실제 고개와 마음의 고개가 만나 내 삶을 융합하는 아련한 향수를 만들어 내고 있다.

 어느새 고향을 떠나 객지 생활을 한 지 훌쩍 사십 년이 넘는다. '문경새재 물박달나무 홍두깨 방망이로 다 나간다'는 새재아리랑 가사처럼, 인생 나이테가 여러 겹 생기면서 문경새재를 넘어 한양으로 나아가 물박달나무처럼 살았는지 돌아보기도 한다. 재질이 매우 단단하여 홍두깨, 다듬이, 육모방망이로 쓰이던 물박달나무, 도끼로 나무를 찍으면 오히려 도끼가 부러진다는 단단한 나무의 장점을 왜곡하여 내가 너무 고집

불통의 존재가 되진 않았는지 가끔
씩 반성의 시간을 갖게 된다. 그럴
때마다 생각나는 것이 바로 새재길
이다.

임진왜란 후 3개의 관문(사적 제
147호)을 설치하여 국방의 요새로
삼았으며, 자연 경관이 빼어나고 유
서 깊은 유적과 설화 민요(새재아
리랑) 등으로 이름이 높은 곳, 갖가
지 전설을 비롯하여 임진왜란과 신
립 장군, 동학과 의병이 남긴 뒷이야
기들이 골골이 서려 있는 역사의 현
장으로, 한국관광공사에서 '한국인이 꼭 가 봐야 할 관광지 100선' 에서
1위로 뽑았다고 하지만 이 말을 들으면 나는 괜스레 미안함이 앞선다.

이렇게 좋은 고향을 두었으나 작은 보은이라도 하지 못했다는 자책감
때문이다. 나의 유년 시절 꿈과 추억을 만들어 준 그곳은 언제라도 그립
고 늘 달려가고 싶지만 그것이 어찌 쉬운 일인가. 아마도 내 몸속에는 여
우의 유전인자가 들어 있는지 수구초심(首丘初心) 같은 향수병으로 힘
든 시간을 보낸 적이 남달리 많았다. 그리고 언제부터인가 고향에 대해
내가 진 빚을 조금이라도 갚아야 한다는 생각을 하기 시작했다.

생각은 꿈을 만들고 꿈은 결실로 다가오는 법. 고향을 주제와 소재로
한 권의 시집을 내겠다는 계획이 결국 한 권의 책으로 나온다. 바로 『새

재아리랑』으로, 책 표지에는 아리랑 춤사위를 나타내는 그림을 삽입하고, 실루엣으로 제1관문의 성곽을 깔았다. 지역의 역사와 문화와 명승지 등을 골고루 시로 쓴다는 것은 쉬운 일이 아니다. 서사시가 아닌 서정시로 써서 누가 읽어도 마음이 닿는 시가 되어야 한다는 점에서 보면 무척 힘든 작업이었다.

한참 후 중국이 우리 아리랑을 자기네 것으로 유네스코 등재를 시도할 무렵 『새재아리랑』을 출간, 고향의 사랑 노래를 세상 밖으로 선보이게 되었다. 나의 열 번째 시집 『새재아리랑』은 지금까지 낸 12권의 시집 중 가장 애착이 간다. 책을 출산에 비유했을 때 열 번째 아이가 가장 정이 가고 사랑스럽다는 말이다.

출간 후 누군가는 독자들의 만족보다 스스로 자족하는 나를 비웃을 수도 있다. 그렇지만 자기만족도 중요하다. 제 눈에 안경, 내 눈에 콩깍지라는 말도 있지 않는가. 그 뒤 고향 사람들을 만나거나 지역 행사가 있으면 나는 시집을 증정하고 공감대를 확대해 나가는 일에 게을리하지 않았다. 그렇게 해야만 내 마음이 더 편해지고 내가 고향을 위해 조금이나마 입은 은혜를 갚았다고 느끼기 때문이다. 그러나 제1회 문경아리랑 축제에 초대되었으나 사정으로 참석하지 못해 지금도 미안함의 마음 그늘이 남아 있다.

그리고 얼마나 지났을까? 『집행관 일지』라는 32년여 동안 검찰 수사관과 부이사관으로 명예퇴직 후 법원집행관으로서의 삶을 한 권의 책으로 펴낸 기원섭 형님을 저녁 모임 자리에서 만나게 된다. 형님은 노태우 전 대통령과 한화갑 민주당 전 대표의 구속집행 담당 수사관으로 유명세를 타기도 했고, 설득과 설복을 통한 인간애가 풀풀 넘치는 인생을 사시는 분, 인정사정 볼 것 없다는 집행관인 '빨간 딱지맨'으로 살고 있지만 늘 따스한 정과 눈물이 많으신 형님을 보자 무척 반가웠다.

돌아가신 둘째 형님의 친구지만 그 형님은 나와는 멀지 않은 사이다. 내 형님이 서른다섯이라는 꽃다운 나이에 세상을 떠나는 바람에 서로 멀어질 수밖에 없는 처지가 되었으나, 바쁘신 공직에도 불구하고 제삿날이면 형수와 어린 조카, 어머니를 위로하기 위해 아들처럼 찾아주셨다. 힘들 때 만난 친구라서 더욱 정이 가고, 늘 잊혀지지 않는다는 말은 그만큼 의리가 있다는 뜻이 아닐까.

나는 그날 저녁 모임에서 한 편의 시 낭송과 함께 그 형님께 『새재아리랑』 시집을 선물했다. 그 책을 받으신 후 "고맙다. 내가 잘 읽어 볼게." 라는 짧은 말씀을 뒤로하고 나는 집으로 돌아왔다. 형님은 '인간관계는 밥'이라고 생각하신다고 했다. 그냥 만나는 것보다 밥을 먹으면 정도 더 끈끈해지고 한 식구 의식이 생긴단다. 그래서 회의도 밥을 먹으면서 하고, 직원들에게 권위를 내세우는 딱딱한 회의보다 밥을 먹으면서 이야기를 경청하신다 했다.

나는 형님과 같이 식사를 나누었으니 고마우신 분께 큰 사랑을 덤으로 받은 것 같아 그저 기분이 좋았다. 그리고 다음 날 바로 내게 보내 주신 메일을 읽고 내 마음

은 쉽게 안정을 찾지 못했다. 너무 과대평가한 내용 때문이기도 했고, 삼류 시인보다 나은 고급 독자로서 조목조목 짚어 주시고 용기를 주신 소감이 나를 부끄럽게 만들었기 때문이기도 했다. 한 권의 책을 써서 단 한 사람에게라도 이런 편지를 받는다는 것은 얼마나 행복한 일인지 경험해 보지 않은 사람은 모른다. 그래서 나는 아직까지 시를 쓰면서 많이 행복하다고 생각한다.

2013년 1월 31일 목요일인 어제 저녁 6시 30분, 서울 중구 을지로 입구 프레지던트호텔 18층 산호실에서 있었던 우리 고향땅 문경 출신 공무원들의 모임인 '문공회' 신년 모임에서, 시인인 자네가 단상에서 읊은 〈문경의 족보〉라는 제목의 시 그 전문을 그렇게 옮겨 적었네.

점촌에 가면
영강 은씨(銀氏)들이 산다
이끼 먹고 살아 청빈한 양반 피가 흘러
끝내 잊지 않고 고향으로 회귀하네
맑은 강을 위해 모래 무덤도 만들지 않는
은빛 물고기의 후손들

가은에 가면
구랑리 오씨(烏氏)들이 산다
봉황이 몸 씻은 물 먹고 자란 오석(烏石)들이
천년의 둥지 틀고 물여울 노래를 부르네
산수 어우러진 세상에 나와 바람의 귀를 여는
눈부신 까마귀의 후손들

문경에 가면
새재 조씨(鳥氏)들이 산다
백두대간 배꼽 굴에는 호랑이가 으르렁거려도
선비들은 박달나무 지팡이만 짚고 고개를 넘고 있네
책바위 앞에서 소원 빌고 기쁜 소식을 듣는
생의 고개도 잘 넘겨주는 대붕(大鵬)의 후손들

마성에 가면
태극 진씨(鎭氏)들이 산다
경북팔경 중의 으뜸 고을에 삼 형제가 사는데
산태극 물태극 길태극으로 우애도 으뜸이네
고구려 백제 신라 장수들이 고모산성 요새를 지키던
역사를 휘날리는 태극의 후손들

산북에 가면
김용 사씨(寺氏)들이 산다
나라 법을 어기고 심산에 숨어 살던 죄인이
지극정성으로 참회하여 용녀의 아들을 얻었다네
연꽃 구름이 맴도는 운달산 품안에는
성철 스님 설법을 따르는 자비의 후손들

농암에 가면
청화 산씨(山氏)들이 산다
속세 떠난 속리산과 도를 간직한 도장산(道藏山) 아래
심원사 병풍계곡엔 착한 나무꾼과 선녀가 쌍룡과 같이 사네

산겹겹 물층층의 우복동이 있어 풍진 속세 떠날 수밖에
시루봉 떡 냄새 맡고 푸르게 사는 청화의 후손들

조령산록에 가면
낙동 강씨(江氏)들이 산다
한 방울의 물이 칠백 리를 휘돌아 큰 강물이 되어
천만이 먹고도 남는 한민족의 젖줄이 되네
초점(草岾)의 물씨가 사벌국 가랑이와 을숙도 치마까지
처음보다 나중이 창대한 낙동의 후손들

_본인 졸시 〈문경의 족보〉 전문

구절구절 절절한 자네의 고향 사랑하는 그 마음, 내 가슴에도 마찬가지로 절절하게 담겨 들었네. 함께 자리를 했던 사람들 모두가 각자 자기 고향 땅을 그려 보는 시간이 되었음 직하네. 특히 이한성 의원은 오지인 동로에서의 어린 시절에 대한 감회가 깊었던지 두 눈을 지그시 내리감고 경청하는 모습이었네.

내 어제의 그 자리에서 참 미안했던 것이 하나 있네. 사회를 맡은 안동 회 친구가 "김병중 시인의 시 낭송이 있겠습니다."라면서 자네를 소개할 때까지, 내 그리도 사랑하고 아꼈던 김병채 친구의 동생인 자네를 제대로 알아보지 못한 것을 두고 하는 말일세.

그 잠시 전에, 자네가 환하게 웃는 모습으로 내게 다가와 인사를 했을 때에도, 난 도대체 누군가 했네. 그나마 '김병중'이라는 그 이름 소개를 듣고서 알아볼 수 있었던 것만 해도 다행이 아닌가 싶네.

"형님! 이 책은 형님께 선물해 드릴 게요. 읽어 봐 주세요."

그러면서 자네가 단상에서 들고 낭송했던 그 시집을 선물이랍시고 내게 건네줄 때, 난 자네가 내 무심함을 이해해 주는 그 따뜻한 배려를 읽었네. 그 배려가 참 고맙기만 했네. 자네가 내게 건네준 그 시집은, 『새재아리랑』이라는 제목을 붙인 '김병중 제10시집' 이었네.

그렇게 자네가 열 번째 시집을 내는 동안, 내 그 사실을 모르고 있었다는 것이 또 미안했네. 너무나 무심했던 내 자신을 한편으로 나무라면서, 내 자네의 그 시집을 펼쳐봤네.

맨 먼저 눈에 띈 것이, 시인의 마을에서 자네가 썼다는 책머리의 '시인의 말' 이라는 글이었네. 그 글에서, 나는 자네가 남달리 지극한 고향 사랑하는 마음을 그 시집에 담으려고 애썼음을 읽을 수 있었네. 그 대목을 여기 옮겨 적어 놓네.

'향수병은 약간의 두통과 미열을 동반하며 결국 불치병이 되어 간다. 고향을 잊어버린 망각이 고향을 잃어버린 망향보다 더 힘들어 그 치유를 위한 글쓰기를 시작하여 벌써 강산이 몇 번 바뀌는 시간이 흘러간다. 길이 유행처럼 생겨나고 길 박물관까지 열리는 길 전성시대에도 내 고향의 산과 강, 고개와 계곡은 묵묵히 제자리를 지켜 주어 그저 감사할 따름이다.' 그리고 자네는 그 글 끝에서 고향에 대해 이렇게 딱 한 줄로 정의를 하고 있었네. '고향은 영원히 살아 계신 나의 어머니이다.'

정겹고 따뜻해서 그 품안에 오래 머물고 싶어 하는 우리들 하나 같은 마음을 아주 쉽게 표현한 것 같네. 자네의 고향 사랑하는 마음은, 시집에 실린 한 편 한 편 시에 너무나 세심하게 담겨 있었네.

'점촌 생각'이니 '호계 생각'이니 '산양 생각'이니 '산북 생각'이니 해서 마을 하나 빠뜨려 놓지 않고, '농바우'니 '쌍룡계곡'이니 '낙수바우'니 '문화이발소'니 '새재길'이니 '토끼벼리'니 '견훤길'이니 해서 우리들 추억이 담겼을 만한 곳 하나 빼놓지를 않은 것이 그 증표일세. 한 편 한 편 시가 너무나 정겨워서, 그 분위기에 휩싸여 밤새 그 시집을 다 읽어 버렸네.

'이게 무슨 소릴까 그 소리 따라가 보면 팔영골 꿀박이 사과 따끔따끔 햇빛 번지는 소리'라든가, '새벽별 비질하는 백로 활갯짓 소리에 아침이 밝아 오며 조용히 사랑문이 열리는데'라든가, '기쁜 소식 들으러 문희골 찾아 달빛 속을 맨발로 걷는 나그네'라든가, '굽이진 고개마다 눈물꽃 웃음꽃 같이 피네'라든가, '뱃나들 검푸른 강물과 밤밭모티 침범 울음에도 호계삼소(虎溪三笑)의 변치 않는 정(情)타령이다'라든가, '기쁜 소식 듣는 귀 하나 더 있어 유경유경(有慶有慶) 사랑의 웃음소리'라든가 해서, 구절구절에서 오로지 따뜻한 정감만이 느껴진 것은, 곧 자네의 천부적 성품이 그렇겠거니 싶었네.

특히 5편 '휜 버리 문다' 머리에 실은 다음의 시구가 참 인상적이었네. '손바닥만한 하늘 아래 손금 같은 강을 끼고 사는 개미마을은 모두가 무촌' 우리 고향 사람들 마음이 하나로 엮어졌으면 좋겠다는 자네 바람인 듯했네.

자네가 내게 선물해 준 그 시집, 모처럼 내 마음에 짙은 향수를 불러일

으켜 줬네. 참 고맙네. 내 그 감사의 뜻으로, 방금 그 시집 10권 인터넷 주문했네. 늘 건승하시고, 늘 복되시기를, 내 진정한 마음으로 기원하네.

내 오늘 자네에게 떠우는 이 편지의 끝 무렵인, 2013년 2월 1일 아침 7시 30분이 막 지나는 지금 이 시각, 창밖에는 때 아닌 겨울비가 주룩주룩 내리고 있네. 설날을 앞두고 우리들 향수가 엉켜 있는 듯하네.

나에게로 와서 꽃이 되다

　김춘수 시인의 詩 〈꽃〉에서처럼 '내가 그의 이름을 불러 주었을 때 그는 나에게로 와서 꽃이 된다'면 얼마나 좋으랴. 이것은 두 사람이 서로 첫눈에 반하지 않으면 불가능한 일이다. 이름을 부르는 자와 대답하는 자의 마음이 이심전심(以心傳心)이거나 염화시중(拈華示衆)이어야 가능할 것이다. 이렇게 첫눈에 반할 대상을 만나는 것도 힘들 뿐 아니라 한번 이름을 불러 특별한 꽃으로 다가온다는 것은 얼마나 행운이며 행복한 일인가.

　시에서 시어의 선택도 중요하고 이미지와 의미를 나타내는 상징과 비유도 매우 중요하다. 그러나 형상화라는 관점에서 자기만의 특별한 마음을 잘 담아낸다 하더라도 상대를 감동시키지 못한다면 아무런 의미가 없다. 김춘수 시인은 한때 무의미시를 발표하여 맹물 같은 시가 가능하냐는 것으로 문단을 뜨겁게 달군 적이 있다. 시에서 관념이나 사상을 제거하면 있는 그대로의 사실 즉, 존재의 본 모습을 드러낼 수 있다고 판단한 것이다.

그렇지만 모든 것이 제거된 순수한 본질을 담아 시로 쓴다는 것은 쉽지 않은 일이다. 두어 살 먹은 어린애가 말을 배울 때 사용하는 언어와 사고 수준으로 표현한다면 가능할지 모른다. 그러나 그것도 독자와 공감에 대해서는 미지수다. 무의미가 아닌 부르면 꽃이 되는 시, 김춘수 시인의 〈꽃〉과 같은 시는 오늘날 브랜드 네이밍에서 잘 새겨야 하는 표본이 된다. 사물의 이면에 내재하는 본질을 생각하면서 언어의 다의성을 고려해야 한다는 말이다. 브랜드 네이밍은 제품이나 서비스를 고객에게 보다 의미 있는 존재로 만들어 주기 때문이다.

나는 어릴 적부터 이름으로 인해 많은 놀림을 받아 왔다. 할아버지께서 음양을 따져서 잘 지은 이름이라는 김병중. 그러나 정확한 발음을 하여도 듣는 이들이 바르게 적지 못한다. 자꾸 김병준으로 적어 돌아가신 큰 형님 이름으로 지칭되는 게 싫었다. 그보다 더 싫은 것은 병중(病中)이라 매일 아프다고 놀림당하고, 땡중이라며 격이 낮은 스님으로 비하하는 것이 그랬다.

어쩌다 초면 인사 자리에서 "대통령 이름(김대중)과 한 글자만 다르다."는 식으로 듣기 쉽게 소개하기도 했다. 그런가 하면 이름으로 자기를 어필하는 삼행시(김이 무럭무럭 오르도록, 병정개미 같은 자세로 열심히 일하며, 중의 사주로 시인의 삶을 사는 사람)를 지어 스스로를 자위했다. 본시 우리 집안은 '병(柄)' 자 돌림인데 이름에 광산 김씨 돌림의 '중(中)자'가 들어 있어 곧잘 나더러 광김이냐고 물어오기도 한다. 그런 말에 응대를 할 때마다 나의 이름에 대한 불만은 가중되었다.

책을 16권씩이나 출간하면서도 그때마다 저자의 이름이 좀 멋있었으면 좋겠다고 생각했다. 예전에 지인이 필명으로 '이완세(이 세상에서 완벽을 꿈꾸는 세관인)'라는 이름을 지어 주었으나 이를 감당할 만한 용기도 없고 거만한 것 같아 사용하지 않았다. 남들은 쉽게 자신의 호(號)도 잘 짓고 이름도 바꾸는데 나는 왜 그것을 잘 못하는지 고민하기도 했다. 그 뒤 문학평론을 할 때는 고향의 지명을 넣어 '김문경'이라는 필명으로 활동을 했고, 근자에 와서는 '김별중(별 중의 별)'이라는 필명을 쓰기로 마음을 먹어 본다.

어느 날 일을 하다가 우연히 영문자판으로 놓고 내 이름을 치게 된다. 'rlaqudwnd, 라쿠덴, 낙천, 樂天'으로 확인되는 순간, 이름의 숨은 뜻이 나를 황홀하게 만든다. 59년 만에 뜻밖에 찾게 된 파라다이스! 할아버지께서 심오한 뜻을 갖고 지어 주신 이름에 감사라도 드려야겠다는 생각을 한다. 나의 아둔한 머리를 탓하고 조용히 반성의 시간을 가지며 이름이 내포하고 있는 속뜻이 얼마나 중요한지를 새삼 확인하는 시간을 접한다.

그동안 이름 콤플렉스 때문에 네이밍에 대해 남다른 관심을 가져 왔다. 배우리 선생님의 『좋은 이름짓기』에 관한 책을 몇 권 사다가 밑줄까지 그으며 읽었다. 그리고 친척과 지인들의 아이 이름을 지어 주기도 했다. 김벼리('별'의 연철, 일이나 글에서 강목, 뼈대가 되는 줄거리) 김지솔(지혜로운 솔로몬의 약자), 채운정(情으로 가득 채움), 김하비(하나밖에 없는 비취빛 보석), 김예랑(예수 사랑), 최고미(최고 미인, Go me) 등이 내가 지은 이름이다. 이름 중 김벼리는 서울 강남의 한 초등학교에서 개최한 예쁜 이름 경진대회에서 최고의 입상작이 되기도 했다.

수년 전부터 지방자체단체에서는 지역의 특성을 살리면서도 기억하기 좋고 상생 에너지를 거양할 수 있는 브랜드 네임을 찾기 시작했다. 이것이 점차 확산되면서 너나 할 것 없이 공감 가지도 않고 의미의 연계도 되지 않는 네임들이 봇물을 이루었다. 시초는 아랍에미레이트의 프로젝트 공모에서 입상한 '두바이를 사자(Do buy Dubai!)'는 브랜드 슬로건을 든다. 인간이 만들어 낸 가장 위대한 도시라고 부르며 세계 많은 나라들의 투자자를 유혹하는 도시, 그 도시를 팔겠으니 당장 '사 가지고 가라'는 강한 메시지는 세계인의 마음을 이 도시로 쏠리도록 만들어 놓는다. 브랜드 슬로건 하나가 하찮은 '메뚜기'라는 의미의 도시를 황금의 땅 '두바이(Dubai)'로 변모시켜 놓는다. 우리나라 어느 기업인이 이를 모방하여 '갯벌타워'를 'Get pearl tower(갯벌의 진주)'로 부르는 등 브랜드 네이밍 열풍은 계속되고 있다.

이후 도시의 지역 특성을 수용하고 국제화 시대에 적합한 브랜드 슬로건을 도입, 사용하고 있는지 확인하기 시작했다. 수도 서울은 'Hi 서울'과 'Soul of Asia'를 사용하고 있고, 부산광역시와 대구광역시는 각각 'Dynamic Busan, Colorful Daegu'를 사용하고 있다. 서울은 '아시아의 영혼'이라는 의미와 'Soul과 Seoul의 발음 유사성'을 활용한 점에 대해 어느 정도 점수를 줄 수 있다. 그러나 부산은 제1의 항구도시로서의 'Dynamic'과 대구는 섬유도시 상징으로의 'Colorful'이 얼마나 적절한지 의문이 간다.

영문 명칭 도입이 국제화 시대에 필요하다는 관점에서 볼 때 적어도 외국인들이 듣고 고개를 끄덕이거나 무릎을 탁 칠 수 있는 정도가 되어야 한다. 구미시와 의왕시의 'Yes', 상주시의 'Just', 부천시의 '환타지

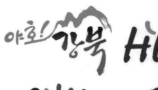

아(fantasia)', 김포시의 'Best', 부산과 포천시의 'Dynamic', 군산시의 'Dream Hub', 삼척시의 'Wonderful', 충주시의 'Good', 문경시의 'Running', 원주시의 'Healthy', 춘천시의 'Smile', 양양군의 'Ole Ole' 등을 살펴보면 왜 이런 단어를 뽑았는지 잘 이해가 되지 않는다. 슬로건의 의미가 지역 상징과 연결되지 않는다는 문제점을 알고 어떤 지자체는 슬그머니 내린 곳도 있다.

대부분의 지자체들은 한글 브랜드 슬로건을 수시로 바꾸어 가며 사용하고 있다. 그렇지만 이 역시 차별화되지 않는 슬로건들이 부지기수다. '희망, 행복, 창조, 발전, 꿈, 사람, 품격, 아름다운, 시민, 함께, 도약' 등의 단어를 적당히 조합했을 뿐이다. 코에 걸면 코걸이 귀에 걸면 귀걸이식의 슬로건은 좋은 효과를 기대하기 어렵다. 그렇다고 모든 지자체들의 브랜드 슬로건이 수준에 못 미치는 것은 아니다.

영월의 경우 지명의 음을 살린 'Young World'로, 고양시는 시민들을 격상시키고 꽃박람회를 부각시키는 효과까지 동반하는 '꽃보다 아름다운 사람의 도시', 전주시의 비빔밥 등을 강조하는 '세계를 비빈다'와 국악 도시를 상징하는 '한바탕 전주', 남원시의 '춘향, 사랑의 일번지' 등은 성공한 슬로건으로 추천할 수 있겠다.

시(詩)에서 흔히 사용하는 비유법 중 직유법과 은유법이 있다. 직유법은 '내 마음 별과 같이' 처럼 어떤 사물이나 대상과의 유사성을 뽑아내어 ~처럼, ~같이, ~인듯, ~마냥 등의 불완전명사를 주체 뒤에 붙이는 비유법을 말한다. 은유법은 직유법보다 한 차원 상위의 것으로 '무엇은 무엇이다', 즉 '사랑은 눈물의 씨앗이다' 와 같은 방법으로 표현한다. 그런데 위에서 예를 든 지자체들의 브랜드 슬로건을 보면 직유법도 은유법도 아닌 그저 좋은 단어 몇 개만 끌어다 붙인 건강부회식의 표현으로 보인다.

이런 현상들을 그냥 보고 있자니 내 마음은 은근히 달아오를 수밖에 없다. 가능한 지금보다는 나은, 그리고 그것을 보조 브랜드 슬로건 정도라도 활용할 가치가 있다면 좋겠다는 심정으로 상당 기간 동안 지자체 슬로건 네이밍을 시작했다. 영문 슬로건은 국제화 시대라는 점을 감안하여 최대한 외국인들의 공감과 기억하기 좋은 방향으로, 한글 슬로건은 지역적인 특성의 강조라는 관점에 더 비중을 두었다. 쉽지 않은 일이지만 좋은 일을 한다는 관점에서 서서히 접근을 시작하였다. 누가 시키지도 않은 짓을 왜 그렇게 하는지? 아마 누가 시켰으면 그렇게 하지 않았을 것이라고 생각하면서도 얼마 후 수십 개의 슬로건을 작명하기에 이른다.

먼저 지명의 발음과 영문 발음의 유사성을 살려서 열심히 네이밍을 해 본다. 서울은 'Say World(세계를 말한다: 세계적인 도시)', 포천은 'Fortune(행운)', 여수는 'Yes(긍정)', 대구는 'Day good(매일 좋은)', 남원은 'Number one(최고)', 인천은 'Inter change(관문, 항구)', 함안

존경하는 김법출님께

안녕하십니까? 여수시장 오현섭 입니다.

먼저 우리시의 2012여수세계박람회에 관심을 가져주신데 대해 30만
여수시민을 대표하여 감사의 마음을 전합니다.

지난번 선생님께서 보내주신 편지는 감사히 잘 받았습니다.

특히 선생님께서 여수의 브랜드 슬로건으로 'Yes, Yeosu', Yes,
2012 Yeosu'라는 좋은 제안을 해 주셨습니다.

이 제안은 세계박람회를 유치해 내고 세계 속에 당당히 국제해양관광
도시로 급부상한 우리 여수의 도시 이미지에 걸 맞는 브랜드 슬로건이라
생각됩니다.

우리시는 시민의 공감을 얻어 서의 이미지와 상징성을 최대한 담은
브랜드 슬로건을 만들고, 이 멋진 브랜드 슬로건을 통해 세계속의
여수로 발전시켜나갈 수 있도록 최선의 노력을 다 하겠습니다.

앞으로도 우리 여수시와 2012여수세계박람회에 변함없는 관심과
성원을 기탁드립니다.

항상 건강하시고 언제나 기쁨과 보람이 함께 하시기를 기원합니다.

감사합니다.

2008. 5.
여수시장 오현섭 올림

은 'Human Haman(휴먼도시)', 김해는 'Come Here(오라: 환영)', 구미는 'Dream(꿈이)', 원주는 'Want You?(도와주는 도시)' 로 작성하여 단체장 앞으로 편지를 발송하기에 이른다.

이 내용을 보고 적극적으로 검토를 하겠다는 곳은 남원과 여수였고, 다른 곳은 특별한 관심 없이 형식적인 민원 회신만 해 주었다. 좀 화가 나서 대구 매일신문 독자 기고란에 'Day Good Deagu(날마다 좋은 대구)' 를 활용하면 좋겠다는 내용을 투고하여 보도까지 되었으나 수용 여부는 잘 모른다.

문경시에서 주관하는 달빛걷기 축제가 있다. 풍광이 아름다운 문경새재를 배경으로 문화재 탐방 및 산책을 즐길 수 있는 야간 관광 상품이다. 문경새재 제1관문에서 교귀정까지 왕복 6km, 12개 코스로 되어 있다. 우선 성황당에서 종이에 소원을 쓴다. 성황당을 지나면 산속의 산책길이 펼쳐지는데, 숲길을 걸으면서 느끼는 상쾌한 공기가 일품이다. 숲길을 걷고 나면 세족할 수 있는 쉼터가 나온다. 사랑하는 가족과 연인의 발을 씻겨 주며 서로 간의 정을 돈독히 할 수 있다. 주막에 들러 전통 묵을 안주로, 문경 오미자 동동주를 한잔씩 권하면서 달밤을 즐길 수 있는 행사로 인기가 높다.

124 시인이 쓴 독도의 별주부전

이 행사를 좀 더 수준 있게 상품화하기 위한 전략으로 외국인들까지 유인할 수 있는 브랜드 슬로건을 구상해 보았다. 첨에는 막막하고 감이 잘 오질 않았다. 생각은 발끝에서 나온다고 했다. 길을 걸으며 달빛걷기 축제를 생각한다. 달빛걷기는 달과 연인과 스토리가 어우러진 아름다운 시간의 공유이다. 거기에서 빠질 수 없는 단어인 달과 연인을 곱씹어 생각한다. 달은 'moon', 그다음은 연인이 문제였는데 두 사람이 최고가 되는 달콤한 시간이라는 점에서 왕이 된다는 의미로 'king'이라는 단어를 뽑아낸다. 그 행사는 문경에서 개최되는 만큼 문경과 접목시켜야 좋을 것 같았다. 결국 '문경'의 발음과 유사한 'Moon & King'으로 네이밍한다. 제법 그럴 듯하여 문경시청으로 건의하였더니 그것을 달빛걷기 축제 팜플릿 타이틀에 넣어 활용한 것을 확인하게 되었다. 그 후 감사의 편지 한 장 받지 못했지만 오래 서운하지는 않았다.

그리고 한글로 네이밍한 몇 개를 더 소개하고자 한다. 지난 1년 6월 동안 부산에 머물면서 산도 오르고 해안길도 거닐며 여러 가지 생각을 해 본다. 혹자는 할 일이 그렇게도 없느냐며 생각할지 모른다. 그러나 내가 할 수 있는 것으로 다른 이들에게 조금의 도움이라도 된다면 그것은 남의 일이 아닌 나의 일이며, 내가 빨리 서둘러야 한다는 것이 나의 생각이다.

부산은 우리나라 제일의 항구도시이자 동해와 남해를 품고 있는 바다의 수도라고 부른다. 6.25전쟁으로 피난민들이 몰려와 아수라장이 되었어도 다 같이 살기 위해 늘려 먹던 '돼지국밥'은 '따로국밥'이 아닌 '가치(같이)국밥'이 되지 않았는가. 오륙도와 동백섬은 그리움을 부르고, 자갈치 시장의 활기찬 모습에 에너지가 충전되고, 영도다리 난간에 서면 왠지 눈보라 세월을 되새기게 되는 그곳을 과연 어떤 단어로 표현할 수 있을까? 버스 안처럼 한 차에 탄 공동운명의 'BUSAN, BUS-AN', '부산, 버스 안'을 다시 쓰면 '푸른 BUS-AN, 부산', '행복하게 달리는 BUS-AN, 부산' 등으로 쓸 수 있다.

창원은 마산과 진해를 통합하여 새로운 창원시로 출범하였다. 3개 시가 구각을 벗고 약진할 수 있는 새로운 차원의 비전을 담아야 한다. 창원과 마산과 진해를 하나로 아우르는 과제를 안고 있다. 그런 의미에서 '새 차원, 새 창원'으로 정해 보았다. '새 차원'에 'ㅇ(원: 단결의 뜻)'을 붙이면 '새 창원'이 된다.

진해는 통합 창원시에 속한 하나의 구에 불과하지만 '진해 군항제' 등 아직도 그곳의 역사성과 자부심은 대단하다. 역사(충무공) 깊고 아름다운 바다의 도시라는 의미로 바다와의 친밀성을 부각시킨 '친해(親海) 진해'를 '친해지네'로 네이밍할 수 있다.

통영은 '동양의 나폴리'로 불리는 자연과 예술이 어우러진 아름다운 명소이자 최고라는 의미로, 도시 이름 앞에 '대(大)'자를 접두어로 붙여 '통영, 푸른 대통영(大統營)'으로 활용할 수 있다. 나라의 최고 통치자는 대통령, 바다의 최고는 한려수도라는 점에서 대통영은 우리나라를 대표하며, 세계인과 통할 수 있다는 뜻을 내포한다.

합천은 가야산, 해인사와 합천호가 어우러져 천하 절경을 자랑하는 고을이다. 팔만대장경 하나만으로도 많은 이들의 관심 대상이다. 이런 특성을 감안하여 '합천가야 강산해 인사'로 네이밍을 한다. '가야'는

'가야산'과 '간다(行)'는 중의적 의미를 담고, 이 지역의 수려한 경관을 부각시켜 강과 산과 해가 서로 인사하는 곳', 다시 말해서 '해가 인사한다'는 뜻이다. '해 인사'는 '해인사' 절 자체를 의미하기도 한다.

함양은 '함' 자에 주목해야 한다. '함'을 연철시켜 발음하면 '하무'가 되고, '하무'는 이 지역 사투리로 '그렇다'는 긍정의 뜻으로 널리 사용되고 있다. '함양'은 결국 '하무양'이라고 발음이 되지만 '양'의 'ㅇ'이 탈락되면 '하무야 함양'이 된다. 결국 영어로 'Ok Hamyang'이라는 것과 동일한 뜻이다.

양산은 해를 가리는 데 사용하기도 하지만, 비(시련, 고난)를 피하는 용도로 사용하게 되면서 동반자 의식이 자리한다. 양산은 상부상조 정신과 주민들이 행복하기 위해 공존공영의 지역사회를 만들어 간다는 것은 의미가 들어 있다. 이런 점을 감안하면 '하나의 양산, 두 배의 행복'이라는 슬로건이 만들어진다.

거창은 경남에서도 손꼽히는 교육도시다. 그런가 하면 도처에 선비와 시인 묵객, 애국자들이 살던 역사의 도시로 나라의 숨결이 연연히 전해지는 현장이 소재한다. 기백산과 수승대와 취우령도 찾는 이들의 발걸음을 오래 멈추게 만든다. 도시명의 첫 글자인 거창을 따서 '거대한 뿌리, 창창한 미래'로 네이밍을 만들어 본다.

이외에도 사자성어를 활용, 무엇이건 거침없이 최고의 성과를 만들어 내는 의미가 들어 있는 '일사천리, 사천', 진주가 특별한 자부심과 교육 문화의 도시라는 점을 감안하여 '진정한 대한의 주인, 진주', '미래안'을 빼르게 발음하면 '밀양'이 되는 발음의 유사성과 미래 비전이 있는 곳이라는 의미로 '미래안(美來安) 밀양'이라 네이밍해 보았다.

위와 같이 여러 가지 슬로건을 정리하면서 지금 나는 당당하게 말할 수 있다. 결코 내가 지은 것이 좋다는 것이 아니라 한번쯤 진정성 있는 고민을 통하여 자기가 사는 고을 이름을 대신할 브랜드 슬로건 하나 제대로 갖는 것이 중요하다는 말이다. 잘 지어진 슬로건 하나의 가치는 금액으로 환산할 수 없을 만큼 클 수도 있다는 사실을 알아야 한다. 누구보다도 자기 고장을 한마디로 자랑할 수 있고 역사와 문화도 꿰뚫고 있으므로 가장 짧고 의미 있는 이름 하나 짓는 게 그리 어려울 것도 없다는 생각이다.

상주는 '명실상주'라는 슬로건을 쓰기도 한다. 이 슬로건은 누에고치로 유명한 고장이라는 점을 잘 표현하고 있다. 삼백(三白: 쌀, 곶감, 누에고치)의 고장과 명실상부(名實相符)라는 의미가 복합되어 고을의 지위를 한층 높여 주는 느낌이다. 이처럼 우리는 고을 이름을 잘 붙여 주어야 그 고을이 산다. 그렇게 되면 큰 홍보비를 들이지 않고도 이름이 많은 사람들에게 잘 알려져서 고장의 특산물이 명성 있는 상품으로 판매되어 고장의 알찬 수익으로 돌아오는 것이다.

세상으로 띄우는 축시

사노라면 우리는 무수히 많은 축하의 예를 갖추게 된다. 결혼, 돌, 칠순, 입학과 졸업, 합격, 영전, 취임, 명예퇴임, 개업, 입주, 각종 기념식 등을 하게 되면 그 분위기와 격에 맞는 축하의 선물을 전하게 된다. 화분, 화환, 액자, 거울, 축전, 축의금, 축가, 축사 등으로 마음을 표하는데 이런 선물은 생각보다 까다롭다. 본인 생각에는 꽤 괜찮다고 생각한 것이 받는 이에게는 오히려 짐이 될 수도 있다는 점이다.

과연 받는 사람이 오래도록 잊지 않고 감사하게 생각하는 선물은 무엇일까? 아무리 고민해 봐도 특별히 정답은 없다. 사람마다 기호와 가치관이 다르기 때문이다. 결혼식장에 화환을 보냈는데 둘 곳이 없어 구석에 겨우 세워 두었다가 쓰레기장으로 향한다면 그것은 별로 좋은 선물이 되지 못한다. 그러나 두 사람만을 위한 특별한 축시를 써서 그것을 식장에서 낭송해 준다면 어떨까? 아무나 받을 수 없는 특별한 선물이라는 점에서 좋고, 예식 후 축시를 전달하게 되면 두 사람에게 오래도록 인생의 향기로운 덕담이 된다는 점에서 좋을 것이다.

이렇게 좋은 선물이 되는 축시를 짓고, 낭송하는 일이란 그리 간단하지 않다. 먼저 축하할 사람 등에 대한 특별한 정보를 찾아내야 한다. 기쁘다, 축하한다, 행복하라, 영원하라는 식의 상투적인 말로는 축시라는 선물의 가치를 기대하기 어렵다. 음악을 전공한 커플로 신랑은 플루트를, 신부는 바이올린이라고 가정해 보자. 플루트의 평온하면서도 부드러운 소리를 신랑의 상징으로, 작지만 영혼을 공명하는 고운 선율을 신부의 상징으로 표현할 수 있다. 그리고 두 소리는 이중주, 너무 잘 어울리는 사랑의 꽃을 피워 내는 아름다운 부부로 묘사되어야만 두 사람만을 위한 특별하고 의미 있는 결혼 축시가 된다.

나는 가까운 지인이 결혼을 할 때 축의금만으로는 미흡하다고 생각되면 몇 날 며칠을 고뇌하여 신랑 신부만을 위한 축시를 짓는다. 그리고 끊고 잇고, 고저장단을 수차례 연습하여 축시를 낭송해 주곤 한다. 그간 횟수가 족히 마흔 번이 넘어 아마추어 경지를 넘어서는 듯하나, 아직도 생각만하여도 울렁증같이 가슴이 떨린다. 식장의 맨 앞줄에 앉아 차례가 올 때까지 기다리며 가슴 조이는 축시를 낭송하면서, 그때마다 긴장과 설렘은 여진으로 남는다. 한 점 실수 없이 분위기 있게 낭송하는 것만이 두 사람의 출발에 수준 높은 행복의 축도가 된다는 부담감 때문이리라.

흰 세모꼴 틀에
마흔일곱 개 현을 가진 날씬한 하프가
두 사람의 손으로 퉁겨지고
드디어 음이 넓고
음색이 부드러운
사랑 연주가 시작된다

진정한 사랑은
공명통에서 나는 하나의 소리
서툰 사랑일수록
더 아름다운 소리가 나는 건
마음의 굳은 살이 없어
부드럽게 가슴 현을 울리기 때문인 것

결혼은
가장 오래된 둘의 악기
소리와 빛과 꿈이 흐르는
하프 선율의 힘이
눈부신 아침 해를 뜨게 하고
반짝이는 저녁 별을 돋게 하는
아직 한 번도 어긴 적 없는
이 진리의 법칙에 따르기를

_결혼 축시 〈사랑의 악기〉 일부

　이 축시는 오촌 조카 결혼식에서 낭송한 일부이다. 다소 시의 전문이 길지만 축시로 성공하자면 한두 가지 갖춰야 될 요건이 있다. 첫째는 너무 시가 관념적이고 압축, 비유된 시는 피해야 한다. 왜냐하면 식장을 찾는 손님이나 결혼을 하는 당사자에게 그 자리에서 어느 정도 이해가 되어야 하므로 가능한 쉬워야 한다. 대부분 원고를 따로 배포하지 않아 낭송하는 사람의 육성에 의해 한 번 듣는 것으로 끝이 나므로 난해한 시는 무슨 말인지 이해가 곤란해진다.

둘째로는 산문투 내지 종결어미 '~네, ~다'를 가진 형태로 쓰되, 어느 정도 길이가 되어야 한다. 시 낭송의 경우 길어도 5분 이내에 끝나므로 축가를 한 곡 부르는 시간 정도에 불과하다. 그러므로 너무 짧은 시는 무대에 섰다가 금세 내려오게 되어 시 내용이 무게가 있고 의미가 깊다 하더라도 듣는 이는 의미에 접근하지 못하고 가볍게 받아들이게 된다. 가능한 비교법, 반복법, 대구법, 쌍괄식 등을 사용하고, 어려운 시어를 피하여 청자들의 뇌리에 쉽고 강하게 각인되도록 해야 한다는 점에 유의해야 한다.

이래저래 사람들의 결혼 축시 요청에 응하다 보니 친구, 친구의 자녀, 친지, 동료 등 많은 사람들에게 크고 작은 선물을 한 셈이다. 그러던 차에 둘째 아이 결혼식을 앞두고 축시를 어떻게 할 것인지 고민을 하게 된다. 아버지가 딸 결혼을 축하하는 시를 직접 낭송하는 것도 의미가 있는 일이긴 하다. 그러나 바쁜 와중에 직접 앞에 나가서 낭송을 한다는 것이 좀 어색해 보여, 축시는 내가 쓰고 낭송은 후배 시인에게 맡겼다. 지난 일이지만 누구나 하는 축가보다는 아버지가 쓴 축시를 낭송한 것은 지금 생각해도 잘한 일이라는 생각이 든다.

시간은 하나의 직선
그 위를 사람들이 곡선으로 산다
더 많이 굽을수록
웃음이 길고
더 선이 가늘수록
눈빛이 밝다
오늘은 그대가 예순한 살

타오르는 횃불 마음으로 마주앉아

그리는 원 하나

시간은 이렇게 그리고

삶은 그렇게 완성하는 것

원 속에 보여지는

넉넉한 가을걷이 풍경

거기 환희의 만종 소리 들려오고

은은히 번져 오는 묵향 내음을 찍어

이제 세상의 붉은 가슴에다

부드러운 초서로 행복을 쓸 차례다

_회갑연 축시 〈곡선으로 산다〉 일부

장수 시대, 고령화 사회를 맞이하여 요즘 회갑연을 하는 사람들은 거의 없다. 그러나 역으로 "다른 사람들이 아무도 안 하니까 나는 한다."는 사람이 있다. 그는 호텔을 빌려 지인들을 불렀고 축하객이 300명이 훨씬 넘었다. 건강이 여의치 못해 언제 어떻게 될지 모르니까 회갑연을 해야 한다며 나에게 축시를 부탁했다. 참 난감하고 애매한 일이었다. 결혼 축시는 여러 번 써 봤어도 회갑연 축시는 처음이니 혼란스러울 수밖에 없었다.

그는 자수성가한 사람이고 청렴 정직한 사업가로 야심이 대단한 사람이다. 우선 그의 삶을 통찰하고 삶에서 풍기는 이미지를 시에다 담아내야 한다. 또한 희망적인 메시지를 내포하되 너무 식상한 장수 멘트는 피하는 게 좋을 것이라는 생각으로 시를 썼다. 그리고 그날 예식 순서에서 가능한 앞쪽에 넣어 달라고 부탁했다. 시 낭송은 분위기에 따라 크게 좌우되므로 뒤로 갈수록 풍악을 울리고 놀자판이 되면 아무리 의미 있고 분위기 있는 시라고 하여도 대중가요 한 곡 부르는 것만도 못하다. 요즘도 회갑 주인공을 만나면 그때 축시에서 '곡선으로 살라'는 메시지가 가슴에 와 닿아 지금도 그렇게 살려고 노력한단다. 이것이 내가 바친 회갑시의 효과라고 생각하니 기분 꽤나 좋아진다.

노래하고 춤추고
앉았다 일어서고 다시 눕는 파도 세상
누가 그 소리를 모두 듣는가
천길 절벽에다 푸른 둥지 틀고
바다 위를 날고 있던 늠름한 독수리의
날선 부리를 보았는가
그 부리로 쓴 바다 이야기를 읊조리며
하늘 우러르던 그 시인을 벌써 잊었는가

세상은 변해도
부산 바다는 변하지 않아
바람은 시를 속삭이고
파도는 말없이 시를 듣고 있는데
오늘 우린 그 바다에 서서
파도 책갈피 넘겨 가며 바람시를 읽고 있다

_청파문학 복간 축시 〈파도에는 귀가 있다〉 일부

청파문학은 서울 청파동의 지명을 빌어 쓴 숙명여대 국문과 문예지 이름으로 알려져 있다. 그러나 여기서 말하는 청파는 옛날 부산세관 문우들이 쓴 글을 엮어 발표하던 문집 이름이다. 반년간으로 부산 갈매기와 오류도 등대, 낙동강 을숙도의 철새와 가덕도 숭어들의 풍경이 얼비치는 바다 냄새 물씬나는 작품들이 책으로 출간되어 나온다. 창간 후 오랫동안 휴간하였다가 다시 복간하게 된 청파문학, 편집부서에서 복간을 한다며 내게 축하시를 써 달라고 했다.

나는 시 한 줄을 끄집어내는데 많은 시간이 걸렸다. 핵심 시구는 바로 '파도에는 귀가 있다'는 것이었다. 큰 귀가 달려 있어 오류도 몸 씻는 소리를 듣고, 부산항 갈매기와 자갈치 아지매 인사까지 듣는다는 것으로 풀어나간다. 그러다가 '누가 그 소리를 모두 듣는가?'라는 물음을 던진다. 그 답은 '천길 절벽에다 푸른 둥지 틀고/바다 위를 날고 있던 늠름한 독수리'다. 여기서 독수리는 '세관'의 상징으로, 오늘도 '그 바다에 서서 파도 책갈피 넘겨 가며 바람시를 읽고 있다'는 것으로 끝을 맺는다.

  새해에는 높은 산 하나 갖게 하소서
  힘들 때마다 산엘 오르고
  그 산에 고운 목청 가진 새 한 마리 키우며
  늘 말없이 제자리 지키고 있는 산이게 하소서

  새해에는 빛나는 별 하나 갖게 하소서
  눈물 흐를 때마다 별에게 길을 찾고
  그 별에게서 길 잃은 나를 찾아
  늘 은하의 중심 지나는 별이게 하소서

  새해에는 투명한 잔 하나 갖게 하소서

힘들 때마다 큰 잔을 더 높이 들어

그 잔으로 도수 높은 사랑 서로 권하며

늘 기쁨 가득 채우는 잔의 주인이게 하소서

_신년 축시 〈새해 소망〉 일부

　새해 첫날이 되면 우리는 무엇을 하는가? 세배를 하고 차례를 지낸 후 떡국을 먹는 일은 너무나 평범하다. 아님 해돋이를 위해 동해나 높은 산을 찾기도 하고 자유로운 육신을 가진 이들은 아예 해외로 여행을 떠난다. 이 무렵 쉴 새 없이 날아오는 새해 인사 문자와 영상메시지로 인해 휴대폰은 뜨겁게 달아오른다. 그렇지만 내용을 보면 거의 엇비슷하고 받는 이를 위해 정성껏 만들어 보낸 것이 아니라는 것을 알았을 땐 오히려 반가움보다는 불쾌감이 생기기도 한다. 모방의 시대에 새해 인사말까지 복제한 겉치레 인사를 사람들은 별로 좋아하지 않는다. 더욱이 시인들은 대부분 기계치들이 많아 SNS에 의한 소통을 좋아하지 않는 편이다.

　매년 맞이하는 새해, 이때를 위해 가슴에 닿는 인사말을 찾아본다. 이 것저것 써 놓고 보면 너무 무겁고 고루한 것 같고, 어쩌면 너무 가벼운 것 같아 고개를 갸웃거리게 된다. 그렇다고 지필묵을 갈아 화선지에 사자성어를 써서 우편으로 보내는 것도 예삿일이 아니다. 이런 문제에서 탈피하기 위해 생각한 것이 새해 축시이다. 이렇게 축시를 한번 써 놓고 새해 인사를 드려야 할 사람들에게 메일로 보냈더니 반응이 아주 좋았다. 내가 직접 지은 시라서 축복을 비는 마음이 진심으로 느껴진다는 것이다. 요즘은 종이에 출력한 시를 카메라로 찍어 휴대폰 카톡이나 밴드, 메시지를 이용하여 영상으로 전송하기도 한다. 차별화된 인사 하나로 천냥 축복을 받고 만냥 행복도 누린다.

_모교 축시 〈문창인〉 전문

　어느 학교에나 교훈이 있고, 교훈은 어지간하여 바꾸지 않는다. 전통 있는 명문일수록 학교 이름을 말하지 않고 교훈만 말해도 서로 잘 통한다. 어느 날 모교 교장 선생님으로부터 전화를 받는다. 후배들을 위해 의미 있는 축시 한 편을 써 달라고 부탁했다. 그것을 서예가의 멋진 글씨로 써서 대형 액자로 표구해 학교 현관에 걸어 두면 말없는 가운데 학생들에게 큰 힘과 용기가 될 것이란다. 의도는 좋지만 나의 필력도 부족하고, 짧은 몇 줄의 문장에다 큰 기대를 담는다는 건 쉬운 일이 아니었다. 정중하게 사양했으나 시간은 넉넉히 줄 테니 잘 써 달란다.

　몇 달의 시간이 흐른 뒤, 나는 〈문창인〉이란 축시를 마무리할 수 있었다. 그리고 이것을 유명 서예가가 붓으로 쓰고 표구를 하였는데, 표구값으로만 700만 원이 들었다니 어느 정도 크기인지 가늠이 갈 것이다. 빛 좋은 날을 잡아 축시 액자를 학교 현관에 거는 개첨식까지 열었다. '박달나무(市木) 가지에/순백의 목련화(校花)를 피워 내는/너는 세계 속의 한국인'이라는 마지막 구절처럼 후학들이 보다 창의적인 인재로 자라나 세계를 빛내는 한국인이 되길 축원해 본다.

좋아하는 것은 아름답다
나무가 나무를 좋아하여 숲이 되고
물이 물을 좋아하여 강이 된다

좋아하는 것은 모두 아름답다
사람이 사람을 좋아하여 사랑이 되고
지성이 지성을 좋아하여 스승이 된다

좋아하는 자연끼리
꽃이 되고 향기가 되며
열매가 되고 뿌리가 된다
좋아하는 사람끼리
제자가 되고 스승이 되며
학문이 되고 진리가 된다

아름다운 시작은 끝이 되고
아름다운 끝은 다시 시작이 되어
임이시여!
마음속에 지지 않는 불멸의 꽃이 되고
영원히 변치 않는 사랑이 된다

_퇴임식 축시 〈좋아하는 것은 아름답다〉 일부

예전에는 "스승의 그림자도 밟지 않는다."는 말이 통했다. 아니 시험
준비로 인해 해뜨기 전에 등교하여 밤에 하교하니 스승의 그림자를 밟
을 기회도 없었다. 선생님에게는 늘 우리에게 없는 향수 냄새가 나고, 우

리 마음을 용하게 다 읽고 있어 언제나 거리가 느껴지는 특별한 존재였다. 선생님 중에서도 나를 가까이 살펴 주신 영어 선생님, 지용술 교장 선생님이 퇴임을 하신다는 연락을 받는다. 덧붙여 퇴임식에 축시 한 편을 준비해 달라는 부탁도 있었다.

무슨 일이 있을 때마다 자리의 품격을 높이기 위해 축시를 올리고 싶다는 교감 친구의 입김이 작용한 것 같다. 그래도 문학이 '불러 주는 데가 있거나, 박수를 치는 사람들이 있는 자리'가 발붙여야 할 곳이 아닌가. 예술이 아무리 엄숙주의를 지향한다 하더라도 축시로 문학의 지평을 확대해 나가는 것을 천박한 대중성이라 매도하며 이를 무시되어서는 안 된다. '좋아하는 것은 아름답다'로 시작하여 이를 반복, 비교, 열거하며 스승의 노고와 행복을 비는 축시가 그날 행사장을 갈채의 도가니로 몰아넣었다. 그 뒤 다른 선생님 퇴임식까지 초대되어 축시 낭송을 한 것이 나의 오지랖 넓은 일이라고는 생각되지 않았다.

    머리에 향기로운 관을 쓴
    그대는 후광을 가진 사람
    그대는 미소 띤 해의 얼굴이다
    세관이 있는 곳에 가치가 있고

가치가 있는 곳에 더 큰 명예가 있어
인생은 짧지만 명예는 길다

넘치지 않는 선(善)의 강물을 따라
지워지지 않는 덕(德)의 그림자를 만들어 가는
자랑스런 그대여!
이미 그대 옷의 색깔은 푸른색이다
용감과 충성과 희생의 진초록이다

세계 속에 한국
한국 속에 중심인 서울본부세관에 오면
우리 여기 함께 서서 목례를 하자
그리고 새롭게 붙여진 그대 이름 위에
낮에도 빛나는 별 하나 걸어 두자
명예에 살고 청렴에 빛나는
영영 꺼지지 않는 관세인의 혼불이
활활 활화산으로 타오른다

_세관 명예의 전당 축시 〈명예로운 관세인〉 전문

사람들은 명예를 소중히 생각한다. 그렇지만 명예로운 사람이 되기란 무척 힘들다. 명예심이란 나의 생각과 행동이 스스로에게 부끄럽지 않고 당당한 것으로, 세상이 널리 인정하는 좋은 평판이나 이름을 얻는 것을 말한다. 명예가 소중한 만큼 타인의 명예를 지켜 주기 위한 '명예훼손죄'가 있고, 20년 이상 근무하고 정년 1년 이전에 자발적으로 퇴직하는 공무원을 '명예퇴직자'라 높여 부른다. 골프나 야구 등 유명 스포츠 스타들의 실적을 기려 '명예의 전당'에 헌액하기도 한다.

관세청에서도 '명예의 전당 헌액제도'를 시행하고 있다. 중앙부처 성과 평가에서 최우수기관으로 평가받고 있는 기관의 소속 직원들은 뭔가 다른 코드가 있다. 성과는 우연히 이뤄지는 것이 아니라 피와 땀의 결과로 관세청 직원들의 열정과 노력은 남다르다. 이런 기관에서 유공자를 엄선하여 명예의 전당 헌액은 본인의 영광일 뿐 아니라 타 직원들의 귀감이 되어 조직 에너지를 활성화시키는 좋은 계기가 된다.

서울본부세관 명예의 전당을 만들면서 청사 1층에 장소를 확보하고 공사를 시작했다. 어느 날 주관 부서에서 헌액시 한 편을 부탁해 왔다. 내용인즉, K대 교수이자 유명 시인에게 원고 청탁을 타진하였는데 300만 원을 달라고 한다. 원고료보다 큰 문제는 그분이 관세청의 역사와 전통, 핵심 가치, 표상 같은 것을 잘 모르기 때문에 헌액시가 자칫 세관에서 원하는 수준 이하의 졸작이 나올 수 있어 청탁 진행을 포기했단다. 나는 이야기를 들은 후 꼼짝없이 헌액시를 정성껏 쓸 수밖에 없는 처지가 되었다.

중봉산 아래
우저서원(牛渚書院)에서 나는
천자문 동몽선습 명심보감 글 읽는 소리
그 소리 듣고 있던
소와 돼지도 유창하게 따라 읽네

누렁소는 신령한 흰 소가 되고
꺼먹돼지는 환하게 웃는 돼지가 되어

임 계신 한양으로 제 머리 두고
꼬리도 보이지 않는 긴 줄로 서서
중봉의 뒤를 따르는
수천의 희망 무리가 되고 있네

서해로 입을 벌린
용맹스런 사자 머리의 김포 땅에는
정의의 깃발과
공명의 종소리 울려 퍼지고
그 소리는 굿우물을 넘어
나진나루터 지나
홍도평 너른 들판을 건너
대감바위 누워 있는 감암포에 이르네

중봉산하 우저서원에
지금도 영의정으로 살고 계신 임이여!
우리나라 가슴 한가운데
대쪽 정의를 담은 만언소
오늘도 거침없이 일필휘지로 쓰고 있네

_중봉문화제 축시 〈만언소(萬言疏)〉 일부

중봉(重峯) 조헌은 조선 중기의 문신이자, 유학자이며, 경세사상가, 의병장이다. 김포에서 태어난 그는 5세 때에 글을 읽는 등 어려서부터 자질이 뛰어나고 효성이 있고 유순했다. 12세 때부터 시와 글을 배워 1565년 성균관에 입학하였고, 1567년(명종 22년)에는 문과에 급제하여 교서관에

임하였다. 이후 관직에서 잘못된 정사를 보면 시정이나 개혁을 요하는 강직한 품성으로 6번의 상소를 올렸으나 귀양과 파면, 벼슬을 버리는 시련에도 굴하지 않은 대쪽 같은 인물로 알려져 있다.

　김포시에서는 그의 숭고한 의병정신과 유학자이며 경세사상가라는 올곧은 인품과 탁월한 업적을 높이 평가하여 매년 김포 우저서원 등에서 '중봉제'를 올린다. 그의 호를 따서 '중봉도서관'과 '중봉로'로 명명하고, 역사에 길이 빛나는 김포의 인물로 숭배하고 있다. 나는 중봉제 행사에 즈음하여 김포 문화예술인의 한 사람으로서 중봉을 기리는 축시를 올렸다. 내가 중봉을 존경하는 이유는 부정과 불의를 보고 지나치지 못하며, 정의를 위해서는 어떠한 시련에도 굴하지 않는 불굴의 정신, 목숨을 건 6차례나 되는 만언소가 바로 그것이다.

　　　산과 산이 사이좋게 어깨한
　　　관악산 아래
　　　내와 내(川)가 가차이 허리감은
　　　과천이 흐르는 중공교 일일삼 번지
　　　높푸른 꿈이 어우러진 희망의 꽃밭에
　　　열정과 의지로 세상을 여는
　　　나라 지킴이들이 다 함께 모였네
　　　산이 관을 쓰면
　　　관악산이라 하고
　　　사람이 관을 쓰면
　　　사무관이라 부르는데
　　　저기 성실의 씨를 뿌려

명예의 백년 열매를 맺고
여기 천둥의 힘으로
무지개 천년의 길을 만드네
연주암에서 연주 소리 들리고
국기봉에서 만세 소리가 들려
새롬관에는 더 큰 나라 여는 역군들의
우레 갈채가 들려오네

　　　　　_사무관 과정 수료 축시 〈거룩한 주인공〉 일부

공무원의 꽃이라는 사무관, 그 계급장을 달기 위해서는 공무원 중 3% 정도 범위에 들어야 된다고 한다. 그야말로 치열한 불꽃 경쟁에서 얻는 영광의 성취가 아닐 수 없다. 하급에서 시작하여 비로소 간부가 되는 길, 아무나 할 수 없는 영광의 길이기에 그만큼 남다른 노력과 열정이 뒤따라야 한다. 중앙행정기관에서는 실무기안자이고, 지방행정기관에서는 기관장 또는 부서장의 직무를 맡으며 관이라는 글자가 붙는다.

　나는 국가공무원이 되기 위해 노력한 것이 아니라 부모님과의 약속을 지키기 위해 공무원이 되었다. 문학을 한다는 것을 쉽게 허락할 리 없는 부모님은 공무원 시험이라도 합격하게 되면 그다음엔 내 맘대로 하라는 것이었다. 우직하게 그것을 믿고 공개경쟁 시험에서 요행히 합격하였으나 그 뒤 내 맘대로 하지 못하고 직장에 발목 잡혀 오다 보니 오늘까지 오게 되었다. 어느 정도 시점에 이르러 마음을 다잡고 남다른 노력을 기울이기 시작했다.

그러나 사무관이 되는 고개는 무척 힘이 들었다. 나의 담당 업무나 올곧은 성격도 문제가 되었지만, 그보다 나이 콤플렉스가 근무평정 시 더 걸림돌이 되었다. 업무 실적과 상관없이 나이 먹은 사람은 좋은 평점을 주기 곤란하다는 것이다. 그래도 이에 굴하지 않고 묵묵히 최선을 다하여 기사회생, 조직 내에서는 거의 기적적으로 승진의 영광을 획득할 수 있었다.

중앙공무원 교육원에는 각 중앙부처 승진임용 예정자들이 6주간의 집합교육을 받는데 내가 거기서도 최고령자였다. 교육 수료식 날, 나는 400명이 집합한 강당에서 원장님의 축사에 이은 답사를 통해 '산이 관을 쓰면 관악산이 되고/사람이 관을 쓰면 사무관이 된다'는 작은 감동 메시지 하나를 던져 주었다. 그리고 〈거룩한 주인공〉이라는 축시가 제113기 교육 수료생 수첩에 실려, 때때로 함께한 그날의 기쁨을 되새기며 자랑스러운 공직자로 살아가고 있다.

시는 이제 세상 속으로 들어가야 한다. 결혼, 회갑, 돌, 퇴임, 기념식, 추도식 등 어느 자리라도 귀천을 가릴 것이 없다. 〈선창〉, 〈꿈꾸는 백마강〉, 〈알뜰한 당신〉, 〈낙화유수〉, 〈고향초〉 등 수많은 가요 명곡을 작사한 조명암(본명 조영출, 1913~1993) 시인의 대중가요를 통한 문학의 대중화도 가볍게 생각하고 넘길 일이 아님을 알아야 한다. 대중과 함께하는 것이 더 빛나는 일임에도 도도한 소수의 엄숙주의만 고집하는 오기를 부려서는 안 된다.

헛기침을 하며 양반 행세만 할 게 아니라 더 이상 시가 찬밥으로 천대받지 않도록 세상 밖으로 뛰쳐나와야 한다. 대추 한 알로 요기하거나 냉수 한 사발로 허기를 채우는 시대는 이미 지났다. 춥고 배고픈 시인들은 저마다 진실과 열정 하나로 창작에 열을 올리지만, 이제 독자들은 어려운 시를 찾지 않는다. 예전 시집 한 권씩 옆구리에 끼고 다니던 때를 그리워하며, 시와 대중과의 접점을 만들기 위해 문인들의 축시 활성화는 계속되어야 한다.

시를 부르는 노래방

노래방이 놀래방으로 변하고 있다. 이를 경찰청이 집중 단속하겠다고 나선 이유는 노래방이 번화가 중심에서 즉석 성매매를 하거나 불법으로 도우미 등을 고용하고 있기 때문이란다. '노래영상제작실'이라는 상호로 구청에 등록도 하지 않고 영업을 하며, 도우미인 코러스를 고용해 주류 판매와 성매매까지 하기도 한단다.

노래방과 노래연습장이라는 상호가 같은 의미인 것 같지만 엄연히 다르다. 노래방은 노래만 부르고, 노래연습장은 술을 파는 유흥주점이라니 정신 바짝 차려야 실수하지 않는다. 요란한 탬버린 소리와 함께 활력 넘치던 노래방이 점차 저급한 문화를 조장하는 퇴폐 장소로 퇴화하고 있다. 사람들이 한자리에 모여 단합할 수 있는 공간, 저녁 회식 자리에서 술이 어느 정도 되면 기분 좋은 상태에서 마지막 기분을 분출하기 위해 가던 곳이 혐오의 대상으로 변하고 있다. 노래방이 천박한 문화의 대명사가 되는 것은 불행이다.

우리에게 금영, 아싸, 태진이라는 이름들은 낯설지 않다. 이상하게도 기계치인 내가 노래방 기기를 어느 정도 조작할 수 있다는 점도 신기하기만 하다. 비록 기계지만 슬플 때나 기쁠 때 벗이 되어 주고, 때로는 축 쳐진 나에게 100점이라는 후한 점수로 팡파르의 축하음을 안겨 주기도 한다. 전국 도처에 가수를 뺨치는 '나가수'를 양산하는 노래연습장, 남녀노소 함께 즐기던 인기 있는 노래방 문화와 시공을 초월하여 굳게 단합되는 노래방 정신이 이렇게 변질되는 건 적지 않은 실망이다.

본시 노래방 기기는 1970년 후반 일본에서 개발한 가라오케가 그 시초라 한다. 일본어로 '가라'는 비어 있다는 뜻이고, '오케'는 오케스트라를 줄인 말로, '노래 없이 반주만 녹음된 연주 장치에 맞추어 노래를 부르는 대중적인 오락기'의 하나다. 이런 기기가 1990년 이후부터는 반주와 함께 화면에 노래 가사나 뮤직비디오 형식의 영상이 나오는 수준으로 발전되었다. 전국에 3만 5천여 개소가 성업 중에 있으며 일본보다 10배나 큰 규모의 시장이란다.

노래방 탄생 이후 살판나는 사람들이 있다. 가요의 저작권료를 받는 작사 작곡가들인데, 우리가 노래방에서 한 곡 부를 때마다 자신도 모르는 사이에 착착 저작권료를 떼어 그들에게 주고 있다. 노래방에 자주 가면 그만큼 저작권자의 배가 불러진다는 것이다. 유수의 작사 작곡가들이 부른 배를 두드리고 있지만 시인들은 잘 알아주지도 않는 자존심만 세우며 가난하게 살아가고 있다.

이 시대의 시인들은 왜 하층민으로 살아야 하는가? 그 답은 너무도 빤하다. 시를 읽어 주지 않으니까 빵을 해결할 방법이 없다. 시집도 팔리지 않고 원고 청탁도 거의 없다. 그러니 어찌 시를 써서 생계를 잇겠는가? 대학의 국문과는 '굶는과'라는 오명이 붙더니 지금은 거의 폐지가 대세다. 많은 대학에 문창과가 있지만 그들이 시 쓰기만 고집하다가는 밥을 빌어먹지도 못하는 처지가 되고 만다. 많은 문예지들이 신인 장사를 하여 빛깔 좋은 명함족 문인들을 다수 배출하지만 그들의 시는 삼류시도 아닌 휴지통에 버리는 시의 껍질도 못된다.

아무래도 시는 운율이 기본이다. 그러나 요즘 시는 내재율을 빙자한 시들이 많아지면서 길이도 수필처럼 길어지고 있다. 그런 시를 인내심 없는 독자들이 읽어 줄리 만무하다. 길지 않고 서정적이며 마음에 닿는 시들은 얼마든지 우리들의 입을 회자하다 좋은 곡이 붙여진다. 다시 말하면 운율이 살아 있는 좋은 시는 결코 사람들에게 외면당하지 않는다.

가곡 가사 중 어느 시인의 것이 많은지 조사를 한 결과 김소월 140곡, 조병화 39곡, 박목월 38곡 순으로 나타났다. 우리가 익히 알고 있는 김소월의 〈진달래꽃〉, 〈접동새〉, 〈금잔디〉, 〈예전에 미처 몰랐어요〉, 〈개여울〉 등을 보면 요즘 시인들이 시대와의 불화에 초점을 맞추고 너무 관념적인 추상 세계로 기울어져 가고 있다는 우려를 갖게 된다. 고향과 그리움, 사랑, 서정 같은 것은 묵은 시대의 정서가 아니라 인간의 보이지 않는 감정 속에 깊이 내재되어 제거할 수 없는 DNA라 생각된다. 이런 관점에서 보면 시인들이 하루빨리 대중 속으로 뛰어들어와 좋은 가사를 써내는 것이 시인의 역할이 아닐까 한다.

나는 문학 활동을 하면서 그동안 많은 시인들을 만났다. 대부분 힘든 생활을 하면서도 누구를 탓하기보다 좋은 시 한 편 쓰는 것을 소명처럼 생각하며 꿋꿋하게 자기 길을 가고 있다. 아파트 경비나 막판 노동자 시인에게는 최저임금자라는 행복한 타이틀을 붙여 주지 않아도 그들은 웃으며 산다. 무직 또는 버스표 한 장 살 수 없는 몇 개월간의 실업자, 그들을 일러 전업 시인이라는 미명을 붙인다면 마음에 닿는 위로가 될까. 옳은 생각, 바른 소리를 고집하다가 세상 밖으로 등을 떠밀린 시인들에게 무슨 신성한 이름표를 붙여 줘야 할 것인가.

어떤 예술보다 진실을 추구하고 글로 세상을 선도해 가는 시인들, 그들의 생계 문제를 해결하기 위해 나는 무엇을 할 것인가? 2000년 10월에는 문단 원로와 중진들이 모여 '한국문화예술인복지조합'을 만들어 문화예술 활동 종사자에게 실질적인 도움이 돌아가도록 하자며 발기까지 하였으나 실행에 옮기지는 못했다. 기본적으로 정부와 민간의 출연금이 500억 원 정도 확보가 필요한데 결과는 역시 허사였다. 말로만 문화국가 건설이라 하고 경제가 어려우면 문화비 지출부터 줄이는 나라에서는 천민자본주의라 탓하지 말고 주어진 현실을 순순히 받아들여야 한다.

진정 이처럼 안타까운 현실을 극복할 수 있는 묘안은 없는지 고민해 보았다. 그러다 노래방이 성업 중인 점과 노래를 부를 때 저작권료를 낸다는 점에 착안하여 '시 낭송 노래방'을 만들어 운영하는 방안이 괜찮다는 생각을 하게 된다. 방법은 그리 어려울 게 없다. 현행 노래방 소프트웨어에 여러 편의 시를 탑재하여 운영하는 것으로, 시 내용이 노래 자막처럼 모니터에 표출되도록 하고, 시에 적절한 배경 화면과 음악을 깔면 된다. 노래처럼 일정하게 부를 악보는 없으나 표출되는 시 내용을 낭송자의 감정대로 자유롭고 운치 있게 낭송하는 것으로, 이후 저작권료는 시인에게 지급하게 한다.

우리가 친구나 직장 동료, 가족, 친지, 연인 등 특별히 구분 없이 노래 방을 간다. 그러나 모임 구성원에 따라 선곡을 하면서 예상 밖의 고민에 빠지기도 한다. 품위 유지를 하며 분위기에 맞는 노래를 부르고 싶은데 마땅한 노래가 없고, 맘에 드는 노래는 있는데 노래를 잘 부를 수 없을 때가 있다. 어떤 때는 노래를 통하여 자기 맘을 나타내고 싶기도 하고, 딴은 아예 노래를 부르고 싶지 않을 때도 있으며, 아니면 워낙 음치이거 나 박자 따로 노래인 사람들은 노래방이 기피의 대상이 되기도 한다.

이 경우 필요한 것이 바로 시 낭송 선택이다. 자기가 원하는 시를 골라 모니터에 표출되는 시 자막을 보고 어느 정도 속도와 운율에 따라 낭송 을 하면 된다. 이렇게 시 낭송이 노래방에서 확산되면 우리나라 국민들은 애송시 몇 편쯤 외는 것은 식은 죽 먹기가 되고, 대국민 문화 확산도 자 연적으로 이뤄지게 된다. 돈을 거의 들이지 않고도 그야말로 시를 애송하 는 세계 최고의 문화 국민이 되는 것이다. 시 낭송은 정서 함양이나 심리 치료, 범죄 예방 효과까지 기대할 수 있다고 한다면 너무 과대 포장일까?

시를 낭송하는 노래방! 나는 이 내용을 우선 문화관광부에 건의했다. 한동안 아무 소식이 없더니 문화예술위원회로 이첩했단다. 위원회에서는 한국문인협회로, 문인협회에서는 다시 자기네 소관이 아니라는 것이다. 어쩜 이렇게 무관심하고 무책임하게 처리하는지 너무 한심하다는 생각이 들었다. 아사 직전으로 몰리고 있는 시인들에게 국고를 지원하지 않고 상당수 구제할 수 있음에도 관련기관에서는 눈 하나 깜빡하지 않는다.

사실 매년 각종 문예진흥기금 지원 항목에서 시 낭송 행사 지원으로 상 당한 금액이 지출된다. 행사 내용으로 들어가서 보면 대개 시인들끼리 모

여 시 낭송 한번 하고 수백, 수천만 원씩 비용만 지출하는 낭비적인 행사를 반복하고 있다. 그러나 이런 지원은 수십 년째 아무 시비 없이 온전히 유지되어 오고 있으니 변화나 개혁의 어려움은 문학계에도 독버섯처럼 잔존하고 있다.

온 국민의 문화 수준을 크게 격상시킬 수 있는 좋은 프로그램과 도입 환경이 최고조로 성숙되어 있음에도 이를 도외시하는 이유를 잘 모르겠다. 한류 바람을 타고 우리의 이런 시 낭송 문화가 외국으로 전파된다면 어떤 일이 일어날 것인가? 매년 노벨문학상 시상 때가 되면 이번에는 가능성 있다 없다며 언론들이 난리를 피우는데, 어떻게 이런 문화의 확산에는 뒷짐을 지고 있으니 답답한 심정이다. 어쩌면 시 낭송 노래방의 확산은 우리나라 노벨문학상 수상자를 더 빨리 배출하는 지름길이 될지도 모른다는 생각이 든다.

그렇다고 이쯤에서 포기할 수도 없는 일인 만큼 혼자 가슴앓이를 계속하면서 수년간을 허비하고 있다. 한국문인협회 선거 시 이사장 출마자에게 이 안건을 제시하기도 했으나 무응답이었다. 남들은 마음속에 너무 오래 두면 병이 된다고 하지만, 나에게는 그것이 오기에서 용기로 바뀌어 또 다른 도전을 하게 만든다. 그러니 마음을 조용히 접고 편히 지내지 못하며 늘 새로운 기회를 엿보는 이단아가 되어 가고 있는 건 아닌지 이런 나를 보면서 혼자 쓴웃음을 짓기도 한다.

연전 금영노래방에서 일본으로 노래방 기기를 수출한다는 보도를 접한다. 나는 노래방의 원조인 일본을 누르고 우리 제품을 수출하는 그 회사에게 마음속으로 기쁜 응원을 보냈다. 그리고 금영 대표에게 시 낭송 노래방에 대한 건의를 하게 된다. 얼마 후 실망하지 않을 정도의 짧은 답신인, '건의한 내용에 대하여 검토하여 보겠다.'고 했다. 그래도 지금까지 건의한 곳 중에 제일 나은 답을 받았다고 생각하니 기분은 좀 좋아진다.

노래방에 수록된 곡을 보면 참 다양하기도 하다. 동요와 민요도 있으며, 가곡도 있다. 그리고 자세히 살펴보면 찬송가도 보인다. 그런데 왜 시를 수록하면 안 되는가? 시가 노래고, 노래가 시라는 사실을 모르지 않을 텐데, 시가 노래를 잡아먹기라도 한다는 말인가? 예로부터 가무에 능한 민족, 아니 한이 많아 노래로 푼다는 사람들, 그런 관점에서 보면 〈강남 스타일〉이 어느 날 아침 하늘에서 뚝 떨어진 것은 아니라는 사실이다. 문화 예술에도 앞을 가로막고 있는 전봇대를 과감히 뽑아야 한다는 생각이 든다.

나는 그동안 '시 낭송 노래방 도입'을 추진하면서 이와 함께 '이동 시 낭송 특장차 운영방안'이라는 내용을 함께 건의했다. 간단히 말해서 무대와 음향 시설을 설치한 버스형 특장차를 만들어 차량으로 이동을 하면서 '찾아가는 시 낭송'을 한다는 것이다. 도입 이유는 위에서도 일부 언급이 되었지만 여러 문화재단이나 지자체 등에서 시 낭송에 많은 예산을 편성 지원하고 있으나 무대의 경직성으로 인해 일회성에 그친다는 점이다. 그리고 시 낭송 청중도 소수에 불과한 것이 더 치명적인 문제로 남아 이 문제를 '찾아가는 시 낭송'으로 말끔히 해소시킬 수 있다.

한번 생각해 보라. 세종문화회관이나 문화의 집에서 장소를 빌려 한번 시 낭송을 하고 나면 그것으로 끝나고 만다. 관객들도 한정되어 외래 손님들은 거의 없고 떡장수끼리 떡 차려 놓고 실내 잔치를 벌이는 정도의 수준이다. 그런데 선거 유세 차량을 보라. 특장차로 무대를 이동해 가면서 사람들이 많이 운집한 어린이대공원과 뚝섬으로, 그리고 서울역 광장과 여의도 광장, 한강 공원, 서울대입구 등등 이런 방법으로 시 낭송과 노래를 준비하게 되면 하루에도 최소 5회 낭송은 거뜬히 할 수 있고, 구름 같은 관객들이 시와 예술을 다 함께 감상하는 좋은 기회가 된다는 생각이다.

귀뚜라미의 울음 감상엔 김병중 시인의 시 〈귀뚜라미〉가 제격이지 싶습니다. 귀이개도 돼 줄 것입니다. '아름다워라/울음이 아름다워라/네 이름은 美야/(중략)//네가 날 부르는 소리/듣지 못하고 잠든 사이/밤새껏 실솔실솔 울음 풀어내며/고운 풀잎 위에 이슬 악보 그리고 있고/귀뚫귀뚫/귀뚫어/귀뚫어라 우는/네 이름은 美/내 꿈속 이승의 막힌 귀 뚫어라 우는/귀뚫어라 美'

뭔가 보기가 싫을 때는
감을 수 있는 게 눈인데
듣기 싫을지라도 눈처럼
감을 수야 없는 게 귀!

사간(司諫)엔
질색인 귀들을 향해
'귀뚫어라 美' 여 울어다오.

_〈경남도민일보 2010. 8. 23/전의홍 칼럼니스트〉 일부

그러나 이것 역시 관계 기관과 지자체 등에 건의했으나 대부분 무반응이다. 철옹성을 혼자 계란으로 쳐서 무너뜨리는 격이다. 하다가 이도저도 안 되면 지쳐서 포기할 수도 있으나 아직까지 내 마음을 완전히 접은 것은 아니다. 좋은 답이 눈앞에 보이는데 왜 눈을 지그시 감고 못 본 체하는 이유는 뭘까? 무사안일일까? 아니면 아직도 귀가 막혀서 아무 소리도 들리지 않는 걸까? 귀, 이승의 막힌 귀를 뚫어야 한다고 귀뚜라미 목청껏 우는 천고마비의 계절, '귀뚫어라 美'의 가을은 또 우리를 찾아올 텐데.

끼리끼리가 코끼리 힘을 만든다

'유유상종(類類相從)은 같은 무리끼리 모인다.'는 뜻이다. 겉모습이나 문화적 배경이 비슷한 사람들이 서로 찾게 된다는 말이다. '초록은 동색'이나 '가재는 게 편', '솔개는 매 편', '그 나물에 그 밥'도 이와 비슷한 뜻을 가지고 있다. 아무래도 서로 같은 처지에 있는 사람들끼리는 이해도가 높고, 관심사도 유사하여 홀로 서기보다는 함께 있기가 더 유리하고 잘 어울리게 된다.

풀밭에 작은 들꽃 한 포기가 하늘하늘 피어 있으면 별로 존재감이 없지만, 군락을 지어 피어 있으면 큰 꽃나무보다 더 시선을 끈다. 한 마리의 누와 펭귄이 있다고 생각해 보자. 이들에게는 특별히 눈길을 끄는 매력도, 야생의 활력도 느끼지 못한다. 그러나 초원을 대이동하는 누의 거대한 무리나 남극에 양복을 입은 신사 같은 펭귄들이 떼 지어 있는 모습은 감탄사를 연발하게 만드는 장관이다. 어디 동물뿐인가. 별은 별끼리 빛나고, 구름은 구름끼리 뭉친다. 물은 물끼리 모이고 기름은 기름끼리 띠를 이루는 것을 보면, 세상은 온통 유유상종의 운동회라도 벌이고 있는 것은 아닌가 생각된다.

　우리나라는 유독 유유상종의 무리짓기 현상이 극심하다. 혈연과 학연, 그리고 지연이 그것이다. 또한, 단일민족이나 백의민족도, 다문화 가족이나 탈북 새터민도 그 범주를 벗어날 수 없다. 현대에 와서 '우리' 라는 복수 단어를 남용하며 '우리가 남이가' 라는 말로 더 특별하고 가까운 관계임을 과시하기도 한다. 소위 이러한 모임은 배타적 카테고리라는 부정적인 의미가 더 강하게 느껴진다.

　요즘 친한 사람 몇몇이 무리지어 다니며 자칭 '패밀리' 라 부른다. 참 좋아 보이고, 친한 사람끼리 서로 웃는 모습은 실로 한 폭의 아름다운 그림으로 다가온다. 그러나 이러한 모습에 조금 불안감도 느끼게 된다. 왜냐하면 형편이나 능력, 취미 등이 비슷한 사람들끼리 모여 다니면서 친근하게 지낼 수는 있지만 그 안에서 선의의 경쟁이나 각축을 기대하기는 어렵다.

　'삼라만상은 성질이 유사한 것끼리 모이고, 만물은 무리를 지어 나뉘어 살지만, 거기서 길흉이 생긴다.' 고 주역에서도 언급하고 있다. 여러 사람들 사이에 있을 때, 서로 나와 다른 특징, 장점, 능력을 비교하고 경쟁할 때 사회가 바람직한 방향으로 성장할 수 있기 때문이다.

　사물을 바라보는 시각 자체가 다른 사람들끼리 모이는 것이 좋을 수도 있다. 자신의 시각이 정확함을 주장하기 위해 색다른 논의가 펼쳐지고, 이러한 과정 속에서 특징, 장점, 능력 등을 스스로 평가하고 판단하는 '자기 객관화' 가 이루어진다. 이러한 자기 객관화가 바로 발전의 시작이 된다. 나와 생각이 다른 사람의 발목을 잡으면 결국 우리의 발전은 기대하기 어려운 것이다.

그러나 글은 어떠한가? 시, 수필, 평론, 시나리오 등의 장르로 구분하고 있으며, 장르별로 동인들이 형성되어 끼리끼리 활동을 전개하고 있다. 순수는 순수끼리, 참여는 참여끼리, 추상은 추상끼리 모여 자신들의 세계를 제일로 신봉하며 창작에 몰두한다. 그런 과정에서 어느 날 작품 스타일이 바뀌거나 성향이 달라지면 지탄의 대상이 되기도 하여 '끼리'라는 동아리에서 아예 정리 대상이 되기도 한다.

문학이나 문화에서는 공통된 정답이 없다. 서로 다르다고 해도 공존의 개념이지 배타적 개념으로 접근해서는 안 된다. 많이 다를수록 예술의 다양성과 창작의 가치는 더 높게 평가된다. 무에서 유를 창조한다는 예술, 그러나 얼마나 많은 예술가들이 그렇게 엄청난 창조주의 역할을 수행할 수 있겠는가? 그렇다면 예술은 창조가 아닌 모방인 셈이다. 아리스토텔레스의 "예술은 모방이다."라는 말이 오히려 설득력을 얻을 것 같다.

플라톤은 『국가』에서 시인 추방론까지 펼치며, "예술이란 가상의 가상, 그림자의 그림자라며 추방해야 할 대상"이라고 혹평을 쏟아 내고 있다. 그러나 쇼펜하우어는, "예술은 모방이 아니라 맑은 눈으로 이데아를 인식하는 행위"라고 설파한다. 누가 어떤 논리를 펴건 그것은 하나의 참고사항일 뿐 나는 묵묵히 시를 써 왔다. 공직 생활과 더불어 출간한 12권의 시집, 그 누구도 적게 썼다고 말하지 않는다.

시를 쓰는 데는 시간이 없는 게 제일 애로사항이었지만 이것을 극복하는 방법은 평소 꾸준한 메모다. 내 손에는 가방이 들려 있고, 가방 안에는 작은 메모 수첩이 들어 있다. PD수첩이라고 이름 붙여진 메모 수첩, 시상이 떠오를 때마다 핵심 단어를 적은 후 그 옆에 날짜를 기재한다. 그 아래 떠오르는 대로 생각을 적고 나머지는 여백으로 대부분 비어 둔다. 그리고 다시 새로운 생각이 날 때 추가로 내용을 더하여 메모의 양을 늘여 간다.

평소 시간이 날 때 메모 수첩을 펼쳐 정리하다 보면 몇 편의 시가 탄생될 때도 있다. 그것은 억지로 시를 지어내는 것이 아니라 예전에 메모해 둔 생각들이 종자가 되어 시로 발아된다. 잎이 나고 꽃도 피는 과정을 거쳐 향기까지 뿜어 낸다면 좋은 시라고 할 수 있다. 메모 수첩은 나에게 있어 시를 잉태하는 자궁 역할을 한다. 어느 날 갑자기 처녀에게 애를 낳으라고 할 수 없는 것처럼 시인이 평소 시상을 저축해 두지 않으면 생명력을 가진 시가 바깥세상으로 나와 독자들과 눈마중할 수 없다.

그동안 나의 글쓰기에서는 메모가 가장 기본이며, 이것이 가장 중요하다고 생각한다. 테마별로 여러 가지 메모 수첩이 있는데 그것만도 20여 권이 넘는다. 때와 장소를 가리지 않고 자라나는 이름 모를 잡초 같은 무수한 메모가 도처에서 우후죽순처럼 자라난다. 나만이 알아볼 수 있는 메모에서 제목이 붙은 한 편의 글이 되면 드디어 메모장엔 가위표가 하나 더 생기고, 해당 메모의 생명은 여기서 수명을 다한다. 이렇게 차곡차곡 쌓고, 닮은 것끼리 다독다독 정리를 하면 한 권의 책이 되는 걸 보람으로 생각한다. 결국 한 권의 책을 출간하기 위해서는 지식이나 감성, 문장력이 있어야 가능한 것이 아니라 노력과 인내심이 더 중요하다는 결론에 이른다.

이런 방법을 채택한 나는 이것을 '유유상종의 글쓰기'라고 부른다. 끼리끼리 모으면 집합이 되고, 몇 개의 소집합을 하나의 연결고리인 대집합으로 엮어 이름을 붙이면 비로소 한 권의 책이 된다. 구슬이 서 말이라도 꿰어야 보석이 된다. 글 역시 같은 하나의 줄에 꿰는 것이 필요하다. 독자들이 볼 때도 여러 가지 종류의 구슬을 뒤죽박죽 꿰어 놓으면 그것은 갖고 싶은 보석이 되지 않는다. 글도 끼리끼리 잘 묶어야 코끼리 같은 엄청난 힘이 축적된 양서가 된다. 그리고 그 힘은 독자들의 손에 손으로 전달되어 좋은 책으로 오래도록 애독된다. 이론과 실제는 좀 다르겠지만, 우선 기본을 알고 그것을 염두에 두고 꾸준히 노력한다면 어느 정도 목적 달성은 가능하다고 본다.

나의 첫 번째 시집 『아흔아홉 번의 맞선, 그리고 자리보기』의 시도는 상당한 모험이자 과감한 시도였다. 이 시집의 테마는 국제적으로 사용하고 있는 수출입 물품분류체계인 관세율표이다. 국제협약으로 정한 관세율표, 그것은 지구상에 존재하는 만물을 총망라하고 있는데, 상거래가 되지 않는 사람을 제외하고는 모든 것이 포함된다. 1류는 산동물, 64류는 신발, 88류는 자동차 등 아흔아홉 가지로 배치한 사물의 좌석표라고 보면 된다. 방대한 대상과 특별한 유기, 무기화합물을 시의 그릇으로 담아낸다는 것은 선뜻 엄두 내기조차 어렵다.

눈물이란 물어보아라
제 몸의 칼자국 바라보며
웃고 있는 파라고무나무에게

산다는 건 흘린 눈물보다

더 질긴 생고무
상처라는 건 닦은 눈물보다
더욱 단단한 합성고무가 되는
인디오 숲 속의 아픈 이야기를

눈물 같은 빗물 마시고
양지에 뜨겁게 사는 나무
파라고무나무는
칼만 보면 가황한 눈물을 흘린다
_본인 졸시 〈파라고무나무, 제40류(고무와 그 제품)〉 일부

그렇지만 무모하리마치 밀고 나가 끝내 시 137편을 303페이지에다 담아 낸다. 책이 발간되자 특별한 시도라는 점을 기사로 방송국과 중앙일간지 등에서 크게 다루어 주면서 졸지에 유명 인사가 되어 버렸다. KBS TV 〈헤드라인 뉴스〉, MBC 〈김한길 초대석〉, KBS와 SBS 라디오의 〈한밤의 이야기 쇼〉와 〈서울전망대〉에 출연하였고, 조선, 중앙, 경향 등에 대문짝만하게 보도되었다. 그 덕분에 시집을 재판까지 찍는 예상 밖의 성과를 거두었고 어딜 가나 '세관시인' 이라는 딱지가 붙어 다녔다.

관세율표 99개 품목 소재로 한 이색 시집(1994. 11. 4)

(서울=조선일보) 세관 직원이 관세율표상에 분류된 99개 품목을 소재로 한 이색 시집(詩集)을 펴내 눈길을 끌고 있다.

화제의 주인공은 김포세관에 근무하는 金柄中 씨(40)로 바쁜 직장 생

활 속에서도 틈틈이 시간을 쪼개 자신의 처녀시집인 『아흔아홉 번의 맞선, 그리고 자리보기』를 펴낸 것.

金씨는 지난 10년간 주로 김포세관 검색대에서 근무하면서 매일 드나드는 여행객들의 짐보따리 속에 담겨진 물품이 관세율표상의 99개 분류 품목 중 어디에 해당하는지를 가려내는 과정에서 자연스럽게 시상(詩想)을 다듬어 왔다. 그에게 있어 '산동물'에서 '골동품'까지 99개 품목과 한 번씩 마주치는 것이 곧 설레이는 '맞선'이었으며, 그 물품을 분류해 내는 작업이 바로 관세율표를 뒤적여 찾는 '자리보기'였던 것.

그는 이같이 현장에서 직접 겪고 느끼는 일상(日常)을 시에 담기로 하고 어릴 적부터 계속해 온 습작의 수준을 뛰어넘어 생업에 종사하는 직업인 시인으로서 3년간의 시작(詩作) 끝에 한 권의 책으로 엮어 내게 됐다.

2번째 시집 『쉰한 해의 사랑, 그 어머니 나라』는 칠순을 맞으신 사랑하는 나의 어머니를 테마로 한 시집이다. 어머니는 나를 이 땅에 태어나게 한 근본이요, 사랑으로 길러 주신 젖줄이며, 진실한 시인으로 글을 쓰게 만드신 스승이자, 내가 죽고 죽어도 비명처럼 부를 사랑의 이름이다. 하여 그동안 내가 어머니에게 진 사랑의 빚을 조금이나마 덜어 보고자 한 권의 시집으로 출간하게 된다. 고향 이야기가 주를 이루지만 한 자식은 가슴에다 묻고, 또 자식을 행방불명으로 잃고도 겉으로 태연히 웃으시는 그 내면을 풀어 보고자 하나 생각대로 맘에 드는 시들이 잘 써지지 않는다.

아십니까? 어머니
혹시나 하고

통일만 되면 만날까
기다리는 형님은
어머니
백마고지 흰 말이 되어
저 하늘 구름밭에
비를 일구고 있다구요

아십니까? 어머니
청홍의 무명옷 지어 입고 맘껏 그네 타던
쉰 한해의 사랑 그 어머니 나라는
어머니
쇠사슬 그네가 늙은 느티나무 목줄 죄고 있고
북으로 달리던 철마는 엎드려 있어
가로지른 철조망에 자꾸 마음만 찢어지고 있다구요

_본인 졸시 〈쉰한 해의 사랑 그 어머니 나라〉 일부

2006년 1월 영풍문고와 교보문고 베스트셀러 1위와 4위에 올랐던 나의 7번째 시집 『서른하나의 사랑수첩』은 '사랑'이 주제다. 사랑은 너무 흔하게 회자되는 단어이므로 이것을 주제로 한 권의 시집을 낸다는 것은 쉽지 않았다. 사랑시는 실체가 눈에 보이는 사물시나 풍경시가 아니지만 그래도 사랑에 대한 관심도가 높아서인지 내용은 별로 난해한 것이 없는 게 특징이다.

우리가 살아가면서 가장 많이 사용하는 단어, 그래서 사랑을 아는 시인, 사람과 사랑을 같은 뜻으로 사용하는 시인으로 오래 남기 위해 이 시집을 온통 사랑으로 도배하고 있다. 일단 사랑이라는 단어만 들어가도 사람들이 그냥 지나치지 않는다는 걸 깨닫게 해 준 이 책은 당달봉사 같은 나를 따뜻한 세상 사람으로 눈뜨게 만들어 준다. 그래서 한 번쯤 레드와인을 마시고 바이올린 연주를 들으며 숲 속의 차고도 맑은 공기를 마시고 누워 시원 그대로의 무욕의 사랑을 노래하는 주인이 되고자 갈망한다.

"『주홍글씨』 작가도 세관원인걸요"

'삽 하나가 흘러넘치는 호수를 만들고/삽 하나가 등고선을 바꾸어 가는 일을 보며/오늘도 네 가슴으로 한 삽 한 삽 삽질을 한다/내 마음을 삽으로 퍼서 사랑을 만드는 일이다/삽질은 경계를 짓는 것이기 보다/새로운 물길을 만드는 일이다'(〈삽질〉 가운데)

인천국제공항 세관 김병중(50) 씨는 동료들 사이에 시인으로 유명하다. 김씨는 2003년부터 3년 가까이 엑스레이 판독, 여행자료 분석 일을 하는 동료 직원 200여 명에게 일주일에 서너 번 꼴로 이메일 시를 배달해 왔다. 최근 그렇게 보낸 사랑시 80편을 묶어 시집 『서른하나의 사랑수첩』을 펴냈다.

(한겨레 2005. 10. 20)

2005년, 나는 그해 3권의 책을 거의 동시에 출간했다. 시집 『서른하나의 사랑수첩』, 『금개구리 키우기』, 그리고 산문집 『누드공항』이다. 한해에 3권의 책을 내는 건 전업작가도 어려운데 나는 그것을 해낸 것이다. 성취감보다는 스스로 정한 약속을 지키기 위함이 더 컸는데, 그것도 내 자신과는 수차례 약속을 어겨 가며 한참 늦게 책을 낸 것에 대해 스스로에 게 사과를 구했다. 사과를 구한 책은 바로 길지 않은 꼭지 글에 사진을 곁들인 산문집 『누드공항』이다.

해외여행 자유화는 오늘을 살아가는 우리들에게 상식 이상의 상식을 갖추라는 메시지를 던진다. 공항에 가서 무엇을 어떻게 하는지 상식도 필요하지만 곳곳에 있는 시설과 문화 체험, 에피소드 등을 알아야 여행을 더 재미있고 알차게 즐길 수 있다고 생각한다. 〈안경 쓴 승무원은 없다〉, 〈기도하는 여행자〉, 〈비행기도 바람을 탄다〉, 〈살빼는 약도 마약이다〉, 〈공항에는 노래방이 없다〉는 등은 제목만으로도 궁금해지지 않는가.

이 책에서도 한 마리의 토끼를 쫓기 위해 테마를 공항의 24시로 맞추었 다. 불이 꺼지지 않는 공항, 공항에

가면 세계가 보이지만, 괜스레 마음 이 설레는 여행자의 심정을 달래 주 려 했다. 원래 김포공항 시절 글을 써 가고 있었는데 이것이 너무 늦어 져 인천공항이 개항되고 말았으니 그 이전 쓴 글은 생명력 없는 구문이 되고 말아 동일한 제목으로 두 번이 나 글을 쓴 꼴이다. 여행하는 사람 들에게 규정에 대한 홍보와 더불어

에피소드를 넣어 재미도 부가했지만 사진을 너무 흑백 처리하여 판매는 절반의 성공 정도에 머물렀다.

그러나 한 가지 웃지 못할 이야기가 있다. 이 책이 출간되고 난 뒤 나는 블로그에 제목을 적고 내용은 책의 서문과 보도자료 정도를 올려 놓았다. 그리고 몇 시간이 지난 뒤 그 내용을 클릭한 회수가 갑자기 천 회 단위로 껑충 뛰어 있었다. 어리둥절한 가운데 원인 파악에 나섰다. 그러나 금세 답이 나오지 않았고, 한참 뒤에야 사태를 파악할 수 있었다. '누드'라는 단어 하나에 네티즌들의 클릭 수가 엄청나게 올라갔다는 것을 확인하며 고소를 금치 못했다. 내가 제목을 잘못 붙인 것일까? 아님 네티즌들의 관심이 잘못된 것일까? 아직도 나는 그 답을 자신 있게 내리지 못하고 있다.

서울세관은 강남구 논현동에 소재하고 있고, 나의 집은 김포 시인의 마을에 위치하고 있다. 출퇴근 거리도 거리이지만 88올림픽대로의 체증이

극심하여 집에서 출퇴근하기란 힘들다. 인사 발령으로 인해 서울세관에 근무하게 되면서 나는 청담동 합숙소 원룸에 기숙하게 된다. 처음에는 혼자 생활하는 것이 불편했지만, 나중엔 익숙해지면서 출퇴근 시간을 절약하는 것이 얼마나 알찬 것인지 감사한 마음으로 받아들인다. 시간을 잘 관리하는 습관에 길들여 있어 나는 이 짬을 이용하여 꾸준히 시를 쓰게 된다.

청담동에 기거하면서 86편의 사

랑시가 담긴다. 테마의 큰 주제는 대부분 사랑이지만 작은 테마는 청담동 사람들이다. 압구정동보다 한수 위의 수준으로 부르는 청담동, 그곳에는 누가 어떻게 살고 있으며 어떤 사랑의 밤이 무르익어 가는지, 5년간을 살면서 독특한 감성으로 시를 끌어 낸다. 청담동 비둘기는 양주를 먹고 취한다는 것도 알고, 사람들이 잘 보이지 않고 외제차만 보이는 이유도 조금은 안다. 발레 파킹이 아니면 가게에도 들어가지 못하는 곳, 미인들이 워낙 많아 잘났다고 나설 수 없으므로 실수를 하지 않으려면 그곳에선 두 눈을 굴려서 보는 것이 아니라 외눈으로 봐야 정확하게 본다.

이번에 출간한 『청담동 시인의 외눈박이 사랑』에서 시인은 세상을 향해 따뜻한 시선을 보내면서 세관 업무를 친절하게 수행하는 일은 사람을 사랑하는 것과 동일한 것이라고 말한다. 그만큼 인간을 존중하는 마음이 있어야 친절을 베풀 수 있으며, 그런 마음이 곧 사랑으로서, 늘상 시인들은 남보다 진실한 사랑을 품고 살아야만 좋은 시를 쓸 수 있다고 주장한다.

'때로는 해뜨는 산으로/가끔은 달뜨는 섬으로 만나도/우리는 물처럼/서로 밝은 거울을 만드는/무수한 그리움의 파편이라/파편으로 하나되어/다시 밝고 큰 거울을 만드는 일/그것이 참 사랑이라'

_본인 졸시 〈그리움〉 중에서

시인은 "시의 출발은 뜻에 있으며, 꽃만 따고 열매를 버리게 되면 시의 참

뜻을 잃고 만다."는 이규보의 말을 인용하면서 열매가 있는 시, 즉 대중이 있고 대중에게 느낌과 감동을 주는 시를 쓰기 위해 때로는 외롭고 고독하지만 깨어 있는 정신으로 앞으로도 새로운 글쓰기 시도를 반복할 것이라고 말했다.

(연합뉴스 2010. 05. 25)

사람들은 아리랑이라 하면 정선이나 밀양, 진도아리랑이 우리나라를 대표하는 것으로 생각한다. 본시 아리랑은 고개와 밀접한 관련이 있는 한이 서린 서민들의 노랫가락이다. 고개의 유명세를 말하지 않더라도 '새재'는 영남에서 한양으로 가는 가장 용이한 길이자 신라, 고구려, 백제가 번갈아 점령했던 요충지로서 많은 전설을 안고 있어 아리랑이 태동하는 데 충분한 요건을 갖추고 있다. '문경새재 박달나무 홍두깨 방망이로다 나가네'의 내용처럼 문경새재가 근대 아리랑의 시작을 알리며, 1896년 선교사 헐버트에 의해 최초로 채록된 아리랑으로 우리에게 전해진다.

그런 역사성을 갖고 있는 소중한 문화유산이 자칫 중국에 의해 왜곡될 뻔하였으나 정부의 적극적인 대응으로 유네스코 세계문화유산으로 지정되는 쾌거를 이룩하였다. 김치나 막걸리가 고유한 우리 것이면서도 이 것을 일본에게 상당 부분 넘겨준 것은 가슴 아픈 일이다. 당시 아리랑 논란이 끓고 있을 무렵 아리랑의 고장을 고향으로 둔 나로서는 그냥 있을 수 없었다. 그리고 언제나 고향에 빚을 진 심정으로 객지에서 살고 있는 나는 한 가지 결심을 하게 된다. 아리랑을 포함하여 고향을 테마로 시집을 내고자 작정하고 이를 마무리하여 출간을 하기에 이른다. 아직도 빚을 갚았다고 생각하지는 않지만 그래도 조금의 위안이나마 가질 수 있다는 건 순전히 『새재아리랑』이 세상 밖으로 나와 새로운 얼굴을 보여 주었기 때문이라고 생각한다.

   최근 문경시에서는 영남의 손꼽히는 명승지 문경새재 입구에 '문경새재 아리랑비'를 세웠다. 수천 가지 노랫말과 가락을 가진 아리랑의 원류라고 하는 문경새재아리랑은 경복궁 중건 때도 전국에서 모여든 일꾼들이 불렀다고 하니 그 또한 각별하다. 이처럼 여러 측면에서 의미를 부여할 만한 문경새재아리랑인지라 큼직한 빗돌 하나 세워 오가는 이들의 발길을 잠시 붙드는 것도 괜찮은 일이지 싶다. 아리고 서린 가슴의 한을 고갯길을 걸으며 되새기는 것은 후손들이 받은 특별한 축복이다. 그 복을 마음껏 골고루 나눠 가지며 서민들의 정서를 순화시키는 특별한 문화의 향유가 되리라 생각한다.

   우리나라 제일의 항구 부산은 바다의 도시이자 산이 많은 곳으로 유명하다. 남해와 동해가 교차하고, 낙동강이 끝자락에 삼각주의 옥토를 만든 곳, 항구와 포구도 많으며 돼지국밥과 밀면으로 유명한 그곳에서 피가 뜨거운 사람들과 1년 반을 산다는 것은 나의 행운이었다. 부산으로 발령을 받고 갈 때는 마음이 심란하였으나 가서 달포가 지나자 이곳저곳 다닐 곳이 많아 토, 일요일이 되면 언제나 빤한 날이 없었다. 특히 갈맷길의 정점을 찍는 서부산의 섬 가덕도는 비록 거가대교의 개통으로 섬이라는 분위기가 감소하긴 했으나 연대봉을 향하여 갈맷길 코스를 걷다 보면 물고기들의 눈동자 굴리는 소리마저 들리는 듯하다.

인생은 품어 안은 바다에서 건져 올린 살 냄새 나는 시어들

이 시집은 작년 7월 김 과장이 부산 생활을 시작하면서 느낀 감정을

96편의 시로 써서 발간한 것이다. 오륙도, 태종대, 해운대, 광안리, 영도다리 등 부산의 상징이나 명소들이 등장한다. 그는 시인과 문학평론가로 활동하면서 작품을 하나의 주제, 소재로 묶는 테마별 글쓰기에 치중하면서 예리한 직관과 내적 통찰로 차별된 작품 세계를 구축해 왔다.

(부산=국제신문 오상준 기자 2014. 8. 19)

부산에게 빚진 나는 스스로에게 말을 건다. 부산을 떠나기 전 그 서정을 한 권의 시집으로 묶겠다고. 파도치는 해운대에 몰래 두고 온 발자국과 자갈치에서 씹다 남긴 광어의 살점, 가덕도 대구탕에 든 수천 개 알을 먹으며 생명의 사슬을 잔인하게 끊고, 맑은 봄 하늘이 어리는 도다리 쑥국으로 허기를 채우던 나의 욕심을 그냥 외면할 수 없다고. 끝내 욕심으로 쓴 시는 바닷물이 파도를 토하듯 뿌연 거품도 보이지만, 애초의 짠맛은 조금이라도 남아 있어 그것을 『바다의 언어』라는 이름으로 출간하게 된다. 제11시집, 이 정도에서 더 부끄러운 시인이 되지 않으려고 추운 겨울 어느 날, 부산을 떠나 서울행 KTX를 집어탄다.

끼리끼리는, 사람은 사람끼리 함께해야 사랑이 움트고, 코는 코끼리 부벼야 마오리족 같은 코끼리 힘이 생기며, 글은 글끼리 모아져야 글 힘이 센 책이 된다. 그동안 나의 메모는 글쓰기로, 글쓰기는 테마 위주로, 테마는 독자들의 관심을 유도하는 유혹의 떡밥이 되어 동지, 친구, 동아리, 팬이라는 이름으로 다가온다.

사람들은 성공적인 인생도 그렇게 정의한다. 성공을 하려면 일단 콩깍지가 씌어야 한다고. 그것이 몰입이고 바보가 되는 길이며, 앞만 보고 달려가면서 자기 목표에 도달한다는 논리를 편다. 지난날을 돌아보면 나도 그런 길을 달려온 것이 아닐까 자문해 보지만, 그동안 나는 세관원이라는 직업으로 인해 일종의 곁눈질을 하지 않을 수 없었다. 고객의 마음을 읽어 내려면 단방향의 세상 보기로는 매우 어렵기 때문이다.

그러나 이제 머지않아 자유인, 공직을 떠나 새로운 세상을 향해서는 바보, 천치라고 손가락질을 받아도 좋다. 다만 열린 행복을 추구하기 위해 맑은 웃음소리가 들리는 길을 향해 외눈박이 삶의 노정을 열심히 걸어가고자 한다.

북소리 들리는 나라

둥둥둥 북소리가 들린다. 진군을 독려하는, 아니 승전보를 알리는 소리처럼 들려온다. 우리는 저마다 한 권의 책을 무기처럼 들고 세상의 유혹과 맞서 조용히 싸운다. 이기고 지는 건 그다음 문제, 북소리는 언제나 힘을 준다. 달빛이 교교한 밤, 잠시 정적이 흐르자 난데없이 은은하고 구슬픈 피리 소리와 함께 사방에서 사면초가(四面楚歌)가 들려온다. 심신이 지칠 대로 지친 세상 사람들이 전의를 잃고 저마다 향수에 젖어 앞다투어 진영을 이탈하여 도서관을 찾는다. 하지만 이것은 현실과는 아주 판이하게 다른 나의 백일몽일 뿐, 소수의 북 치는 사람들은 텅 빈 도서관에 쓸쓸히 앉아 장탄식을 한다.

통계청에 따르면 우리나라는 경제협력개발기구(OECD) 국가 중 독서율이 최하위로 국민 10명 중 4명은 1년에 한 권도 책을 읽지 않는다고 한다. 독서량과 GNP는 어떤 연관이 있을까? 통상 GNP가 높을수록, 즉 선진국일수록 독서량이 많아진다. 세계에서 독서율이 가장 높은 나라는 스웨덴이고, 네덜란드, 덴마크, 영국이 그 뒤를 잇는다. OECD 국가 중 가장 독서율이 낮은 나라, 스스로 문화국가, 문화인이라고 자부하면서도 실상은 독서와 먼 거리에서 서성이는 우리의 자화상을 보면서 나는 독서 확대를 위한 범국민적 운동이 필요하다는 생각을 해 왔다.

나는 고교 시절(1971년) 학교 내에서 『독서신문』을 신문사로부터 신문을 유상으로 보급받아 학생들에게 원가를 받고 배포하는 역할을 수행한 적이 있다. 친구의 만류에도 불구하고 1년여 동안 이 일을 수행하였다. 당시 책 살 돈이 넉넉지 못해 독서를 제대로 하지 못하던 학생들에게 신문을 통해 고전과 명작, 독후감을 읽게 하는 일종의 자원봉사 역할을 자처한 것이다.

독서신문은 1970년 창간되어 타블로이드판형으로 4색 인쇄되었으며, 30면 내외로 발행되었다. 신문 내용은 알차게 구성되어 우리 정신이 허기질 때나 가파른 절망에 허덕일 때 친구가 되어 주고 위안의 양식이 되었다. 그리고 대학 입시를 앞두고 있는 수험생들이 헤아릴 수 없이 층층이 쌓여진 책 더미 속에서 시간 부족으로 독서를 할 수 없는 절망! 그런 한계에 부딪칠 때마다 신문은 알짜배기 내용을 족집게처럼 뽑아 틈틈이 우리들의 메마른 심령에 단비가 되었다.

우리 선조들은 후원에 대나무를 심고 댓잎이 바람에 흔들리는 소리는 책 읽는 소리와 같다며 책 읽기를 게을리하는 것 자체를 경계했다. 뼈대 있는 양반 가문이라면 어릴 적부터 천자문이나 동몽선습 같은 책을 아이들에게 읽게 하고, 책을 다 읽은 후에는 '세책례(洗冊禮: 책거리)'를 빠뜨리지 않았다. 나폴레옹은 죽을 때까지 8,000여 권의 책을 읽었다 한다. 1769년에 태어나 1821년에 영면했으니 그가 지구에 머문 기간은 52년이니 영, 유아기를 고려하지 않더라도 1년에 154권의 책을 읽은 셈이다. 그는 반생을 전쟁터에서 보냈지만 독서 편력은 그가 전쟁광만은 아님을 알려 준다. 무예나 기개, 호기만으로는 영웅이 될 수 없다. 달리는 말 위에서도 책을 들고 진지 안에서도 책을 빼놓지 않았다는 그는 프랑스를 통치할 만한 능력이 있는 인물임을 말해 주고 있다.

세종대왕, 김구, 에디슨, 빌 게이츠의 공통점은 무엇일까. 바로 '독서'를 즐겼던 인물이라는 점이다. '백독백습의 백 번 읽고, 백 번 쓴다.'는 세종대왕의 책 사랑과 '마을 도서관의 책을 모두 읽었다.'는 에디슨의 일화는 유명한 이야기이다. 데카르트는 '좋은 책을 읽는다는 것은 과거의 가장 훌륭한 사람과 대화하는 것'이라 했다. 독서를 통하여 아리스토텔레스를 만나고 플라톤도 만나며 헤르만 헤세와도 어렵지 않게 영혼을 나누는 친구가 된다. 그러므로 독서의 중요성은 아무리 강조해도 지나치지 않다는 것을 확인하게 된다.

1999년 내가 김포로 이사를 한 후 도서관과는 상당히 더 멀어졌다. 20킬로쯤에 위치하고 있는 도서관도 그나마 자리 잡기가 대낮에 별따기였다. 한동안 도서관을 가까이하지 못하고 지내다가 연전 신도시가 들어서면서 상황이 바뀌었다. 집에서 1킬로 지점에 85억을 들여 지은 4층짜리 멋진 도서관이 탄생된 것이다. 초기에는 각종 현수막이 나붙고 아무리 좋은 프로그램을 운영하여도 이용자가 별로 없어 예산 낭비라는 지적을 받지 않을까 걱정이 되기도 했다. 이쯤에서 나는 문화예술경영 예술학 석사과정을 졸업한 경력을 살려 도서관 독서지도 자원봉사자로 재능기부를 자원했다.

처음 도서관에는 학생들이 주를 이루고 있어 초, 중학생을 대상으로 독서지도와 창의적 글쓰기라는 프로그램을 진행하였다. 적정 인원이 등록하여 수업 진행에는 지장이 없었으나 문제는 학교 시험기간이 되면 정상적인 진행이 어려웠다. 체험형 수업 과제로 대형서점에 가서 10권의 책을 골라 그 책을 선물할 사람 명단을 적고, 책을 권하게 된 이유를 작성하는 숙제를 주었다. 어린 학생들에게는 생각보다 쉽지 않았으나 새로운 체험을 유도하고, 동시 감상과 해설 및 글쓰기를 통해 창의력과 상상력을 키우는 데 주력하였다.

그리고 다음해, 한 단계 나아가 '가족 단위 독서'라는 새로운 프로그램을 시도하였다. 8가족 20명 넘는 인원이 각각 가족 단위로 한 팀이 되어 박경리의 어른들과 함께 읽는 동화 『토지』를 읽고 독후감을 발표하도록 했다. 예외적으로 백세청년으로 불리는 87세의 이석우, 86세의 신장균 어르신과 10세의 청소년들이 책을 통해 공감을 나누며 노소의 격차를 줄이는 특별한 계기가 되었다. 독후감도 책을 읽고 단순히 느낌을 글로 적는 것에 국한하지 않고 다양한 방법으로 발표하도록 지도하였다.

그림 그리기, 동시 쓰기, 일기 쓰기, 주인공이나 등장인물에게 편지 쓰기, 순우리말 뜻풀이하기, 반대말 쓰기, 좋은 대사 좋은 문장 고르기, 노래로 작곡하기, 연극 대본으로 만들기, 단막극으로 보여 주기 등을 통해 기대 이상의 성과를 거두게 되었다. 구월에는 수업에서 나온 결과물을 재구성 기획하여 '독서의 밤'이라는 이름으로 무대에 올려 큰 박수갈채를 받게 된다. 독서는 아이들의 몫이 아닌 아이들의 손을 잡고 나온 엄마와 함께 하는 모습은 내가 고대하던 가장 아름다운 풍경화였다.

이후 나는 성인 독서팀을 이끌었다. 같은 책을 읽고 같이 독후감을 나누며 특별한 논제를 꺼내 원탁 토론하는 종래의 방식으로 진행해 나갔다. 그러나 시간과 여건이 잘 성숙되지 않아 처음부터 진행이 매끄럽지 못했다. 나는 이 방식을 깨뜨리고 나의 열 번째 시집인 『새재아리랑』을 한 권씩 나눠 준 후 '저자와 함께하는 책 읽기'로 전환하였다. 독서는 책 읽기를 통하여 어차피 저자와 만나는 것, 나와 책과 독자가 직접 만나는 기회가 된 것을 독서 회원들이 은근히 좋아하는 눈치였다. 더불어 국내외 명시 감상 및 해설도 곁들여 진행하며 고전적인 독서회 운영방식에서 과감히 탈피하였다.

네 안에서 길을 잃었다
물음표를 닮은 새들의 군무 속에
너만 보였다
한번의 몸짓과 백번의 응시로
만다라가 보였다
네 안에서 길을 찾았다
병 속에 든 나를 보았다

_본인 졸시 〈연모〉 전문

벌써 독서팀 지도 5년차, 올해는 전년과 다른 프로그램으로 진행하기 위해 고민을 하지 않을 수 없었다. 같은 프로그램으로는 참여도와 만족도가 현저히 떨어진다는 점을 나는 잘 알고 있기 때문이다. '시니어독서회'라는 명칭으로 구성된 회원들이 18명이지만, 50세부터 87세로 연령 구간의 폭이 좀 넓었다. 하지만 회원들의 연령이 하늘의 뜻을 안다는 지천명과 인생 경륜이 쌓이고 사려와 판단이 성숙하여 남의 말을 받아들이는 이순이 넘었으니 그간의 개개인 삶 자체가 혼이 담긴 한 권의 책이 아니겠는가.

나는 시니어 회원들이 모두 베스트셀러에 상당하는 책이라고 선포하였다. '시니어'를 '신(神)이여!'라 불러도 된다며, 회원들에게 용기를 북돋워 주었다. 그리고 회원들을 '사람책'으로 선정하고 읽는 순번도 정했다. 먼저 제일 연장자인 신장균 어르신을 필두로 요즘 통진도서관에서는 사람책 읽기가 착착 진행되고 있다. 반응은 상상 밖으로 너무 진지하고 뜨겁다.

그리고 알찬 진도를 위해 나는 도서관 최초로 '꼬리책 읽기' 프로그램을 내놓았다. 회원 18명이 신간 서적을 한 권씩 산 다음 책을 읽고 소감을 적어 책에다 꼬리를 단다. 그리고 그 책을 다시 회원 순서대로 돌려 보게 하고, 회원 모두 독후감을 적어 꼬리에 꼬리를 잇는다. 회합 시 독후감 발표 및 토의를 하기도 하며, 수업이 종료되면 회원 모두 18권의 책을 읽고 18편의 독후감을 쓰게 되는 알찬 성과를 거두게 된다. 이 프로그램은 회원의 참여도를 높일 뿐 아니라 책을 대여받지 못해 독서회 진행이 곤란한 문제점을 말끔하게 해소하게 된다. 이는 곧 에머슨의 말처럼 "같은 책을 읽었다는 것은 사람들 사이를 이어 주는 끈"이 되는 것이다.

여기에 덧붙여 '자서전 쓰기' 특강도 곁들여 진행한다. 사람들은 세상에 태어나서 하고픈 일 세 가지가 있다고 한다. 사랑하는 사람을 만나는 일, 자신의 집을 직접 짓는 일, 그리고 한 권의 책을 내는 일이란다. 세 가지 중 어떤 것도 쉬운 것은 없지만 그중 제일 어려운 것이 책을 내는 일이다. 문장력도 문제지만 어떤 내용으로 어떻게 글을 써야 할지 막막해진다. 이런 문제점에 착안하여 자서전 쓰기 방법 강의를 시작하게 되었다.

나는 이미 시집과 산문집, 평론집 등 16권을 출간한 경험이 있고, 일기를 50여 년간 줄곧 써 왔으므로 시니어 회원들에게 자서전 쓰기 가이드 역할은 별로 어렵지 않다. 자서전은 저자-화자-주인공이 같으며, 변화와 지속성을 가진 시간적 연쇄로 이루어진 삶을 소재로 하는 이야기이다. 그러기에 분량에 제약도 없고, 이야기의 방식에도 자유롭지만, 단 한 가지 삶에 대한 솔직한 서술은 자서전이 반드시 지켜야 하는 조건이다. 나는 이야기 소재가 될 만한 것을 골라 그것을 진솔하게 써낼 수 있도록 지도하고 있다.

시니어 회원들은 시간 죽이기에 지친 경로당엘 가지 않는다. 회원들은 책을 통해 울타리도 만들고, 사다리도 잘 만들어 간다. 큰 도서관은 인류의 일기장과 같다는 것을 알고 한줄 한줄 소중한 위인들의 일기를 의미 있게 읽어 가고 있는 것이다. 그들에겐 "책이 없다면 하느님은 말이 없고, 정의는 잠들고, 자연과학은 멈추고, 철학은 절름거리고, 문학은 벙어리가 되며, 모든 것이 칠흑의 어둠 속에 묻혀 버릴 것"이라는 바르틀린의 말을 철저히 신봉하고 있다.

좋은 책은 인디언의 북소리 같은 힘을 갖고 있다. 북소리는 우리의 심장 뛰는 소리와 비슷하다. 그래서 북소리를 들으면 심장이 더 빨리 뛰게 되고, 그 소리에 구겨진 마음의 주름이 펴지며 동시에 안정과 집중력을 가져다 준다. 둥둥 북소리가 울려 퍼지듯 책의 울림을 세상 널리 퍼지게 하여 건강한 사회와 즐거운 삶이 영위될 수 있도록 앞으로도 작지만 열정을 가진 나의 재능기부는 계속될 것이다.

지금까지 세계 전체는 책의 지배를 받아 왔다고 한다. 열정적인 책 읽기를 통하여 큰 돈 들이지 않고 우리도 세계를 선도하는 문화 강국의 꿈을 이룰 수 있다. 올해는 책을 펼치는 독서문화가 국민 모두에게 유행병처럼 번졌으면 좋겠다. 소득이 높은 국민이 되기보다는 책 읽는 국민이 되는데 더 가치를 부여하는 의식도 생겨났으면 좋겠다. 책에게로 달려가자. 책은 언제나 변함없이 우리를 친절하게 대하여 준다. 둥둥둥 북소리 들리는 나라, 부디 귀중하고 가치 있는 독서로 우리의 인격과 양심을 살찌우는 문화국가가 건설되길 소망해 본다.

제3부

—

일과 열정

열정으로 만난 기네스 친구

위대한 사람의 특징은 열정을 갖고 있다. "하늘을 날고 싶다." 는 라이트 형제는 고작 두 바퀴 달린 자전거를 만들면서도 최초의 비행 기록을 세웠고, 위대한 위험을 감수한 항해자 콜럼버스는 신대륙을 발견하는 기쁨을 안았다. 히딩크는 월드컵 축구에서 승승장구하면서 "나는 아직 배가 고프다."고 했고, 스티브잡스는 "거룩을 향한 끊임없는 질문은 자신이 누구인지를 발견케 한다." 며 자신에게 던지는 질문을 통한 창조적 긍정으로 새로운 세계를 열었다.

열정은 관점을 창조하기도 하고, 새로운 시각에 눈을 뜨게도 만든다. 그러므로 매사를 가볍게 생각하고 쉽게 지나치는 사람은 열정이 없는 사람이고, 그들은 다람쥐 쳇바퀴 돌 듯 틀 안에 갇혀 사고의 정지를 당하는 사람이다. 헨리 밀러는 "모든 성장은 어둠 속에서 도약하는 것이다. 경험해 보지도 않았고 미리 계획한 것은 아니지만, 무모하더라도 뛰어드는 것이 성장이다." 라는 창조적 행위를 강조한다. 우물 안의 개구리에게는 높은 하늘도 없고 넓은 바다도 없는 것이다.

사람들은 지나온 삶을 돌이켜 보면서 대부분 아름다운 추억으로 미화시킨다. 그래야만 후회를 덜하고 현재의 자신이 초라해지지 않는다는 점이다. 그러면서도 미래에 대한 도전에는 다소 기가 죽어 뒷걸음질을 하는데, 그것은 나이나 환경 탓으로만 돌리기에는 설득력을 잃는다. 젊고 패기 있는 나이에 좋은 환경까지 갖고 있어야 성공한다는 보장은 없다. 성공한 사람들은 과거를 미화하기보다 현재의 자신의 잘못을 돌아본다는 차이가 있다. 그래서 스스로 실패를 두려워하지 않고 끊임없이 도전을 하며, 다가오는 장애물 앞에서는 오히려 '시련이 성공을 만든다.'는 확고한 신념을 갖는다.

　골이 깊고 물이 맑은 시골에서 자란 사람들은 도시 태생에 비해 겁이 적다. 어릴 적부터 크고 작은 체험들이 사회생활을 통해 생기는 문제들을 소극적으로 대처하지 않는다. 해결 방법은 잘 모르지만 작은 목표를 갖고 최선을 다하는 자세를 견지한다는 것이 강점이다. 거칠고 드세지만 순박하고 단순한 것이 남다른 열정으로 이어지는 힘이 된다. 온실 안의 화초가 아름다운 꽃을 피울 순 있어도 향기로운 꽃이 되기란 어렵다. 그동안 너무 앞만 보고 달려오다 보니 주변이나 뒤를 살피지 못한 불찰을 깨닫는다. 나도 인디언의 말타기처럼 내 영혼이 따라오도록 이쯤에서 잠시 기네스 친구와 대화를 나누며 좀은 기다려 줘야 할 것 같다.

　'기네스'라는 이름을 가진 그 친구는 별난 출생 이력을 갖고 있다. 영국령 북아일랜드에 술을 좋아하는 기네스 백작의 4대손 휴비거 경은 옥스포드대학을 나온 노리스 맥휘터 형제가 공동으로 세계 최고의 기록을 모아 책을 만들기로 결심했다. 편집과 제작은 노리스 맥휘터 형제가 맡고 책 이름은 돈을 대는 양조회사의 이름을 땄다. '기네스북 오브 월드

레코드'. 1956년 세계 최고의 모든 기록들을 모은 책이 탄생되고, 기네스란 이름을 갖게 되었다. 두꺼운 책인데도 6천만 부 이상 팔렸으며, 매년 신판이 나오고 있다. 가장 긴 눈썹을 가진 자, 세상에서 가장 재수없는 사나이, 허리를 뒤로 접어 풍선 3개 빨리 터뜨리기, 살아 있는 달팽이 얼굴에 붙이기, 한 손에 계란 많이 올리기 등등 특이하고 기발한 기록들이 등재되어 있다.

대한민국 최고기록 공무원 - 50년간 매일 일기를 쓰다

행정자치부는 공직자의 자긍심과 사기 진작을 위해 '대한민국 최고기록 공무원 선발 공모대회'를 열어 각 분야 최고기록 공무원을 선정(2009. 11)했다. 이 공모대회에는 각종 분야에서 갖고 있는 1,548건의 기록이 접수되었고, 선발위원회의 심사 등을 거쳐 분야별로 업무 경쟁력 60개, 특이기록 34개 등 94개 기록이 최고기록으로 뽑혔다. 최고기록 공무원 명예의 전당인 '공무원 기네스북'에는 생각보다 특이하고 진기한 기록들이 많이 눈에 띈다.

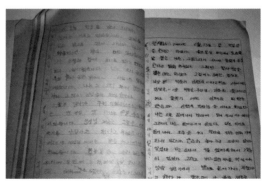

- 자녀수가 가장 많은 공무원(서울 강서구 기능8급 윤선억): 7명(여 4명, 남 3명)
- 최장거리 출퇴근 공무원(국립수의과학검역원 수의연구사 김희진): 2005. 5. 19~2006. 3. 20까지 대구 집에서 안양 소재 국립수의과학검역원으로 274km 출퇴근
- 특수지(오지) 기상관서 근무 경력이 가장 많은 공무원(기상청 기능8급 이광우): 20년, 소백산 기상관측소 및 안면도 기후변화감시센터 근무
- 우편물 배달거리가 가장 긴 공무원(한림우체국 기능7급 손성원) 하루 평균 166.8Km(연간 총 28,025Km, 2009년)
- 부검을 가장 많이 한 공무원(국립수의과학검역원 수의연구관 진영화): 부검 건수: 14,568건, 부검 두수: 19,052두

나의 일기 쓰기도 특이기록 중 하나로 선정되었다. 꾸준히 쓰다 보니 이렇게 50여 년이라는 긴 시간을 하루도 빠짐없이 일기로 남긴 주인공이 되었다. 그러나 그것은 쉽게 이룰 수 있는 기록이 아니다. 단기간 특별히 노력하여 이룰 수 있거나 운에 따라 얻어지는 행운이나 우연도 아니므로 더 값진 것이라고 어깨를 두드려 주는 사람들도 있다. 내가 초등학교 4학년(1965. 4. 18~)부터 자신의 모습을 하루 한 번씩 들여다보면서 열심히 살아온 것이다. "너 자신을 알라."고 말한 소크라테스가 '자신알라賞'이라도 만들었다면, 그 상에 한번쯤 명함 정도는 내밀 수 있지 않을까 하는 생각을 가져 보기도 한다.

북한산의 둘레길 코스모스는
하늘 하늘하고
한강의 밤섬 수양버들은

땅 땅하다

높이 하늘을 우러러

더 날씬해지고

깊이 땅에 뿌리박아

더 비만해지는 걸

나는 아직 눈치도 못챈다

오늘 밤 일기장 다시 펼쳐

산을 사랑하면 오래 살고

물을 좋아하면 신나게 산다고

별 하늘은

머리에만 가득 이고 살고

어둠의 땅은

발로 맘껏 밟고 살겠다며

하늘에는 원 하나 그리고

땅에는 수평선 한 줄을 긋는다

_본인 졸시 〈서울 일기〉 전문

　일기는 유치원에서 선생님 지도 아래 그림일기 쓰기로 시작한다. 그리고 본격적으로는 초등학교 방학 숙제부터 개인적인 일기 쓰기로 전개된다. 이때 쓰는 일기의 종류는 생활일기에 속하는데, 날씨와 하루 한 일, 그리고 반성이나 계획 등에 대하여 비교적 짧게 쓴다. 그러다 보니 그날이 그날인 것처럼 비슷비슷하여 일기장에 무엇을 적을까 고민에 빠지는 경우가 많다. 하루 생활에서도 무엇이 특별하거나 새로운 것인지를 찾아내지 못하기 때문이다.

그러나 일상이 비슷한 것 같지만 잘 들여다보면 상당히 다르다는 것을 발견할 수 있다. 병상에 누워서 24시간을 보낸다 하더라도 활동 범주는 거의 같지만 생각은 사람마다 다를 수 있다. 동상이몽이라는 말이 그저 생긴 것이 아니라 사람들의 생각은 자유자재로 기와집도 짓고 초가집도 지을 수 있으니 이 얼마나 다른 천자만홍의 꽃으로 피어나겠는가. 이렇게 다른 것을 쓰면 하루하루가 아름다운 색깔과 다양한 향기를 가진 고급 일기 쓰기가 된다.

일기를 오래 쓰면 여러 가지 좋은 점이 생긴다. 그중 한 가지만 꼽아 본다면 일기를 쓰면 자신이 세상의 주인이 된다는 점이다. 자신에게 주어진 시간의 주인공이 되어 늘 주도적으로 알찬 삶을 살아가게 된다. 매일 일기 쓰기를 한다면 일기에서 손을 떼는 날이 생의 마지막 날이 된다. 사랑을 전파하고 손수 실천하려 했던 톨스토이가 생의 마감 10여 일 전까지 '비밀일기'를 썼다는 것은 그만큼 성실하고 열정적인 삶을 살았다는 증거가 된다.

톨스토이는 생애의 마지막 순간까지 일기를 썼다. 어디를 가든 연필과 메모장을 항상 갖고 다녔다. 톨스토이에게 있어 일기는 자신의 예술 언어와 문체를 연마하는 작업장이었고, 자기 반성과 성찰의 내밀한 쪽방이었고, 젊은 날의 육체적

방탕과 죄를 고백하는 고해소였고, 톨스토이 사상이 형성되고 발전하는 인큐베이터였으며, 일상의 자잘한 사건들을 기록하는 작은 공간이었다.

이러저런 이유로 아내 소피아와 심각한 갈등에 빠진 톨스토이는 남에게 내보이고 싶지 않은, 그래서 보통 일기에는 쓸 수 없었던 개인적인 갈등과 고통을 조그만 노트에 몰래몰래 적어 놓은 것이다. 늘 똑같은 괴로운 감정. 아내의 의심, 몰래 엿보기, 죄 많은 욕구. 본인이 집을 떠나게 되는 이유들이다.

톨스토이는 말년에 아내와의 불화로 집을 떠나게 된다. 그래도 끝까지 자신의 생각은 순수하고 정의롭고 사랑을 베푸는 양심의 고백으로 일관되고 있어 그의 비밀일기는 더 우리들의 심금을 울린다. 일기에 비밀이 없다면 이미 가치가 없다. 누구에게 보여 주기 위한 일기는 포장하고 은닉하여 진실성이 결여되고 말기 때문이다. 나는 이런 의미에서 자물쇠로 채워진 차가운 금고 속의 일기장보다 항상 열려 있는 책상 속의 일기장이 우리 생활에 신뢰와 진실을 보장하는 중요한 힘을 보태 준다는 생각이다.

성웅 이순신을 보면 일기의 중요성을 재확인하게 된다. 문무를 겸비한 장군으로 병법에 통달함으로써 한산도대첩에서 학익진법을 활용하여 큰 전과를 올린다. 23전 23승이 가능했던 것은 철저한 준비와 병법을 전략적으로 활용한 데 있었다. 그러나 그 지략과 용기는 단연코 일기의 힘이라고 생각한다. 임진왜란 7년의 와중에도 쉬지 않고 써 온 『난중일기』가 이를 입증한다. 전시임에도 2,539일간의 기록에는 전쟁과 관련된 많은 기록뿐만 아니라 당시 사회상에 대한 자료와 자신의 느낌까지도 소상히 담고 있다. 결국 일기는 사료로서 가치도 있지만 일의 효율성을 증대시킬 뿐만 아니라 미래를 향한 삶의 지표를 제시해 주는 것이다.

일기 전도사! 침체되어 있는 문학의 반전을 위하여 나는 일기문학을 부흥시켜 나가고자 한다. 앞으로 '일기문학연구소'를 개소하여, 일기를 통해 인격도야의 수단을 넘어 쉽게 접할 수 있는 진솔한 삶의 이정표 역할이 가능하도록 일기 르네상스 시대를 여는데 힘을 쏟고자 한다. 시는 어려워 외면하고, 소설은 길어서 인내심이 부족한 독자들이 등을 돌린다. 이두 가지 문제의 독자들을 한곳으로 모을 수 있는 장르가 바로 일기문학이다. 남의 일기를 훔쳐보는 듯한 야릇한 호기심을 느끼게 되는 장르, 『젊은 베르테르의 슬픔』, 『안네의 일기』, 『실비아플러스의 일기』, 『톨스토이의 비밀일기』, 『춘원일기』 등을 보면 아직도 문학은 얼마든지 수준 높고 재미있으며 많은 독자들을 유도할 수 있다는 생각을 갖게 된다.

관세청 최고기록 - 30년 근무에 30번 표창을 받다

수사기관에서 신문조서를 받을 때 피의자나 참고인에게 가장 먼저 묻는 것이 이름 등 인적사항과 거주지 등을 묻는다. 그다음으로 '국가 포상'을 받은 적이 있느냐고 묻는다. 그렇다고 포상이 있다고 하여 당장 무슨 혜택을 주지는 않겠지만 벌금 부과나 구속 불구속, 형량, 사면 등을 결정할 때 참고하게 된다. 그만큼 국가나 사회를 위하여 공헌한 것이 있다면 일부 잘못이 있다 하더라도 이를 감안하여 벌을 낮추어 처리할 수 있는 여지를 남겨 준다.

나는 어린 시절부터 상은 매우 좋은 것이라는 생각을 하도록 잘 훈련

되었다. 초등학교 시절 개근상, 정근상보다는 우등상이 바로 그것이었다. 우리 학교에는 학년별로 2개의 반이 있었는데 반 하나에 88명의 학생들로 편성되었다. 그러니 교실 안에서 뒤꿈치 들고 다니기가 선생님 지시사항이었고, 선생님만 안 보이면 와글와글 개구리 울음소리가 들리는 콩나물시루였다. '품행이 방정하고 성적이 우수하므로~'라는 문구가 들어 있는 우등상장, 학급별로 5명 정도에게 주는데 나도 그 안에 들었으니 차츰 그 상이 내게 중독성을 갖게 한 것 같다.

이런 상장(賞狀)은 일반적으로 뛰어난 성적을 거둔 사람이나 공로가 있는 자에 대하여 주어진다. 머리말에는 표창장, 감사장, 상장 등의 어휘가 들어가고, 수여받는 사람의 이름, 성적과 공로를 기리는 문장, 연월일, 수여하는 사람의 이름이 들어간다. 종이는 흰색이 일반적이고, 종이의 방향과 문자의 배치에 의해 수평 수직 또는 수직 수평 등의 상장이 있으며, 테두리에는 봉황 무늬를 사용하기도 한다.

정부에서는 수여하는 상은 적당히 주먹구구식으로 주는 것이 아니다. 1962년 8월 제정, 공포된 '정부표창규정'에는 표창의 종류, 표창 대상자, 표창 방법, 중앙공적심사위원회 구성 등에 관한 사항이 규정되어 있다. 국가 또는 사회에 공헌한 행적이 뚜렷한 내국인이나 외국인 또는 교육, 경기 및 작품 등에서 우수한 성적을 발휘한 자 등에게 수여하는 상으로, 공적상, 창안상, 우등상, 협조상 등이 있다.

한나라의 유방이 천하통일을 한 후에 한신을 초왕으로 임명하고 한신에게 임금이 묻기를 "나는 얼마쯤의 군사를 거느릴 수 있느냐?" 한신이 대답하기를 "폐하께서는 십만의 군사를 거느리는 데에 불과합니다." 임금이 가로되 "그대는 얼마쯤인가?" 한신이 대답하기를 "신은 많으면 많을수록 더욱 좋습니다."

유방이 웃으면서 "많으면 많을수록 좋다고 하는 사람이 어째서 십만의 장군에 불과한 나에게 포로가 되었느냐?" 하니 한신이 대답하기를 "폐하께서는 장군의 능력은 없지만 장군을 통솔하는 폐하의 능력은 하늘이 주신 것이므로 도저히 사람의 능력으로는 논할 수 없는 것입니다."

다다익선(多多益善)이라는 말은 '군사의 숫자가 많으면 많을수록 좋다.'는 것으로, 상도 그렇다고 생각한다. 국경일, 기념일 등의 식장에 가면 대부분 국민의례가 끝난 후 유공자 포상이 있다. 포상 대상자들은 맨 앞줄 한곳으로 나란히 상석에 정렬하여 자리를 하게 된다. 그만큼 수상자는 뒷자리가 아니라 앞자리에 앉아 귀빈 대접을 받게 된다.

포상은 종류에 따라 부여되는 부상이 다르다. 승진이나 특진, 호봉 승급의 특전도 있고, 상품이나 상금, 기념품을 주기도 한다. 이외에도 유급휴가, 해외여행을 실시하기도 하는데, 포상이 클수록 보다 합리적 근거에 의해 선정, 포상되어야 한다. 공적 내용에서 모범적 행위로 직원들의 귀감이 되었다는 내용이 등장하면 그것을 공정하게 심사하기란 쉽지 않다. 그러나 유용한 고안이나 제안이 채택되어 현저한 비용절감 효과를 거둔 경우에는 별다른 문제가 대두되지 않는다.

나는 그동안 1년에 한 번 정도 꼴로 포상을 받았다. 감사장이나 감사패 20여 건은 수상 실적에 포함시키지 않고도 30여 회를 수상했으니 적지 않은 숫자다. '88. 12. 대통령으로부터 근정포장을 수상한 것이 가장 큰

상이고, '03. 12. 대통령 표창, '96. 12. 국무총리 표창을 받았다. 그리고 행자부장관 3회, 기획재정부장관 1회, 관세청장 12회, 세관장 6회, 경기도지사 1회, 김포시장 2회, 국군수송사령관, 인천공항서비스개선위원장 등의 표창을 받은 것이다.

내가 업무경진대회에서 공적을 세워 상부에서 나를 포상하라고 지시하였는데, 담당자의 실수로 상을 못 받은 것도 있고, 또 담당자가 남의 상을 내 인사기록에 잘못 등재하여 오류를 시정 요청하기도 했다. 2003년에는 근정포장 수여자로 선정되었으나 먼저 받은 동일한 상이 있어 근정포장 대신 대통령 표창으로 낮춰서 받는 웃지 못할 사연도 있다. 그런가 하면 행자부장관 표창은 3회이지만 표창 수여자 명칭이 총무처장관, 행자부장관, 행안부장관으로 각각 다른 것도 특이하다. 공적 내용을 보면 업무 개선 유공이 압도적으로 많고, 정부 행사 및 해외파병 부대 지원 유공, 납세자의 날 및 밀수검거 유공, 지자체 시민제안 유공도 2건이 들어 있다.

어떤 사람들은 상을 받기 위해 내가 윗분들에게 아부한 결과라고 혹평을 한다. 그런 말을 들으면 내가 답변을 못하는 것이 아니라 아예 대답을 하지 않는다. 왜 사실과 다른 내용으로 씹어 대는지 참 한심하다는 생각이 들기도 한다. 앞에서도 조금 언급되었지만 공적 조서를 보면 내용의 진위 여부를 금세 알게 된다. 나는 스스로 업무를 개선하여 그 공적으로 표창을 받았는데 그것이 윗분들의 불합리한 편애라는 게 말이 되는가. 88년에 중앙제안 은상으로 받은 근정포장을 생각해 보면 답이 된다. 그 상은 내가 제일 말단 시절 받은 표창으로, 예전 훈장과 포장은 지금과 달라서 진급에 결정적인 영향을 미치는 특별 가점이 있는데 누가 나에게 그런 큰 상을 주겠는가?

　　나는 상에 배가 고프지 않다. 그 냥 열심히 일하다 보니 상이 저절로 굴러 들어온다. 여러 종류의 상 가 운데서도 내가 가장 자랑스럽게 생 각하는 상은, 청에서 실시한 제1회 전국규제개혁경진대회에서 두서의 성적을 차지한 것이다. 전국 58개 팀이 참여한 가운데 우리는 2위와 큰 점수 차를 벌이며 여유 있는 압 승을 거둔다. 내부에서 평가를 하 지 않고 외부 인사들에게 의뢰한 결 과였으니 기쁨은 더 컸고, 표창장 이 없어도 상금만으로도 흡족하게

자축할 수 있었다. 당시 우리 팀에 합류했던 L면세점 직원은 연말에 고속 승진이라는 기쁨까지 누리게 되었다.

이웃을 잘 만나면 상복도 같이 터진다. 우리가 함께한 규제개혁은 민과 관이 합심하여 이룬 소중한 결과다. 그리고 공직 생활이 얼마 남지 않았지만 내가 명예롭게 퇴직하는 날, 또 다른 상 하나쯤 더하게 될 것이다. 이런 기록 갱신을 의식하지는 않으며, 다만 자격에 결격이 없다면 주는 상을 굳이 물리칠 필요는 없다. 공직자로서 주어진 그날까지 묵묵히 최선을 다하며 나의 아름다운 뒷모습을 보여 주리라 한다.

관세청 최고기록 - 공무원 중앙제안제도 5회 추천 및 입상

나는 공무원 중앙제안제도가 있다는 것을 입사 몇 년 뒤에 알게 된다. 그 뒤 무슨 문제점이 있는 제도나 규정을 보면 그것을 개선하고자 의욕이 생겨난다. 제안제도는 우리나라 행정기관에서 시행하고 있는 많은 제도나 규정 중에서 그것을 개선하여 큰 효과를 거두는 사례나 방안들을 모아 정부에서 1년에 한 번씩 심사, 포상하는 제도를 말한다. 여기서 동상(銅賞) 이상을 받으면 1계급 특진 혜택이 주어지고, 소정의 상금도 받는다. 행자부

에서 관장하며 공무원들은 이 제안제도에 한 번 추천을 받는 것만으로도 무한한 영광으로 생각한다.

그런만큼 제안 본선까지 올라가는 길은 매우 험난하다. 아무리 좋은 제안을 했다 하더라도 일단 자체 제안제도(행정기관장)를 통과하여야 하는데, 일선에서 올린 의견이 본선에서 채택되기란 매우 어렵다. 업무 개선을 추진하다 보면 여러 가지 벽에 부딪친다. 투자비용, 규제 문제, 법령 개정, 제도 시행 등의 문제가 없어야 하고, 개선 효과 또한 계량화되어 제도 도입의 필요성이 있다는 점을 충분히 각인시켜야 한다. 중앙제안을 일컬어 낙타가 혼자 모래사막을 지나 오아시스를 찾는 일, 실낱같은 희망을 품고 불가능을 가능으로 만드는 일이라고나 할까.

붉은 사막 한가운데
단봉낙타 한 마리 등짐을 푼다
길도 없고
천지가 보이지 않아도
낙타는 울지 않는다
딱딱한 발굽으로
뜨거운 모래 길을 지나고
달콤한 젖으로
목마른 자 갈증을 채우며

사슴보다 선한 눈으로

낮은 하늘에 시린 별을 담는다

추운 밤이면 고소한 똥으로

모닥불 피워 빵을 굽는

허기진 소년은

바다를 누비는 해군이 되는 것

아직 한 번도 본 적 없는 바다를 그리는

소년의 오아시스가

낙타 눈망울 속에 빛나고 있다

죽어서 털과 고기 아낌없이 바치는 그날까지

낙타는 홀로 울지 않고

소년처럼 큰 바다를 그린다

_본인 졸시 〈낙타는 울지 않는다〉 전문

공무원 제안제도 덕분에 나는 매년 남다른 도전을 하게 된다. 직장 상사를 잘 모시는 것도 중요하지만, 제안은 그런 것에 개의치 않고 자신의 승진 문제를 스스로 해결한다는 점에서 보통의 매력이 아니었다. 처음에는 제안서를 만드는 것이 너무 어려웠다. 우선 관련 업무를 많이 알아야 문제점을 찾아낼 수 있고, 그다음으로는 개선 방안과 기대 효과가 서로 유기적으로 연결되어 계량화된 숫자로 일관성 있게 정리되어야 한다. 경험이 적으면 업무 시야가 좁아 미시적인 관점에서 바라보면서 작은 것 하나를 쥐고 오래 주물럭거리게 된다. 각종 규정, 외국 사례, 통계자료, 보도자료 등 자료 확보도 충분해야 알찬 제안서가 만들어지므로 남다른 공부를 하지 않으면 좋은 제안서가 만들어질 수 없다.

내가 처음 제안서를 만들어 재무부에 제출한 것이 '광고세법 신설'이다. 당시 세수 중대 방안이라는 과제가 있었는데, 나는 광고물을 과세물건으로 잡아 나름대로 논리정연하게 펼쳐 나갔다. 당시 컴퓨터를 사용하는 시대가 아니므로 내용을 일일이 타자로 작성하는 일 또한 예사롭지 않았다. 광고물의 합리적인 관리와 세수 확보 문제를 연계하는 방안으로, 모든 광고물에 대하여 소정의 율을 정하여 국세로 징수한다는 내용이었다. 예를 들면 방송, 라디오, 입간판, 기타 광고 등으로 분류하여 각각 세율을 차등화하여 징수하는 것이었다. 결국 보기 좋게 불채택으로 끝나고 말았지만 첫 도전이 나에게 자신감을 심어 주었다. 요즘 국고가 비어 가는 걸 보면서 광고세법 신설이라는 화두를 꺼낸다면 어떨까 하는 엉뚱한 생각도 해 본다.

남들은 평생 한 번도 어렵다는 것을 어떻게 다섯 번씩이나 채택되었는가? 2번 특별 승진과 5번 특별 승급을 한 그 비결은 무엇인가? 그 답은 남다른 문제의식과 주인의식을 가지면 된다. 남의 일처럼 생각하면 새로운 것이 보이지 않고 그냥 앞사람 등만 보일 뿐, 자기가 가는 길을 제대로 가고 있는지조차도 알 수 없다. 남이 장에 가니까 따라간다는 식의 업무 처리는 좋은 성과를 기대할 수 없다. 장에 가더라도 용기 있게 산을 넘기도 하고 강을 가로질러서 간다면 분명히 새로운 일이 생긴다. 직선의 고속도로를 달려가더라도 안일하게 교통사고 위험성이 전혀 없다고 생각하면 안 된다. 바람이 강하게 부는 지역인지, 다리가 있거나 터널이 나타난다거나 응달이 있어 빙판이 생기는 구간이라면 속도를 줄이도록 도로표지판을 설치해야 하는 것처럼 업무에도 항상 유비무환의 자세가 필요하다.

제안서를 작성하는 데는 많은 시간이 필요하다. 근무를 마치고 집으로 오면 책상에 머리를 맞대고 엉덩이와 머리에 쥐가 나도록 많은 시간을 투자해야 했다. 안팎으로 매사에 너무 일을 열심히 해도 비판의 대상이 된다. 본연의 일은 하지 않고 제안에만 매달린다며 사실과 다른 소문을 퍼뜨리는 사람들도 있다. 나는 얼굴이 두껍지 못해 사무실에서 업무와 무관한 일을 하지 못한다. 그러나 언제나 연가는 가족과 함께하는 것이 아니라 독서를 하거나 제안서 작성하는 일에 사용했으니 집에서는 빵점 가장이 되고 만다.

내가 중앙제안에서 은상을 받은 것만 2건, 그중 하나가 '여행자 휴대품신고서 작성 간소화 방안'이다. 예전에는 해외에서 우리나라로 입국하는 모든 여행자는 입국신고서를 작성해야만 했다. 먼저 검역소에 검역신

고서, 출입국관리사무소에 출입국신고서, 그리고 세관에 와서는 세관신고서를 내도록 되어 있다. 여행자가 3장의 신고서를 작성하는 데 불편이 많다는 것은 설명이 필요 없다. 기본적으로 성명, 생년월일, 국적, 주소, 여권번호, 항공기 편명 정도는 반복하여 작성해야 했다. 여행자는 불편의 단계를 넘어 짜증의 극치를 겪게 되는 것이다.

그렇다면 아무런 대안이 없는 것일까? 아니다. 검역소, 출입국관리

사무소, 세관의 신고서 3장을 1세트로 된 복사식 신고서로 만들어 여행자가 한 번만 작성하도록 하면 된다. 이렇게 불편한 신고서를 그동안 왜 개선하지도 않았는가? 그것은 다름 아닌 부처 간 이기주의 때문이었다. 여행자야 불편하건 말건 자기들의 규정에 정해진 양식의 신고서를 징구하면 되는데 왜 그것을 복사식으로 개선해야 하느냐며 나를 이상한 사람 취급하는 것이었다. 대만에서는 이와 유사한 방식의 신고서를 활용하고 있음을 예시로 들어 나는 제안의 타당성을 제시하여 더 설득력을 얻었고, 결국 노력 끝에 큰 상을 받는 영예의 주인공이 되었다.

로또보다 채택되기 힘든 '공무원 제안제도' … 실효성 논란

> 공무원 제안은 평가시 종합 득점과 직접적인 경비 절감의 추정 금액 및 현저한 행정 능률 향상 등을 고려, 등급 결정 후 가점이 부여되고 인사상 특전은 물론 포상금 등 부상도 수여된다. 하지만 대부분의 지자체에서 공무원들이 제안한 아이디어가 채택된 경우는 지난 2012년부터 지난해까지 1건에 그치거나 아예 1건도 없는 것으로 나타나 사실상 유명무실한 게 아니냐는 지적이 적지 않다. 이와 관련, 일선 지자체의 한 제안제도 담당 공무원은 "아주 새로운 제안이 아니면 채택이 되기 어렵다." 면서 "다만 채택은 되지 않더라도 일부는 현장에 반영되는 등 다양하고 좋은 제안도 많이 올라오고 있다." 고 밝혔다.
>
> (중부일보 2015. 01. 14)

두 번째 은상을 받은 건은 '효율적인 휴대품 전자 Tag 개선 방안' 이다. 〈기계치가 기계를 만들다〉에서 이미 구체적으로 언급하였기에 더 거론한다면 사족이 된다. 여기서 말하고 싶은 한 가지는 어떤 문제를 바라

볼 때 발상의 전환이 필요하다는 점이다. 자꾸 전자 Tag의 고장은 자주 발생하는데 고장율을 줄일 방법으로 더 첨단화 디지털화에만 관심을 집중하는 경향이 있어 이처럼 첨단 블랙홀에 빠져들면 답을 구하지 못한다. 나는 역으로 과감히 첨단을 배척하고 아날로그 방식으로 바꾸는 사고의 유연성을 발휘하였다. 어떤 문제라도 답이 없는 건 없으며, 불편이 개선을 낳는다는 논리가 성립된다.

나는 십오 년째 김포시민의 한 사람으로 평범하게 살아가고 있다. 그러나 내가 본 김포시 행정은 여기저기서 개선해야 할 문제점들이 보인다. 어쩌면 그냥 넘어가도 되련만 이상한 주인의식과 남다른 사명감이 나를 곧잘 붙잡는다. 그러면 '현행—문제점—개선 방안—개선 효과' 형태로 내용을 정리한 다음 시청으로 보낸다. 시청에서는 내 이름만 들어도 짜증이 난다는 이야기를 누구에겐가 들은 적이 있지만 그렇다고 그냥 넘어간다면 개선이 되기에는 부지하세월(不知何歲月)이다.

그런데 한번 생각해 보라. 문수산을 올라가는 삼림욕장 입구에 큰 안내 표지판이 서 있다. 그 내용을 살펴보노라니 오류가 눈에 들어온다. '월곶'이라는 표기가 맞는데 '월곳'이라고 씌어 있다. 시정을 건의하여 고쳤는데, 최근 또 다른 주차장 안내도에 '홍예문'을 '홍예물'로 잘못 표기하고 있음을 본다. 왜 이렇게 무성의하게 표기하는지 괜히 화가 치밀어 오른다. 이것을 그냥 보고 말없이 지나쳐야 하는가?

2000년 9월 영월 김삿갓 계곡을 간 적이 있는데, 계곡 초입 우측 벽면으로 김삿갓 시를 대리석에 잘 새겨 놓았다. 한시를 한글로 번역해 놓은 그것을 읽으면서 지나던 중 '고운'을 '고은'으로, '무릎'을 '무릅'으로 잘

못 표기한 오류를 발견한다. 여정을 마치고 잘못을 고쳐야 한다고 영월 군수에게 등기우편으로 민원(2000. 9. 5)을 낸 적이 있다. 민원은 7일 이내에 답신을 해 줘야 함에도 그 뒤 아무 답변도 없지만 아마도 잘 고쳤으리라 믿는다.

경의선 전철역 중에 운정역 다음에는 금릉역이 있다. 금릉역을 나가면 버스 정류장이 있는데 그곳에는 '금능역'이라고 표기하고 있다. 건너편 버스 정류장은 '금릉역'이라 옳게 표기하고, 이곳은 잘못 표기하고 있다. 우리말이 아무리 어렵다 하더라도 다수의 시민들이 이용하는 시설에 정류장 이름 하나 바르게 표기하지 못한다는 것을 보면 왠지 입맛이 씁쓸해진다. 또 내가 나서서 건의를 해야 하나?

암튼 나의 몸에 밴 주인의식은 여간하여 식어들지 않는다. 그동안 김포시에 여러 건의 시민제안을 냈다. 그중 2건이 동상으로 채택되어 김포시장 표창을 받았다. 도심을 지나는 48번 국도는 밤이면 무척 어두워 횡단보도에 사람이 지나가도 잘 식별이 되지 않는다. 이 때문에 신호를 무시하고 달리는 자동차로 인해 교통사고가 발생하곤 했다. 이에 인도를 밝혀 줄 수 있는 '보행자 보호등'을 달아 줄 것을 제안했다.

또한, 다문화 가족의 증대로 지역 도서관에서는 이들을 위한 외국 도서가 부족하다는 애로사항에 직면하고 있었다. 물론 휴대폰을 통해 자국의 문화 정보 정도는 검색해 볼 수 있으나 종이책은 구입 및 비치가 어려웠다. 나는 경기도와 김포시가 중국, 태국, 베트남 등의 국가의 도시와 자매결연 현황을 뽑아 본다. 생각보다 많은 도시와 결연을 체결하고 있으며, 상호 간 교류 관계를 유지하고 있었다. 그렇다면 자매결연 도시의 행정관청에서 자국의 도서를 상호 간 어느 정도는 공급해 줄 수 있다는 점에 착안하여 다문화 가족들의 문화적 향수를 달래 주기 위한 자매결연 도시를 이용한 외국 도서 확보 시스템을 제안하였다.

관세청 최고기록 - 시인이자 문학평론가이자 스토리텔러

나는 문학소년에서 문학청년, 그리고 공직자의 길을 걸어오면서 지금까지 두 개의 명함을 가지고 있다. 명함은 누구에게 나를 자랑하기 위한 것이 아니라 자신에 대해 직접 말로 설명하는 것보다 명함으로 교환하는 것이 훨씬 편리하기 때문이다. 직장 상사 중에도 직함보다는 '시인'이라로 불러 준다. 밖으로 나가면 '세관시인'이라 불러 주기도 하는데 그것이 내 귀에는 더 가깝고 다정하게 들려온다.

하지만 시인의 삶은 고단하고 투명하다. 그래서인지 늘 꿈을 꾸면서도 스스로 언제나 깨어 있는 정신을 강요한다. 내가 선택한 길이므로 그것에 대해 한번도 후회한 적은 없다. 시인은 직장에서는 주어진 업무를 더 잘해야 한다는 중압감을 가지며, 이외의 시간에는 틈틈이 짙은 감성으로 문학에 몰입한다. 시인은 공무원법에서 요구하는 정신, 곧 청렴과 성실의 의무, 그것이 다른 사람들에 비해 더 강하다고 말하고 싶다. 시인이 불의와 타협한다면 좋은 시를 기대할 수 없기에, 내가 시를 버리지 않는 한 공무원의 기본자세를 지키는 일에는 더 충실하게 된다.

친구는 귀로 세상을 듣고
가슴으로 글을 쓴다
심장에서 허파로
핏줄에서 말초신경을 도는 내면의
작은 숨소리를 기억하며
마음속에 깊은 우물 하나 파 두고
슬픔을 침전시켜 기쁨으로 뛰게 하는
가슴의 소리를 적어 낸다
세상이 입혀 준 어둠의 형해를 벗고
선악을 알게 하는 천사의 옷을 걸친 채
스스로 광야의 고행을 즐기며
오아시스를 보아도
눈으로만 담는 그에겐 눈물이 있을 뿐
절망의 신기루는 없다
스스로 낮은 자리에 서서
얼굴 없는 작은 신이 되어
그걸 말뚝 사명이자 신의 요람이라며
밝은 눈으로 세상을 열고
무거운 속눈썹으로 세속을 털어 낸다

_본인 졸시 〈시인 친구〉 전문

이 땅에는 시인 범람 시대가 도래하였다. 이름도 모를 문예지에서 문인들을 막 찍어 내고, 문학상도 별의별 이름들이 많다. 알코올 의존자나 노숙자가 생기는 것보다 시인이 많아지는 것을 반대할 일은 아니다. 온 국민이 다 시인이라면 범죄 발생은 줄어들고 시인공화국이 되어 문화 천국이 건설되리라는 환상도 꿈꾸어 볼 수 있다. 그러나 시다운 시를 쓰지 못하고 누구나 긁적거릴 수 있고, 삼류 유행가 가사 수준도 못되는 것을 시라는 이름으로 뻔뻔하게 올려 대고 있으니 이를 어쩐담.

　더 수준 높은 차원의 문학 발전을 위해 나는 평론가의 길을 두드렸다. 그렇다면 어떻게 기여한다는 말인가? 방법은 너무 어려운 평론을 재미있는 평론으로, 턱도 아닌 작품을 미사여구로 수식하는 주례사 비평을 부정하고 좋은 작품을 찾아 더 칭찬하는 일을 위해 그 길로 들어서게 되었다. 이후 〈한자 시어의 다의적 변용에 관한 연구〉라는 논문도 내고, 2년 이상 문예지에 시(詩) 월평을 연재하며, 시인들의 시집 해설도 40편 이상 썼고, 『짧은 시, 그리고 긴 생각』이라는 평설집도 냈다. 지금도 작품다운 작품 앞에서는 시샘이 나고, 그렇지 못한 작품 앞에서는 긴 한숨이 나온다. 그것은 아직 내게 조금이나마 문학적 정의감이 살아 있다는 증거라고 할 수 있을 것 같다.

　현재 우리는 스토리텔링 시대를 살고 있다. 수학도 스토리로 풀고 과학도 스토리가 답이다. 스토리의 장점은 사람들의 호기심을 유발하여 개념이나 원리를 자연스럽게 이해하도록 만든다. 다시 말하면, 이야기와 상상력을 이끌어 내는 실마리를 만들어 자신만의 '제3의 공간'을 만들어 주는 역할을 하여 창의적 사고를 확대시킨다. 사람들은 원래 자신의 스토리를 가지고 있고 이를 전달하고 싶어 못 건디는 존재다. 그러나 다들 '내 이야기 좀 들어줘.'라는 생각을 갖고 있으면서도 스토리를 이끌어 내는 실마리를 잘 찾지 못하는 약점을 갖고 있다.

별이

별이 호수를

별이 호수를 만든다

푸른 들판 한가슴에

산도

분화구도 아닌

별이 사는 호수

별이 어둠을 마시고

깊은 호수처럼 잠들면

별의 집

거긴 내 별 하나가 있다

_본인 졸시 〈별이 호수를 만든다〉 일부

그동안 시와 문학평론이 너무 엄숙주의 감옥에 갇혀 있어 사람들에게 외면당하고 있다. 상상과 공상이 주를 이루는 판타지에는 인간이 소망하는 미래의 자화상이 담겨지고 또 그것이 현실로 구현되고 있다. 그런 측면에서 보면 진실의 벽을 넘어 상상의 광야로 나아가 인간이 갈구하는 파라다이스를 찾아가는 것이 필요하다. 안방극장 안으로 들어가면 무수한 스토리가 시청자들의 시선을 사로잡고 있으며, 중독에 가까운 재미 바이러스로 시청자들을 유혹하고 있다.

그러나 인문학 열풍과 수준 높은 스토리의 빈곤이 문제로 대두되고 있어 나는 이 분야에 도전을 하게 된다. 시대에 뒤지지 않기 위해서는 스토리텔링을 공부하여야 한다고. 문학은 대중이 함께 있는 이 시대의 반영이므로, 시나리오, 애니메이션, 드라마, 영화, 연극, 오페라 등의 장르 속으로 뛰어들어가야 한다는 일념이었다. 글로벌사이버대학에 개설된 문화스토리텔링학과에 편입하여 공부를 하면서 졸업 시 성적우수상(4.27점)까지 받았다. 지금까지 내가 공부한 것 중 가장 재미있고 유익하였다고 자랑하고 싶다. 덕분에 〈태양의 아들〉이라는 드라마를 쓰게 되었고 앞으로도 그 영역을 잰걸음으로 다가가리라 생각한다. 특히 세관 밀수 관련 드라마를 실감나게 써 볼 예정이다.

보잘것없는 한 세관원의 이름 앞에 시인, 문학평론가, 그리고 스토리텔러라는 수식어가 붙어 있다. 그리고 누구는 '관세청 시인', '세관시인'이라 부르고, 어떤 이는 '관세청 아이디어맨'으로 부르지만 이런 호칭이 중요한 것이 아니라 앞으로도 새로운 호기심의 대상을 향해 나아가면서 또 다른 호칭이 붙을 것 같다. 그리고 호칭으로 인해 우월감을 갖는 게 아니라 오히려 무거운 소명의식을 가지며, 천의 고원을 넘나드는 노마드가 되어 나만의 세계를 구축, 확장시켜 나가라는 채찍으로 삼을 것이다.

융합이 필요한 시대를 이끌어 나갈 새로운 스토리 찾기, 그것은 딴 세상에 존재하는 것이 아니라 그동안 세관 근무를 통하여 외국 문물을 많이 접한 것이 힘으로 작용하는 것 같다. 그러나 누가 뭐래도 뜨거운 열정이 없는 삶은 도수 없는 알콜이다. 남다른 열정으로 살다 만나게 된 기네스 친구, 이 소중한 친구를 내 삶이 무미건조하고 지칠 때 한 번쯤 만나 감사의 건배라도 청해야겠다.

술술 외국어를 구사하는 시대

누구나 여러 나라 언어를 술술 구사할 수 있다면 얼마나 좋을까? 유네스코의 추정에 따르면 현재 지구상에는 5천여 개의 언어, 곧 5천여 개의 문화가 공존하고 있어 모두 소통한다는 것은 아예 불가능하다. 그러니까 벽 중에 제일 높은 벽은 철의 장막이나 죽의 장막이 아니라 바로 언어의 장막이다. 그 장막을 무너뜨릴 수 있다면 세상은 원활한 소통을 통해 분쟁은 현저히 줄어들고 평화스런 지구촌이 열릴 것이다.

독일의 언어학자 마르틴 하스펠마트는 인적 이동과 대중매체의 영향력 확대 등으로 현존 언어 중 적어도 4분의 3이 21세기 중에 사라질 것이라 전망했다. 이 추세가 계속되면 '인류는 멸망 직전 거의 같은 말을 사용'할 것이란다. 되짚어 보면 강대국 언어 하나만 살아남고 약소국 언어는 모두 사라진다는 말이다.

전체 언어의 90%를 차지하는 5천 명 미만의 소수 집단이 사용하는 언어가 사망의 운명에 처해 있다. 이 중 가장 커다란 위기에 처한 것은 아프리카, 아시아 및 호주의 소수 종족들이 사용하는 언어를 꼽을 수 있다. 이들 가운데 해마다 20~30개 언어가 생명력을 잃는 것으로 전문가들은 보고 있다. 예를 들어 러시아 시베리아 지역의 경우 우디헤어, 코미어, 오로코어 등 10여 개 소수민족 언어가 있으나 러시아어에 밀려 갈수록 쇠락해 가고, 말이 아닌 문자는 이미 그 기능을 상실한 것으로 알려진다.

점점 소수 민족어가 쇠퇴하고 세계적으로는 영어의 영향력이 점점 커지고 있다. 영어가 국제어로 자리 잡으면서 민족어의 퇴조 현상도 두드러진다. 우리나라도 남의 이야기가 아니어서 영어를 국어로 정하자는 소설가도 나오고, 한글도 멸종 언어로 분류되는 등 위기의식을 느끼기도 한다.

홍콩, 싱가포르, 필리핀 등에서는 이미 영어가 민족어에 앞서 제1 언어로 자리 잡았다. 세계 2위의 인구 대국인 인도는 세계에서 3번째로 영어 사용자가 많은 나라다. 일부에서는 영어를 모국어처럼 구사하는 아시아인의 숫자가 이미 미국과 영국의 인구를 합친 것보다 많아졌다는 분석도 나온다.

인구별 세계 언어는 중국어(북경어) 10억, 영어 4억 3천, 스페인어 2.5억, 힌두어 2억, 러시아어 1.5억, 아라비아어 1.5억, 뱅갈어 1.5억, 포르투칼어 1.35, 일본어 1.2억, 독일어 1억, 프랑스어 0.7억 등의 순이란다.

이에 공항에서는 해외여행자에 대한 출입국 업무 처리를 적정 처리하기 위하여 적어도 사용 빈도가 높은 외국어를 구사할 수 있는 근무자가 많아야 한다. 해외여행자들의 경우 영어만 어느 정도 하면 되지만 그렇지 못한 여행자들도 많으므로 때로는 희한한 몸짓 언어로 소통하는 경우도 있다. 언어의 장벽은 고객의 불편을 넘어 불만과 불이익으로 이어지기도 한다.

하지만 우리나라는 외국인들에 대해서 매우 친절하고 관대하다. 특히 우리보다 잘사는 나라 국민들에 대해서는 가능한 그 나라 언어를 사용하여 업무 처리하는 것을 권하고 있는 편이다. 예를 들면 미국인에게는 영어로, 일본인에게는 일어로, 중국인에게는 중국어로 말해야 한다는 점이다. 이렇게만 한다고 하여도 최소 3개 국어는 해야 된다. 게다가 러시아, 프랑스, 독일, 이태리, 스페인, 포르투갈 등의 사람들에게도 각각 그 나라 언어로 소통해야 한다면 그 방법은 무엇일까? 뾰족한 묘안이 없고, 그저 답답할 뿐이다.

공항에서는 어학 자격 소지자를 우대한다. 그 이유는 외국인들에 대한 업무 처리에 부족함이 없도록 하기 위해서이다. 업무 처리를 위한 간단한 소통이라도 가능하도록 강사를 초빙, 여러 외국어를 가르치기도 한다. 그러나 다양한 나라 국민들을 실시간으로 접하는 공항에서는 때로는 예상 밖의 곤란을 겪는 경우도 발생한다. 예전에 탄피를 목걸이로 만들어 걸고 온 아프리카 여행자가 있었다. 그것을 위해한 물품이라 하여 통관을 불허하고 적법 조치를 해야 하는데 의사소통이 안 되니까 그냥 적당히 유치하는 수밖에 없었다.

사랑은 가슴 찌르는 아픈 침이지만
때로는 찢긴 맘을 깁는 바느질
그대는 찔리고 깁는 그 사랑을 아는가
찔리지 않으면
기울 수 없다는 말 하나 더 적어 두고
우리 거울 앞에 서자
타오르는 사랑은 흔하지만

불길 꺼진 사랑 지키는 일은 귀하기에

귀한 절망을 안고 우는 아픔이

허허 사막의 선인장으로 서서

끝내 가시 돋고 꽃을 피우는 일은

진정한 참사랑 모습이라

사막의 키 큰 선인장 그림자 뒤에도

어느 기쁜 생명이 살기에

눈앞에 타오르는 사랑만 흠모하지 마라

사랑은 연모의 대상이 아니라

사랑은 아파도 찔려야 하는 주사 바늘

사랑은 가슴에 박는 못이지만

동시에 무너진 기둥을 세우는 못질이라

_본인 졸시 〈사랑이란〉 전문

세계를 지구촌이라 부르지만 아직 언어 소통에 있어서는 화성이나 금성에서 온 사람과 같다. 그렇다고 공항 근무자들에게 세계 각국의 언어를 모두 가르칠 수는 없다. 아니 가르친다고 해도 그것을 대화할 수 있는 정도가 되려면 얼마나 많은 시간과 노력이 필요할 것인가. 그동안 이런 문제를 고민한 사람이 한둘이 아니겠지만 나도 그 문제에 대해 집착하고 있었다. 한자권의 언어를 사용하는 국민들과 대화가 되지 않으면 종이에다 한문으로 표기를 하면 어느 정도 해결이 되기도 하지만 스페인어나 포르투갈어는 서로 쇠귀에 경 읽는 식이 되고 만다.

서울특별시에서는 '피커폰'이라는 회사와 계약을 맺고 외국인들이 택시 운전기사와 대화가 되지 않는 문제를 손쉽게 해소하였다. 외국인과 대화가 되지 않는 경우 운전사가 택시에 설치된 전화로 '피커폰' 회사 통역사와 연결, 3자 통화를 하는 방식이다. 영어, 일어, 중국어, 스페인어, 독어, 불어, 러시아어를 하는 7개국 통역사들이 대기하며 실시간으로 통역을 제공해 주는 서비스가 있다는 것을 나는 알게 된다.

그렇다. 이 시스템을 공항에도 설치를 한다면 외국어 소통 곤란으로 인한 민원은 어느 정도 해소할 수 있다는 생각을 하게 되었다. 요금도 월 5만 원 이내였고, 시범적으로 상황을 설정하여 3자 통화를 해 본 결과 대만족이었다. 그래서 도입 내용에 대한 검토 보고서를 작성하여 결재를 올리기에 이르지만 결과는 안 된다는 것이었다. 이유인즉, '공항 근무자들이 외국어를 잘 못해 피커폰을 도입한다는 것은 스스로 얼굴에 침을 뱉는 망신스런 일이며, '그것보다는 외국어 공부를 더 열심히 시키도록 하라.' 는 지시였다.

그러나 나는 뜻을 접지 않았다. 왜냐하면 근무 시 영어 이외의 외국어 능통 직원이 한 명도 없는 경우가 많았고, 그럴 경우 외국어를 잘하는 항공사 직원에게 사정을 해야만 했다. 그나마 항공사 직원이라도 소통이 되면 다행이지만 특수 언어의 경우 유일한 대책은 통역사를 불러야 했기 때문이다. 외국인 여행자들에게 양질의 서비스를 제공하기 위한 지출 비용으로는 너무 저렴하고, 상품의 품질도 상당히 우수하여 내가 "사비를 들여서라도 그것을 시범 운영해 보고 싶다." 며 여러 날을 설득했다. 결국 별도의 통역룸까지 만들어 운영을 시작하게 되었다.

김포공항 최대 7개 외국어 동시통역 지원
—세계 최초로 동시통역 시스템 시행

세계 최초로 공항 입국장 내에 최다 7개 외국어를 무료로 동시통역 할 수 있는 시스템이 구축됐다. 김포세관은 외국인 여행자와의 원활한 언어 소통을 위해 입국장 내에 외국어 무료 '동시통역 시스템'을 설치, 지난 6일부터 본격적인 운영을 시작했다고 밝혔다.

이번 동시통역 시스템은 세계 최초로, 영어와 일어, 중국어, 러시아어, 불어, 독일어, 스페인어 등 총 7개 국어에 대해 동시통역이 가능하다. 김포세관에 따르면, 이번 시스템은 현재 서울 시내 약 8천여 대 택시에 설치된 무선통역 시스템과 같은 원리로, 입출국장에 도착한 외국인 여행자는 각국 언어의 전문통역사와 연결된 특수전화기(일명 피커폰)를 통해 실시간으로 세관 직원과 의사소통을 전개할 수 있다.

김포세관 김병중 팀장은 "이번 동시통역 서비스로 우리나라를 찾는 외국인들에게 한층 더 친절하고 편안한 인상을 심어 줄 수 있게 됐다."며, "세관 여행자 휴대품 통관 업무에도 크게 도움이 될 것"으로 기대했다.

한편 세계 최초로 시행된 이번 김포세관 동시통역 시스템은 연내에 전국 공항만세관으로 확대될 전망으로, 중국의 상해 푸동, 북경공항에서도 김포세관의 동시통역 시스템을 도입해 올 하반기부터 운영을 추진 중인 것으로 알려졌다.

(조세일보 2007. 02. 07)

얼마 전 러시아에서 왔다는 관광객이 택시비만 100만 원을 썼다는 이야기를 들었다. 상식적으로 이해되지 않는 그 이면에는 검은 손이 보인다. 국제화 시대와 우리나라의 위상 중대 등으로 외국인들의 방문은 더욱 늘어날 것으로 예상된다. 그러나 우리는 외국인 관광객을 맞이할 가장 기초적인 언어도 잘 해결되지 않는 것이 큰 문제로 보인다.

우리나라가 강대국이 되면 권하지 않아도 외국인들이 우리나라 말을 배운다. 그리고 언어는 그 자체로 하나의 힘을 가지고, 우리 언어가 해외에서도 잘 통하게 된다. 동남아에서 불고 있는 한국어 배우기 열풍을 보라. 국력이 언어의 힘을 키우는 지렛대 역할을 하고 있다. 하지만 아직도 언어지도는 강대국들의 영역이 무변광대하기만 하다. 그리고 언어 소통이 안 되면 외국 손님들이 아무리 많이 온다 해도 수익으로 이어지기 힘들고, 관광의 만족도도 낮아질 수밖에 없으니, 외국어 문제를 술술 해결하는 음성 대 음성 통역서비스 시스템을 그저 적대시할 필요는 없을 것이다.

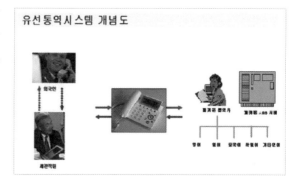

구글이 실시간 음성번역 시스템을 공개할 것이라는 소식이 있어 다른 나라 말을 못해도 해외여행을 하는데 부담이 줄어들 것이라 한다. "구글의 이러한 새 기능은 안드로이드 모바일 번역 애플리케이션의 업데이트 형식으로 출시될 것으로 보인다. 휴대전화의 마이크에 대해 사용자가 말을 하면 필요한 언어의 문자 형태로 번역 서비스를 제공한다. 현재 90여 개의 언어로 번역 서비스를 제공하고 있다.

　장차 성능의 향상으로 보다 정확한 번역이 가능하게 될 예정이라 하지만 사람이 직접 음성 통역하는 서비스와는 차이가 있을 수밖에 없다. 술술 외국어 해결사 역할을 하는 통역 시스템이 있어 역시 세계 최고의 공항으로 불러도 되리라. 이제 외국인 민원이 두렵지 않은 공항에서 근무하는 직원들이 여행자에게 제공하는 서비스도 더 고급화되지 않을까 생각된다.

전자충격기의 충격

김씨는 지난 15일 오전 7시 20분쯤 수원시 팔달구 매산로의 한 모텔에서 이모(18) 양의 목에 전자충격기를 갖다 대고, 놀란 이양을 비어 있던 옆방으로 끌고 들어가 성폭행한 혐의를 받고 있다. 김씨는 오전 3시쯤 근처의 집에서 나와 배회하다 남자 친구와 술을 마시는 이양을 지목해 뒤쫓았으며, 이양의 남자 친구가 근처 사무실에 두고 온 물품을 가지러 나간 사이에 노크로 문을 열도록 하고 범행을 저지른 것으로 조사됐다.

김씨는 지난 2월 평택경찰서에서 호신용으로 쓰겠다며 전자충격기 소지 허가를 받은 것으로 조사됐다. 현행법은 호신용 전자충격기나 가스총을 구입하려면 제조회사·제조번호·길이·용도·출처 등을 명시해 관할 경찰서의 소지 허가를 받도록 하고 있다.

(조선일보 2012. 11. 17)

이 사건은 전자충격기가 호신용으로 사용되어야 하나 오히려 범죄도구로 활용되는 폐해를 보여 주고 있다. 사람들은 누구나 근본적으로 전기쇼크를 매우 싫어하고 두려워하는 마음을 갖고 있다 한다. 전구를 갈아 끼우다 전기쇼크를 한번이라도 느껴 본 사람은 스위치를 내린 후 전구를 잡아도 불안감을 느끼게 된다고 한다. 전자충격기! 이름만 들어도 괜스레 몸이 떨리는 전기쇼크가 전해 오는 느낌이 든다.

작동 시 순간 6만 볼트 고전압으로 전기 스파크가 발생하므로 아무리 장대한 체구를 가진 사람도 전자충격기 앞에서는 무력해질 수밖에 없다. 전자충격기는 1초만 사용해도 근육에 충격을 주고 놀라게 하는 효과가 있다. 경기도 용인시 전원주택 단지에서 50대 부부가 괴한 2명에게 습격을 당해 남편이 숨지고 부인은 크게 다쳤다. 당시 괴한들은 귀가하던 부부가 차에서 내리자 달려들어 전기충격기를 들이대고 곤봉 등을 휘두른 것이다.

나는 왜놈이다
오기 하나로 똘똘 뭉친
아주 키가 작은 빡빡머리 왜놈이다
아무리 뒤꿈치를 들어봐도
독도의 갈매기가 보이지 않아
대마도만 우리 땅이라 외치는
정직한 왜놈이다

나는 떼놈이다
용기 하나로 무리 지은
매우 삐쩍 마른 갈래머리의 떼놈이다
아무리 눈을 돌려봐도
만주 벌판의 끝은 보이지 않아

만리장성만 우리 땅이라 외치는
통이 큰 떼놈이다

아니 나는 고려인이다
정신 하나로 바르게 일어선
참 맵고 단단한 고추의 고려인이다
아무리 불러 보아도
금강산 선녀가 답하지 않아
제 몸에 지워지지 않는 철조망 문신 새긴
사랑의 고려인이다

_본인 졸시 〈이적 행위〉 전문

　전자충격기, 전기충격기, 테이저건, 스턴건이라 불리는 이 물품은 총포
도검화약류단속법의 적용을 받는다. 나는 전자충격기에 대한 아찔한 추
억이 있다. 88서울올림픽을 성공리에 치른 뒤 김포공항에서 수입 통관 업
무를 담당하고 있었는데, 그때 주 업무인 통관 업무보다 부수 업무인 서
무 업무가 훨씬 더 많았다. 컴퓨터가 막 도입되었으나 문서작성이나 통
관 처리는 대부분 수기로 하였기 때문에 일의 능률이 잘 올라가지 않았
다. 일과 시간에는 주로 통관 업무를 처리하고 일과 후 서무 업무를 처리
하다 보니 늘 다른 직원들보다 동분서주해야만 했다.

　그해 무더위가 기승을 부리는 늦여름, 에어컨은커녕, 선풍기도 돌아가
지 않는 사무실에서 땀을 흘리며 급한 서무 업무 처리를 하고 있었다. 그
런데 관세사무소 사무원이 헐레벌떡 달려와서 신고서를 들이밀며 급하
다고 빨리 처리해 달란다. 지금은 검사비율이 3% 정도에 불과하지만 그

때는 80% 정도를 검사 처리했으니 통관 시 검사는 거의 필수적인 절차였다. 사실 짜증이 날 정도로 바쁜데 일을 중단하고 검사를 가야 하니까 내 목소리가 좋을 리 없다. 그래도 물러서지 않고 워낙 급하다고 하여 서류를 챙겨 보았다.

신고서에 적힌 물품의 이름은 생전에 첨 들어본 '전자충격기'였다. 이게 뭐냐고 물으니까 "별 것 아니다, 그동안 100건도 넘게 무수히 통관되어 나간 것이니 그냥 찍으면 된다."는 것이다. 그렇지만 나는 그것이 수입의 추천이나 제한이 없는 보통의 물품으로 생각되질 않았다. 아니 '충격'이라는 말이 들어가는데 아무 문제가 없는가? 충격은 어떤 힘을 발생할 것이고 그 힘이 작용하여 기능을 한다는 것쯤은 상식이다. 그래서 일을 잠시 중단하고 창고로 내려가 검사를 하였다.

사무원은 물품 포장 박스를 개장한 다음 하나를 꺼내서 내게 설명을 해 주었다. TV 리모컨처럼 생긴 것인데, 옆으로는 스위치가 달려 있고, 상단에는 두 개의 돌출된 침이 있었다. 스위치를 켠 다음 버튼 스위치를 누르면 고압 전류가 발생한다고 했다. 이제 설명이 끝났으니 아무 문제없는 물품을 좀 빨리 처리를 해 달란다. 나는 물품을 건네받아 스위치를 켠 다음 그것을 사무원 팔쪽에 대고 버튼을 눌렀다. 악! 소리와 동시에 사무원은 고압 전류를 먹고 뒤로 나자빠졌고, 나도 그 위력에 놀라 어안이 벙벙했다. 사무원은 내게 화를 내면서 그걸 자기에게 사용하면 어쩌느냐며 크게 화를 냈다.

큰 문제였다. 이 기기를 범죄에 활용한다면 약자들은 저항도 하지 못하고 순순히 당하고 말 것이라는 생각이 들었다. 물품은 통관하여 목장에서 사용한다고 했지만 용도만 한정한다고 하여 위험한 물품이 관리된다는 것을 기대하기 어렵다. 호주나 뉴질랜드 같은 큰 목장에서는 덩치가 큰 소를 몰이하는데 개를 이용하기도 한다. 그런데 어떤 소들은 아무리 위협을 가하여도 꿈쩍도 않는 일이 생기는데 그때 전자충격기를 소 엉덩이 부분에 대고 살짝 버튼을 누르면 순식간에 벌떡 일어난다고 했다. 나는 이 위험에 대한 문제가 해결되어야 하니까 보완 통보를 하고, 일단 통관이 지연된다는 것을 화주에게 알려 주라고 하였다. 사무원은 아무것도 모르는 졸병이 제맘대로 확대해석하여 문제를 삼는다면서 내게 어이없다는 표정을 지어 보였다.

사무실에서 다른 일을 하려는데 국장실에서 나를 찾는다고 하였다. 국장님은 전자충격기 건에 대해 어떻게 된 것인지 연유를 물었다. 설명을 드렸더니 부산에 있는 세관장의 형님이 수입 화주인데 나에게 조심하라고 주의를 주었다. 어지간하면 그냥 찍어 주라는 내용이다. 그분이 보통이 아니며 나를 인사 조치할 수도 있을 정도로 대단하신 분이라는 귀띔이었다. 그렇다고 그 정도의 상황에서 물러설 내가 아니었다. 앞 사람이 문제없이 처리했다고 하여 나도 문제가 없다는 것은 아니라고 말했다. 이 건을 치안본부(당시) 총포반에 문의한 다음 결과에 따라 처리를 할 것이라고 답했다.

국장실을 나오니 얼굴이 화끈거렸다. 마음은 두 가지였다. 정말 아무 문제가 없는 것을 내가 잘못 생각한 것인가? 아니면 문제로 인식되는 것을 그냥 모르고 넘어간 것인가? 잠시 갈등을 하다가 최종적으로는 안 된다는 쪽으로 결론을 내렸다. 내가 통관을 빌미로 금품을 요구하는 행태라며 모가지를 잘라 버리겠다는 화주의 어이없는 전화까지 받고 나니 더 화가 치밀어 올라 오기가 발동되었다. 그래 끝까지 가 보자. 나는 절대로 내 생각이 틀리지 않다는 확신이 섰다.

치안본부로 전화를 걸었더니 A경감이 전화를 받았다. 내가 전자충격기라는 제품 설명만 했는데도 그는 들뜬 목소리로 지금 그 물품 샘플을 가지고 치안본부로 들어와 줬으면 좋겠다고 했다. 이유인즉 지금 총포도검화약류단속법을 개정하는데 그 물품이 법령에 넣어야 할 대상인 것 같다며 자신의 의견을 짧게 피력했다. 나는 마음속으로 역시 내 생각이 틀리지 않았다는 것을 어느 정도 직감할 수 있었다.

만사 제쳐 두고 택시를 잡아탔다. 그리고 치안본부 총포반 사무실로 들어가 자신있게 카다로그 제시와 설명, 시범 작동까지 끝냈다. A경감은 나에게 너무 잘했다면서 표창이라도 상신해야겠단다. 나는 당연히 할 일을 했을 뿐 상에는 욕심이 없다고 말했다. 어쩌면 수입 화주의 동생에 대한 반감이 나를 더 강하게 만들었고, 그 결과 문제의 물품인 전자충격기가 일반물품에서 법령에 적용을 받게 되었다. 이후 전자충격기는 철저히 위험물품으로 관리되는 중요한 길을 트게 되었다.

〈총포 · 도검 · 화약류 등의 안전관리에 관한 법률〉

제1조 (목적)
이 법은 총포 · 도검 · 화약류 · 분사기 · 전자충격기 · 석궁의 제조 · 거래 · 소지 · 사용 그 밖의 취급에 관한 사항을 규제하여 총포 · 도검 · 화

약류 · 분사기 · 전자충격기 · 석궁으로 인한 위험과 재해를 미리 방지
함으로써 공공의 안전을 유지하는 데 이바지함을 목적으로 한다. [개정
1989. 12. 30, 1995. 12. 6]

제2조 (정의)

⑤ 이 법에서 '전자충격기'라 함은 사람의 활동을 일시적으로 곤란하
게 하거나 인명에 위해를 가하는 전류를 방류할 수 있는 기기로서 대통
령령이 정하는 것을 말한다. [신설 89. 12. 30]

지금도 전자충격기가 관리를 받으면서도 그것이 호신용으로 판매되어
범죄에 사용되는 것을 보면서 그때 나의 올바른 판단 하나가 많은 범죄
발생 예방에 도움을 주었다는 생각을 하게 된다. 최근 나를 탓했던 세관
장의 부음 소식을 듣고, 당시 전자충격보다 더한 그분의 질책이 오히려
내게 오늘의 주인의식을 키워 줬다고 생각하며 고인의 명복을 빌어 준다.

화약 냄새나는 아시안게임

　86아시안게임이 열리기 6일 전인 1986년 9월 14일 오후 3시 12분 김포국제공항, 나는 그 시각 국제선 청사 사무실에서 근무 중이었다. 그런데 국제선 5번과 6번 출입구 사이에 있던 쓰레기통에서 갑자기 큰 폭발이 일어났다. 이 폭발로 대형 유리창 11장, 형광등 20여 개가 깨졌다. 기물 파손은 적은 편이었지만 인명 피해는 컸다. 그날은 사마란치 IOC위원장 등이 입국하는 날이었지만 귀빈들은 무사했다. 입국하는 가족을 마중나온 일가족 4명, 그리고 당시 천정 보수공사를 하던 공항 직원 1명이 그 자리에서 숨지고 33명이 중경상을 입었다.

　이에 주변 관광객 24명을 연행하고, 사고현장을 샅샅이 수색했지만 뚜렷한 용의점을 가진 사람을 발견하지 못했다. 이후 경찰은 물론 국가안전기획부, 보안사령부까지 합세해 수사를 벌였지만, 결국 범인은 잡지 못하고 '영구미제사건'으로 분류됐다. 북한의 소행으로 추정은 하고 있었지만 뚜렷한 물증을 찾아내지 못했으니 말이다.

그로부터 23년이 지난 2009년 3월, 『월간조선』이 김포공항 폭탄 테러 사건의 전모를 밝혀냈다. 사건의 배후 조종자는 김일성과 김정일, 범행을 지휘한 것은 무슬림 테러리스트 아부 니달, 테러를 실행한 것은 서독 적군파였고, 테러의 대가는 500만 달러라는 것이다. 세상에 영원한 비밀이 존재하지 않는다는 것을 재확인시켜 주었고, 내게는 잊지 못할 김포공항 테러 사건으로 더 깊게 각인되어 있다.

당시 아시안게임은 아시아인들의 화합을 위한 체전이라는 의미만이 아니라, 2년 뒤 개최되는 88서울올림픽에서 쓰게 될 잠실종합운동장을 그대로 주경기장으로 활용하는 등, 사실상 서울올림픽을 대비한 일종의 리허설 성격이 컸다. 우리나라 개국 이래 제일 큰 국제대회라며 아시안게임을 성공적으로 개최해야만 올림픽도 성공한다는 논리였고, 그런 만큼 행사를 지원하는 나의 부담은 크지 않을 수 없었다.

대회가 임박해 오자 북한이 이 대회를 저지하기 위하여 크고 작은 테러를 자행할 것이라는 소문이 나돌기 시작했다. 왜냐하면 아시안게임 유치 시 이라크의 바그다드와 북한의 평양직할시가 후보로 나와 경쟁을 벌였다가 우리나라로 인해 포기했고, 또한 아시안게임의 성공으로 서울올림픽까지 성황리에 개최되는 것을 그냥 순순히 보고 있지 않을 것이라는 예상들이 나왔는데, 결국 김포공항이 그들의 목표가 된 셈이다. 그러고도 분이 안 풀렸는지 약 1년 뒤인 1987년 11월 29일에는 88서울올림픽의 개최를 방해할 목적으로 대한항공 858편 폭파 사건을 일으킨다.

1986년 대한민국 서울특별시에서 개최된 제10회 하계아시안게임, 당시 내 나이 서른둘, 입사 6년차 말단이었지만 대회물품 통관지원반에서 '안

보감시 담당'이라는 가장 위험도 높고 비중 있는 업무를 담당하고 있었다. 업무 범위와 위험 수위를 구체적으로 설명하지 않더라도 나의 상사인 계장 자리는 1986년 1월부터 게임이 시작되기 전인 8월까지 무려 4명이나 바뀌었다. 아시안게임 관련 테러 발생 시 책임을 면하지 못한다는 우려 때문에 자신들의 보신을 위하여 모두 도망갔다는 것이 솔직한 표현이다.

나는 그 사람들을 심정적으로는 이해했지만 '주어진 업무에 최선을 다하고 볼 일이지 비겁하게 도망을 가다니 한심하다.'는 생각도 들었다. 아시안게임 개최가 임박하여 계장은 공석이었고, 과장은 별반 업무에 관심이 없는 분이었으니 그 내면을 들여다보면 내가 막중한 역할을 차질없이 수행해야 할 딱한 처지였다.

게다가 대회 개최 6일 전 공항에서 테러가 터지고 말았으니 그동안 까딱없던 내 가슴도 두근거리지 않을 수 없었다. 어쩌면 전쟁터도 아닌 곳에서 목숨을 바칠지도 모른다거나 테러 같은 문제가 생기면 안보감시 업무 소홀로 총알받이가 되어 생각보다 큰 책임을 지고 감방 신세가 될지 모른다는 생각이 들었다. 하지만 이쯤에서 물러난다는 것은 용납이 되지 않았고, 누구도 나를 그 업무에서 빼내 줄 위인도 없었다. 아시안게임 사격 선수단이 총과 실탄을 아무리 많이 반입한다고 해도 그것을 철저히 관리하면 될 일이고, 나머지는 나의 몫이 아니라 하늘의 몫이라는 생각으로 임했다.

테러 사건에도 불구하고 아시안게임은 예정대로 착착 진행되었다. 공항 입구에는 탱크가 배치되고 무장 군인과 특별 경찰이 합동경계를 하고 있으니 한편으로는 든든하고 다른 한편으로는 상황이 심상치 않다는 불안감을 주기도 했다. 생각보다 사격 선수단들의 총기와 실탄 반입은 하루에 도 엄청난 숫자였다. 실탄은 덜하지만 총기는 제조사명과 규격, 그리고 총기 관리에 가장 중요한 제조번호를 하나 하나 확인하여 기록해야 했다. 왜 그리 도 총기 제조번호는 긴지, 숫자 하나라  도 오류가 생기면 나중에는 다른 총이 되어 수량에 착오가 생기기도 했 다. 정신을 바짝 차리고 잔뜩 긴장하며 수행해야 하는 일이어서 피로도 는 극심했다. 먹지를 깔고 위해물품반출입보고서를 6장 작성하여 수신 처마다 따로 분류하여 수시 발송하는 일도 적지 않았다.

확인이 끝난 총기와 실탄류는 탑차에 실려 경찰 호송 하에 태릉으로 운송되었다. 당시 태릉사격장에는 직원이 파견되어 도착에 대한 사실을 확인한 후 이상 유무를 내게 알려 왔다. 그리고 비행기 입국이 끝난 밤 11 시쯤 반입 내용을 다 취합하여 밤이 이슥토록 별도 보고서를 작성, 익일 아침이면 청와대로 내달렸다. 이런 방법으로 총기와 실탄이 반입되고, 게 임이 열렸으며, 대회 종료 후 반출이 될 때는 반입의 역순으로 진행되었다.

이렇게 하기를 15일, 집에도 한번 들어가지 못하고 소파에서 잠을 자며 그저 속옷만 몇 번 갈아입었을 정도로 맡은 일에 전력투구하였다. 도중 에 총기 숫자가 맞지 않아 몇 시간을 재확인하는 일도 생겼지만 그것은 업무상 단순한 실수로 끝났다. 정신없이 보름간의 긴 시간이 흘렀고, 나 는 일단 아무 사고 없이 사격 선수단 통관지원 업무를 완벽하게 수행할 수 있었다.

대개 청와대는 관리자급 이상이 업무 보고를 하러 들어가는데 나는 그때 어쩔 수 없는 상황이라 하급 직원인 내가 들어가게 되었다. 출입 시 공무원증은 안 되고 반드시 주민등록증을 제시해야 하기 때문에 직급이 나타나지 않아 그래도 다행이었다. 하지만 업무 담당 경호관은 나를 관리자가 아니라 중간관리자 정도로 알고 있었으며, 내게 고생을 한다면서도 청와대 출입은 아무나 하는 게 아니니 자랑스럽게 생각하라고 농담을 던졌다. 속으론 직급이 뭐냐고 물으면 어떻게 답해야 할까 걱정되기도 했지만 더 이상의 일은 발생하지 않았다.

아시안게임이 성공적으로 끝난 뒤 유공자에 대한 포상이 내려왔다. 과장은 나를 불러 고생은 했지만 자기가 정부 포상을 받을 테니 양보해 달라고 했다. 그래도 나에게 양해를 구하는 과장이 별로 밉지 않아 그렇게 하라고 했다. 공적조서를 써서 제출하는 것 까지는 좋았는데 다른 과 과장님이 실제 일하지 않은 사람은 포상 자격이 없다며 공적이 허위라는 문제를 제기하였고, 이후 훈포장 서훈에서 체육부장관 표창으로 격하되며 포상도 끝이 났다.

'재주는 곰이 부리고 돈은 되놈이 가져간다.'는 속담도 있지만 그래도 나는 무사히 잘 끝난 아시안게임이 그저 고마울 뿐이었다. 게임이 끝나고 며칠간은 코에서는 단내가 나는 것 같았다. 아니 어쩌면 화약 냄새가 나는 듯했다. 희생자에게는 죄송한 일이지만 아시안게임 일주일 전 테러가 독이 아닌 약이 되어 테러에 대한 경각심과 경기 안전을 강화하는 계기가 되어 성공적인 대회를 완수할 수 있었다. 그리고 한 걸음 나아가 아시안게임을 발판으로 88올림픽이 성공적으로 성료되어 우리나라 국익 신장에 크게 기여했다는 점은 아직도 나의 자부심으로 남아 있다.

관우는 한국인이다

나관중의 소설 『삼국연의(三國演義)』 제1회에서 도원결의(桃園結義)를 하는 유비, 관우, 장비 세 사람이 등장한다. 탁현(涿縣)에서 미투리를 삼고 자리를 치는 일로 생계를 삼고 있던 유비, 푸줏간을 운영하던 장비, 그리고 포악한 관료의 횡포를 참지 못하고 목을 베어 버린 후 떠돌던 관우가 만나 복숭아 동산에서 하늘과 땅에 제사를 지내고 의형제를 맺는다.

복숭아 과원에서 검은 소와 흰 말과 제수용품 등 제물을 차려 놓고 제를 지내며 맹세했다. "유비, 관우, 장비가 비록 성은 다르오나 이미 의를 맺어 형제가 되었으니, 한마음으로 힘을 합해 곤란한 사람들을 도와 위로는 나라에 보답하고 아래로는 백성을 편안케 하려 합니다. 한해 한달 한날에 태어나지 못했어도 한날 한시에 죽기를 원하니, 황천후토(皇天后土)께서는 굽어 살펴 의리를 저버리고 은혜를 잊는 자가 있다면 하늘과 사람이 함께 죽이소서." 맹세를 마치고 유비가 형이 되고, 관우가 둘째, 장비가 셋째가 되었다. 그 후 이들은 300여 명의 젊은이를 이끌고 황건적

토벌에 나섰으며, 우여곡절을 거친 후에 촉나라를 세워 위나라의 조조, 오나라의 손권과 함께 천하를 삼분한다.

우리는 인생을 살면서 '도원결의'의 친구가 세 명이 있다면 그 사람은 최고 성공한 사람일 것이다. 진실과 정의가 점점 실종되어 가는 세상 속에서 그런 친구를 둔다는 것은 생각보다 쉽지 않다. 두 사람이 화합하기도 어려운데 항차 세 사람이 의기투합한다는 것은 훨씬 더 어렵다. 그러니까 나관중의 소설 속에나 나올 법한 옛날이야기라고 한참 미루어 둘 수밖에 없다.

예전에는 국제공항 입국장에서 휴대품 검사를 받다 보면 세관 검사 직원이 물품 검사 후 "관우, 관우회!"라고 부르는 소리를 들을 수 있었다. 조금 후 어디선가 쇼핑백 같은 것을 하나 들고 세관 검사대로 다가오는 사람을 볼 수 있었다. 그렇다. 불러서 응대하는 그가 국적이 한국인인 관우다. 그렇다면 그가 도원결의를 한 삼 형제 중 둘째로 지칭되는 의리의 사나이인가?

너무 바쁜 시대를 살아가고 있어서인지 요즘 우리말은 약칭으로 부르는 것들이 적지 않다. 국가정보원은 국정원, 해양수산부는 해수부, 행정안전부는 행안부 등으로 곧잘 줄여서 부른다. '관우회'라고 줄여서 부르는 말을 살펴보니 참 다양하다. 문화체육관광부 소관으로 관광사업 발전을 위한 사단법인의 이름이 관우회다.

그리고 사무관 이상의 간부 공무원 모임, 회사 관리부문 동우회, 관제센터 근무자 모임, 고등학교 관악기 밴드부 모임 등이 있다. 그러나 입국장에서 들리는 '관우'는 관세청에서 보세화물을 보관하는 곳에 근무하는 사람의 줄임말이다. 지금은 한국무역개발원으로 이름을 바꾸었지만 그들은 여행자가 휴대 반입한 물품 중 통관 절차를 밟아야 하는 물품에 대하여 세관의 위임을 받아 일시적으로 지정장소에 보관 관리하는 업무를 수행한다.

해외여행을 마치고 돌아오는 사람들은 누구나 세관 검사 받는 것을 무척 싫어한다. 가방을 열어 내용물을 일일이 보여 준다는 것은 자신의 비밀을 노출하는 것 같은 느낌을 주기 때문이다. 여독에 지친 여행자들이 세관 검사 후 유치품 통관 창구로 가서 별도의 통관 절차를 다시 받으라 하면 상당한 불쾌감을 갖는다. 이럴 때 여행자를 위한 최선의 응대는 관련 법령 등을 신속, 친절하게 설명하고 빨리 후속 절차가 진행되도록 안내하는 일이다. 여기서 좀이라도 지체되거나 설명이 미흡하면 여행자 입에서는 큰소리가 나올 수 있다.

여행자 통관 시간 단축은 예로부터 지금까지도 가장 중요한 과제 중의 하나다. 아무리 친절을 강조하지만 그보다 중요한 것은 여행자를 조금이라도 빨리 입국 절차가 끝나도록 지원해 주는 것이다. 우리나라 공항이 세계공항 서비스평가에서 최우수공항으로 선정되는 것은 입국 소요 시간이 국제 권고 기준인 45분보다 월등하게 빠르다는 점이다. 1분 아니 1초를 줄이기 위해 관계 기관과 항공사에서는 24시간 촉각을 곤두세우며 심혈을 기울이고 있다.

나는 세관 근무 35년 중 17년이 넘는 기간을 공항세관에서 근무해 왔다. 그런 만큼 누구보다도 공항의 현실을 잘 알고 있으며, 그동안 크고 작은 문제점을 발견, 개선한 것이 수십 건이 넘는다. 개선 대상을 찾는 방법은 생각보다 간단하다. 주인이 문제라고 생각하는 것보다 손님이 문제라고 생각하는 것에 귀를 기울이면 된다. 그리고 대안을 찾을 때는 임기응변이 아닌 미래지향적인 방안을 강구하면서 시간과 비용이 들더라도 실용성과 효과에 주안점을 두고 추진하면 시행착오를 최소화할 수 있다.

어느 날 입국장에서 세관 직원이 '관우'라는 부르는 소리에 검사를 받던 여행자가 어리둥절하여 "누굴 부르느냐?"고 물은 적이 있다. 직원이 사정을 설명하자 여행자가 "아니 차임벨을 설치하여 누르면 되지 않느냐?"고 반문한다. 그 상황을 본 나는 직원보다 여행자의 문제인식과 눈높이가 더 높다고 생각했다. 예전 초인종을 달아 운영한 적이 있는데 당시 관우회에 사람은 적은데 검사 직원이 초인종만 계속 눌러 대는 문제로 인해 철거를 하였다 한다. 그런 연후에 더 이상 다른 방법을 마련하지 않고 오늘에 이르고 있다는 것이다. 문제를 알면서 답이 없다고 그냥 덮어 둠으로써 '관우'를 부르는 소리는 입국장 사방에서 메아리처럼 남아 있다는 것이 얼마나 부끄러운 일인가.

나는 그 문제에 대한 답을 구하기 위해 입국 여행자가 유치물품이 있는 경우 통관 절차를 밟는 일련의 과정을 하나하나 살펴나갔다. 그리고 거기서 도출된 문제는 단순히 '관우'라고 부르는 호출 문제를 제외하고도 몇 가지 사항을 새롭게 찾아내게 된다. 문제는 생각으로 하는 것과 실제 절차를 따라 직접 확인해 보는 것은 상당한 차이가 있다. 생각은 탁상공론이 될 수 있지만, 확인은 눈에 보이지 않는 문제들이 더 많이 보일 수도 있다.

먼저 유치신고서상에 물품의 중량과 물품 관리에 필요한 Tag 번호를 수기로 관리하고 있었다. 관세청은 전산화 이행율이 거의 100% 수준으로 정부 중앙부처 중 최상위의 기관에 속한다. 그 결과 수출입 통관 시스템을 에콰도르, 콜롬비아, 볼리비아 등 해외로 수출까지 하고 있는 마당에 여행자 관련 유치서는 왜 수기로 기재 관리하는가?

요즘은 계량 시스템이 자동화 전산화되어 물품의 중량을 자동 전산체크 및 계량하여 신고서에 출력 관리하는 것은 일반화되어 있다. 예를 들면, 출국 시 기탁수하물이 있는 경우 항공사 체크인 카운터에 설치된 컨베이어벨트에 짐을 올리게 된다. 이때 여행자가 볼 수 있도록 계량기에 중량이 표시되고 수하물표에도 항공편과 인적사항, 중량과 수량까지 인쇄 출력된다. 그런데 어떻게 최첨단 공항에서 입국 여행자 유치물품은 수동으로 계량하여 수기 관리한다는 것이 말이 되는가?

여행자가 반입한 물품이 유치되면 일단 창고로 입고하여 반입으로 잡아야 하는데, 그렇게 하려면 물품관리코드가 있어야 한다. 일반 화물로 말하면 B/L번호와 같은 것이라 할 수 있는데, 유치물품의 족보를 만들기 위해 생성하는 것이 'Tag 번호'(2015-0501-A-001)이다. 구성은 연도와 날짜, 검사지역과 일련번호 정도 순이다. 그런데 이것을 왜 전산화하지 않고 수기대장과 수기 Tag 번호를 만들어 사용하는가?

물품이 창고로 반입되면 다시 유치물품 내역을 관우회 여직원이 일일이 전산 입력하여 입고한 다음, 통관 완료 시 재고를 없애기 위해 반출로 떨어내야 한다. 이런 절차 수행을 위해서는 유치물품을 재입력하는데도 시간이 걸릴 뿐 아니라 자료의 입력 오류도 발생되고, 출고 시 전산 재정리를 하는 번거로움도 뒤따른다. 하지만 휴대품 검사 직원이 물품 유치 시 내역을 전산 입력하고, 이 전산 자료를 반입 및 정리 자료로 활용하면 되는데, 왜 이중으로 불필요한 업무 처리를 하는가?

이런 과정에서 추가로 발생하는 시간은 어림잡아 건당 10분 정도나 된다. 여행자로 봐서는 천금같은 시간을 빼앗기고 있는 셈이다. 통관 시간의 지체로 불필요한 인력이 낭비되고 있는데, 이것을 그냥 두고 넘어가기엔 자존심이 허락하지 않는다. 나는 일단 현행과 문제점, 그리고 개선 방안을 만들어 그것을 해당 부서로 찾아가서 상의를 해 본다. 그러나 답변은 너무도 간단했다. "전에 그것을 검토해 봤는데 문제가 있어 안 된다."고 답했다. "왜 안 되느냐?"고 되묻자 짜증을 내면서 "안 되니까 안 된다. 너무 바쁜데 쓸데없는 시간을 허비하지 말자."는 것이었다.

일단 해당 업무과에서 안 된다고 하면 업무 개선은 끝장이다. 이럴 땐 바로 강하게 밀어붙이는 것보다는 시간적인 여유를 가지고 장기전으로 돌입해야 한다. 어느 정도 시간이 지나서 나는 다시 안 되는 이유를 물어보았다. "인천공항은 입국검사장이 A, B, C, D, E, F, G, H와 탑승동 등 여러 구역으로 나눠져 있어 Tag 일련번호 부여가 안 된다. 그리고 유치물품이 많은 경우에는 검사대에서 직접 입력을 하려면 업무가 원활하지 못해 오히려 더 불편하고 통관이 지연된다."는 답변이다.

그렇다면 이것이 정말 해결될 수 없는 난제일까? 내 생각으로는 아니다. 그것은 너무 소극적이고 섣부른 판단이다. 세관 검사장이 여러 구역으로 나눠진 것에 대해서는 일련번호에 새로운 단위를 하나 더 생성하면 간단히 해결이 된다. 그리고 유치물품이 있는 여행자의 90% 정도가 단

일품목으로 간단하게 입력이 가능한데, 나머지 여러 가지 물품을 반입한 10%를 위하여 무조건 안 된다는 것은 어불성설이다. 별도로 수기 입력하면 되는 것, 그것을 문제라고 접어 두고 나머지 여행자들까지 다 불편을 주면 안 된다. 유치물품이 있는 여행자는 죄를 진 사람이 아니라 당당히 세금을 내고 통관을 하겠다는 의사를 가진 사람들로 그들을 우범 여행자 정도로 대우하면 곤란하다.

해당 부서와의 협의는 늘 제자리걸음이었다. 논리적으로 설명을 해도 "직원들이 불편하다, 관우회에서도 안 된다."는 등 설득력이 떨어지는 이유만 하나씩 더 생겨났다. 나는 그 뒤 해당 부서와는 일단 등을 돌렸다. 그리고 적당한 기회를 보아 윗분들의 마음을 움직이는 방법으로 방향을 바꾸었다. 어느 날 청장님께서 인천공항을 방문하셨다. 그리고 직원들과 대화의 시간이 있다고 하여 나는 이때다 싶어 자진하여 그 자리에 참석했다. 그러나 그 자리에서 청장님은 나의 건의에 즉답을 피하고, "그것을 세관 자체 과제로 선정하여 추진해 보라."는 미온적인 의견을 주었다.

그러나 중요한 건 옴짝달싹도 하지 않는 해당 과를 어떻게 한다는 말인가? 청장님이 그것을 적극 추진하라는 지시도 없어 나는 한동안 답보 상태에 빠져 있었다. 이후 묘안을 궁리하다가 공항공사 부사장님을 찾아갔다. "출국장 여행자 수하물 시스템 시설은 공사에서 설치 관장하고 있고, 입국검사장 검색대도 공항공사 재산이므로 이 과제를 공사 시설의 한 영역으로 보아 공항 발전을 위해 좀 도입해 줬으면 좋겠다."고 건의를 했다.

그 자리에서 부사장님은 긍정적으로 검토하겠다고 답했다. 그러나 얼

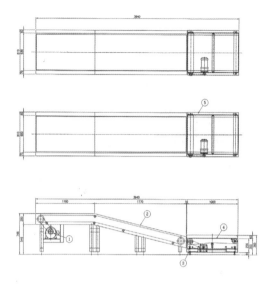

NOTE.
CAPACITY : 150kg x 0.1kg

5	PLATFORM	SS400	1	1000×820×4.5t
4	BELT CONVEYOR	SS400	1	COVER : SUS304
3	LOAD CELL	PUR.	4	TEDEA 90 kg
2	BELT CONVEYOR	SS400	1	
1	GEARED MOTOR	PUR.	1	
No.	DESCRIPTION	MAT'L	Q'TY	REMARKS

관 세 청

KAYA PRECISION IND. CO., LTD.

PLATFORM SCALE & BELT CONVEYOR
ASS'Y DWG

마 후 그것은 세관 필요에 의하여 구축하는 것이라며 슬며시 발을 빼는 것이다. 그동안 몇 년이 되도록 진행해 온 것이 또다시 아무 성과 없이 원점으로 돌아오고 말았다. '누가 생각해도 상식적인 일인데 왜 이렇게 추진이 안 되는 것일까?'를 생각하면서 호시탐탐 기회를 엿보고 있었다. 그렇지만 별다른 수 없이 세월만 무료하게 흘렀다. 그리고 얼마나 더 지났을까? 개선을 추진한 지 6년차가 되던 어느 날, 드디어 내게 황금 같은 절호의 기회가 찾아온 것이다.

새로 부임하신 청장님이 갑자기 일정을 바꾸어 우리 세관을 방문하신다고 비서실을 통해 연락이 왔다. 그것도 부임 첫 세관 방문 일정으로 잡혔으니 긴장도 되지만, 새로 취임하시는 분이 오히려 더 긍정적인 검토를 할 수 있다는 기대감으로 다가왔다. 3층 출국장을 순시하고 2층 입국 사열 동선을 지나 마지막으로 입국장 순시가 끝나기 직전 나는 그동안 추진해 오던 과제를 간략하게 건의를 드렸다. "수기 수작업하고 있는 유치물품 통관 업무의 전산화로 여행자 통관 시간 지연을 해소하고 업무의 효율성 증대에 기여한다." 정도의 설명이었다.

"역시 프로는 아마추어의 진심을 훤히 알아보는 것일까?" 청장님은 수첩을 꺼내 직접 적으시면서 수행한 기획조정관에게도 같이 내용을 메모하라고 지시하였다. 그리고 곧바로 다음 날 청에서 두 직원이 우리 세관을 찾아와 청장님 지시라면서 "얼마의 예산을 지원해 줄까?"를 물었다. 이렇게 업무 개선을 위한 본격적인 출발이 개시되었고, 나는 그 일의 중심에서 수차례 회의를 개최하였다. 이후 해당 과와 업체, 관우회 등과 함께 Tag 번호 자동부여 및 중량 자동표기, 유치물품 바코드화 및 출력방법과 자료 전송방식 등에 대해 심도 있는 논의가 진행되었다.

그러던 어느 날, 다시 큰 문제가 생긴다. 내가 공항세관에서 서울세관으로 발령이 난 것이다. 공무원은 발령에 따라 무조건 움직여야 한다. 제안서를 다 만들어 추진만 하면 되도록 잘 정리하여 후임자에게 인계했으나 그는 일에 별로 관심이 없어 보였다. 그 후 완벽한 마무리를 위해 나는 인사이동 후에도 없는 시간까지 내어 회의를 진행하였으나 내가 있을 때는 진행이 원만하고, 자리만 떠나면 답보 상태였다. 그도 그럴 것이 남아 있는 사람들은 '발령나서 간 사람이 콩 놔라 팥 놔라 한다.'는 식으로 나를 상당히 못마땅하게 생각하고 있었다.

이후 전 근무지 세관장님이 나에게 전화를 걸어왔다. "왜 잘 진행이 안 되느냐?"는 것이다. 나는 그때까지 혼자 속앓이를 하고 있었는데, 직접 문제를 물어오므로 대답하기가 좋았다. 자초지종을 들은 세관장님은

"잘 알겠다, 직접 내가 챙기겠다."고 했다. 이후 일사천리로 일이 진행되어 6년여 간에 걸친 업무 개선은 끝이 나고 안 된다고 하던 힘든 과제는 성공적인 마무리를 할 수 있었다.

그리고 얼마의 시간이 흘렀다. 큰 일의 성취 뒤에는 포상이라는 것이 상식처럼 따라온다. 하지만 논공행상에서는 일을 열심히 하였다고 일한 것에 상응하는 포상을 받는다는 보장은 없다. 후임자들이 제법 인사상 혜택이 있는 포상을 상신했는데 그것이 바로 내가 6년 여간 추진했던 과제였다. 어쩜 그럴 수 있을까? 그것을 어떻게 마무리한 것인데 자기네 부서 근무자 3명이 유공 직원이라며 버젓이 공적이 있다는 것이다. 나는 무척 화가 났지만 참았다. 다만 그들의 공적이 아니라는 것을 건의하여 그 포상이 이뤄지면 안 된다는 당위성을 충분히 설명했다.

공항에서 부르던 관우는 한국인이다. 그러나 관우는 이제 공항에 없다. 그동안 이름을 바꾸고 근무 체제도 바뀌었다. 요즘 공항에 가면 '관우'라고 부르는 소리를 거의 들을 수가 없다. 하나의 과제를 개선하여 시행하는 건 무척 어려운 일이다. 도원결의(桃園結義)를 하는 유비와 관우와 장비처럼 세 사람이 의리로 꽁꽁 뭉쳐야 되는 일이지만, 그것을 혼자 밀고 가려니 힘겨울 수밖에. 하지만 긴 시간이 남긴 결실은 오래도록 공항을 이용하는 많은 여행자들의 혜택으로 돌아간다는 점에서 보람으로 남는다. 집념과 열정으로 관우라는 호칭을 공항에서 사라지게 만든 나는, 아직도 열정이 식지 않으니 이것은 처방도 약도 없는 불치의 병이 아닐까.

기계치가 기계를 만들다

나는 자칭 기계치다. 물론 주변에서도 나를 그렇게 생각하고 있다는 것을 안다. 예를 들어, 선풍기를 구입하면 조립 상태가 아니라 집에 와서 본인이 직접 날개 부분을 순서대로 조립해야 한다. 남들이 보면 안내책자를 안 보고도 그 정도는 충분히 조립할 수 있는 것인데 뭐가 그리 어렵냐고 반문할지 모른다. 하지만 나는 생각만 해도 머리가 찌근거리고 진땀이 난다. 왜 그런지는 알 수 없다. 다만 내가 시를 쓰고 있기에 감성의 비중이 한곳으로 과도하게 쏠린 때문이라 생각하며, 기계치라는 것을 별로 부끄럽게 생각하지는 않는다.

기계치는 느리게 사는 법에 익숙해야 한다. 기계와 상당한 거리에 있다 보면 느린 것이 몸에 배지 않으면 불편하고 짜증이 난다. 기계치들은 인터넷을 켜면서 화면이 빨리 다음으로 넘어가지 않으면 성급하게 좌판을 심하게 두드리는 일은 보기 드물다. 빨리빨리에 능한 우리나라 사람들, 빠르게 움직이지 않으면 살아남기 어려운 시대라는 강박관념이 가슴을 콩닥거리게 만들지만 기계치들은 좀 무덤덤하다.

요즘 휴대폰은 우리가 지니고 다니며 전화를 거는 용도가 아니다. 스마트폰이라 부르는 그야말로 움직이는 컴퓨터인데, 그것을 전화와 문자를 주고받는 용도로만 사용한다면 휴대폰 소유자이지만 기계치라 불러도 될 법하다. 그러나 한번 생각해 보자. 휴대폰이 줄도 없는데 국내는 물론 외국까지 통화가 되는 것이 정말 신기하지 않은가. 말이 저 무한한 공간을 타고 넘어가 곁에서 대화하듯 또랑또랑한 음성으로 들려온다는 것은 나의 상상 그 이상이다.

할아버지의 호는 백치(百恥)다. 어릴 적 사랑방 벽에 걸린 '백치헌(百恥軒)'이라는 현판의 글씨, 아무리 보고 그 뜻을 새겨도 그때는 잘 이해가 되지 않았다. '만인들에게 수치스럽다.'는 뜻이며, 겸손을 의미한다고 했으나 왜 할아버지만 수치스러운지 아무리 생각해도 답을 내기 불가능했다. 고고 도도한 유학자이신 할아버지는 당신이 가지고 계신 식견과 풍부한 경험을 고을 사람들과 후학들에게 제대로 가르치고 전파하시기 위해 도덕과 면학을 강조하셨다. 그러나 '백치'는 계용묵의 소설 〈백치아다다〉가 떠올라서인지 바보 천치와 같은 뜻으로 인식되어, 나는 솔직히 할아버지 호에 대한 좋은 감정은 갖지 못했다.

대청마루가 있는 대들보 이마에다
한천정사(寒泉精舍) 백치헌(百恥軒) 글씨를 걸고
따뜻한 옷샘물 발밑으로 흐르는 화단에
매화 한 그루 심어 두었더니
겨울 눈이 채 녹기도 전에 몰래 꽃을 피웠네

당신이 심은 꽃이 철도 모르고 피어

세상 사람들에게 부끄럽다 하신 할아버지는

허리춤에 은장도 꺼내

연약한 꽃모가지 뭉텅 잘라 내고

이레 동안 방 안에서

용연 벼루에 송연먹 갈고 계시더라

_본인 졸시 〈할아버지의 봄〉 일부

    요즘은 바보들의 성공시대라고 해도 틀린 말이 아니다. TV에서도 딸 바보, 아들 바보, 책 바보, 노래 바보, 사랑 바보 등 바보가 대세다. 바보는 성공의 비결로 눈에 콩깍지 씌는 것이나 열정적 몰입을 뜻한다. 기웃거리는 것이 아니라 주변 상황에 개의치 않고 한곳에 몸 바쳐 사랑하는 것이다. 기계치를 극복하는 방법은 노력뿐이라고 한다. 노력을 하면 심한 기계치도 어느 정도 극복이 된다는 것이다. 주어진 일에 남다른 사명감을 갖고 최선을 다하는 '일 바보', 그것이 불치에 가까운 나의 기계치를 극복하는 키워드였다고 생각하며, 느림보 기계치가 만들어 낸 효율적인 기계에 대한 몇 가지 이야기를 살펴보기로 한다.

    때로는 전자식보다 수동식 열쇠가 낫다

    센스가 전자 감지기같이 빠른 사람과 형광등처럼 느린 사람 중 누가 더 좋은가? 대부분의 사람들은 센스가 빠른 전자 쪽을 선택할 것이다. 요즘도 형광등을 켜는 집이 있긴 하지만 LED 전등이 보급 확산되어 불빛은 예전처럼 껌뻑이지 않는다. 이에 맞춰 언어도 달라지고 전파 속도도 빠르다. 그러다 보니 신조어가 생각보다 많이 생겨나고 그것들이 사전에 새롭게 수록된다. 생성과 소멸을 반복하는 언어와 같이 우리 주변에서 사용되고 있는 각종 도구나 기기들도 그와 다르지 않다.

해외여행을 마치고 우리나라로 귀국하기 위해 출국지 공항에서 짐을 부칠 때 기준 중량을 초과하는 경우가 있다. 그럴 때는 최대한 휴대하여 기내로 짐을 들고 들어오면 문제는 해결되지만, 우리나라 공항에 도착하여 세관 검사를 받게 될지 아니면 무사히 통과가 될지에 대한 걱정이 남는다. 1인당 600불 면세라는 규정은 알지만 여행자가 반입하는 세세한 물품 금액을 일일이 합산하여 미주알고주알 세관에 신고를 한다는 것도 쉽지 않다. 아니 신고를 한다고 하여도 세관에서 그것을 가방에서 꺼내 하나하나 확인하기도 어렵다.

최근 여행자들이 규정을 지키려는 의지도 강하여 자진신고를 많이 하기도 하지만 그렇지 않은 경우들도 없지 않다. 특히 고가품이나 수입제한 금지품목들을 몰래 반입하려는 사람들이 있어 세관에서는 이들을 색출해 내기 위하여 노력하고 있다. 다양한 정보분석과 여행자 동태관찰, 그리고 탐지견 검색과 수하물 X-ray 검색 등으로 휴대품 검사 및 감시를 강화하고 있다. 가방 안에 명품가방을 숨기거나 금 용액을 양주병에 주입하여 술로 위장하는 일, 금으로 제작한 옷걸이에 양복을 걸어 반입하거나 마약 분말을 가방 테두리 빈 공간에 은닉하고, 콘돔에 마약을 넣어 항문 속에 숨겨 오는 등 고도의 은닉 위장전술도 세관의 철저한 감시망을 뚫기란 무척이나 어렵다.

우리나라 공항은 여행자가 기탁한 수하물에 대해 X-ray 검사를 실시한다. 검사 요원이 판독 결과 이상화물로 선별하는 경우 당해 수하물에 '전자 Tag'을 부착한다. 그리고 이 수하물이 컨베이어벨트를 타고 입국장 수취대에 도착, 여행자가 가방을 찾아 세관신고서를 제출받는 검사지정관 부근으로 접근하면 '전자 Tag'에서 소리가 난다. 이 수하물은 세관 검사를 받아야 된다는 신호이자 세관 직원 간의 암호다. 이러한 검사 대상 수하물 추적 시스템은 세관라인 부근에 주파수 감지기가 매설되어 있어 전자 Tag이 일정 거리에 접근하면 소리가 나도록 설계한 것이다.

하루에도 여행자 숫자에 버금가는 수하물이 반입, 세관 검사 과정을 거치게 된다. 이상 수하물로 판독된 것은 반드시 검사를 하고 그 결과를 정리하여야 하는데, 전자 Tag이 고장으로 제 기능을 발휘하지 못한다면 어떤 일이 벌어질 것인가를 상상해 보라. 나는 전자 Tag 고장 문제에 대해 일정 기간 동안 유형별로 취합, 분석하기 시작했다. 80%가 넘는 원인이 전자 Tag의 잠금장치 부분에 들어 있는 센서의 작동 불량이었다. 이로 인해 세관라인으로 접근해도 센서 고장으로 아무 소리도 나지 않거나, 수하물에 부착된 Tag의 잠금장치를 해제하기 위해 전자키를 작동해도 반응이 없다. 검사는 해야 되는데 전자 Tag 잠금고리가 가방을 묶고 있어 가방을 열 수 없다면 결국 특수가위로 Tag 고리를 절단해야 해결이 된다.

센서의 고장, 그 구체적인 원인을 찾아본다. 수하물이 컨베이어벨트를 타고 내려오면서 알게 모르게 여러 차례 벨트의 좌우 벽면과 수하물끼리 좌충우돌하면서 충격을 받는데, 그것이 가장 큰 고장의 원인으로 밝혀진다. 나는 제작업체를 불러 여러 차례 회의를 개최하였다. 이대로 검사 대상 수하물 추적 업무를 지속할 수는 없다. 통관 지체로 여행자도 불편하고 고장 및 분실로 예산도 낭비된다. 이런 문제 해결을 위해서 원인을 정확히 알았으니 그다음은 방법을 강구해야 하는 일만 남는다.

업체가 제시한 해법은 간단했다. 그들은 센서 내장 부분을 특수 플라스틱으로 보강하면 좋겠다는 답이 전부다. 장비를 취급하는 과에서는 아예 RFID를 이용하여 실시간 추적 시스템을 만드는 것이 가장 좋은 방법이라고 했다. 업체의 의견은 너무 단순하고 문제점이 개선될 수 있을지 의문이 들고, 해당 과의 의견은 엄청난 돈이 들 뿐 아니라 전파 방해 지역이 많아 추적이 쉽지 않고 또 별도의 직원을 배치하여 모니터 감시를 해야 한다는 것이 문제점이 있다.

이후 틈나는 대로 걸으면서 생각하고, 생각하면서 걸었다. 그러다 우연히 전자 Tag의 전자 해제키 적용 방식을 수동키 방식으로 바꾸는 방법을 생각해 낸다. 디지털 시대에 아날로그로 가는, 전자를 버리고 수동을 택하는, 상식으로 접근되지 않는 역발상이다. 우리가 수동식 자물쇠의 경우 외부의 충격에 강하여 어지간하여 고장이 나지 않는다는 것은 상식이다. 그런 상식을 미루어 두고 기계치인 주제에 첨단에 최첨단을 생각했으니 무슨 그럴듯한 대책이 나오겠는가.

업체 기술자와 한동안 여러 가지 논의를 진행하면서 거꾸로 가는 시계 바늘이 바람직한 대안에 가깝다는 것으로 방향을 잡는다. 그리고 이참에 전자 Tag 케이스도 강화 플라스틱으로 바꾸어 파손을 방지하고, 활용과 관리가 용이하도록 크기도 절반으로 줄였다. 내가 이런 대안을 제시했을 때 일부 직원들은 말도 안 된다는 반응이었다. 시대를 거꾸로 가는 것이 무슨 새로운 방안이냐며 나의 의견에 정면으로 반박했다. 그들의 의견도 일리가 있기는 했지만 고장 원인을 제대로 분석해 본다면 전자식 방법만 고집해서는 안 된다는 내 뜻에 동의하지 않을 수 없었다.

그 후 몇 번의 검토 과정을 거쳐 업체에서 새로운 안이 제시되고, 나는 그것을 제안서로 만들어 결재를 올린다. '기계치가 기계를 다 만들어?' 나는 속으로 자신을 대견스럽게 생각하면서도 의미심장한 미소를 지을 수 있었다. 결국 이 건은 청 제안제도에서 최우수상을 받았고, 이후 행안부 중앙제안제도에서 은상 수상이라는 큰 성과를 거두었다. 그리고 수상 2년 뒤, 특별 승진의 영광까지 누렸으니 참 세상은 노력하면 이렇게 보람이 있다. 기계치는 기계를 몰라도 기계로 성공할 수 있다니. 무쇠 같은 고정관념을 깨뜨리고 참신한 역발상으로의 전환을 시도한 것이 또 하나의 작은 성공을 거두는 기회가 되었다.

열화상 카메라로 우범 여행자를 잡는다

사람의 체온은 평균 몇 도인가? 그 답은 36.5도라고 누구나 잘 알고 있다. 그러나 체온의 중요성을 생각보다 잘 모르고 있는 것 같다. 체온이 너무 내려가거나 올라가면 혼수상태가 오며 목숨까지 위태로워진다. 체온은 매우 중요한 지표로 병원에 가면 위중한 환자일수록 수시로 체크한다. 그렇다고 지금 나의 체온이 몇 도인지 전전긍긍하며 노심초사할 필요는 없다. 보통 사람은 대부분 적정 체온을 지속적으로 유지하기 때문이다.

체온이 1도 내려갈 때마다 그만큼 건강은 위협받는다고 한다. 이 말은 건강을 유지하려면 체온을 1도 정도 올려야 좋다는 말이다. 음식도 찬 것은 삼가고 옷도 보온을 위해 따스하게 입어야 한다. 높은 산을 올라갔다가 저체온으로 사망하는 경우가 있는 것을 보면 체온 유지가 건강의 가장 기본이 됨을 알 수 있다. 이렇듯 냉난방이 원활한 문명 시대에 살고 있어도 몸이 아픈 사람들이 자기 체온을 원하는 대로 적정 관리한다는 것은 생각보다 어렵다.

우리가 인위적으로 체온을 조절할 수도 있지만 그것이 불가능한 경우들도 더러 있다. 그것은 몸이 거짓말을 하지 못한다는데 주목해야 한다. 몸이 아파 병원을 가지만 의사의 진찰보다 환자가 느끼는 통증이나 반응 같은 것이 매우 중요하다. 환자의 문진을 토대로 의사는 아픈 곳을 찾아내야 오진도 줄일 수 있다. 우리 몸에 이상이 있으면 어떤 반응이 일어나는가? 피부에 두드러기가 나면 식중독을 의심하고, 기침이 나면 감기를 의심하지만 이것이 전적으로 정답은 아니다. 자기 몸이 하는 말을 잘 알아듣는 일, 그게 가장 현명한 건강 관리의 비결이라 할 수 있다.

우리는 매일 몸과 실시간으로 대화를 하고 있다. 침묵의 대화를 통해 육신의 건강뿐 자신의 내면세계를 보여 주기도 한다. 사람은 누구나 살아가며 크든 작든 거짓말을 하게 마련이다. 그리고 거짓말을 할 때 자신도 모르게 긴장을 한다거나 호흡이 빨라지고 혈압이 오르거나 손발에 땀이 나는 등 신체에 변화가 일어난다. 이런 현상에 착안하여 만든 것이 '거짓말 탐지기'로 범인 색출에 활용하고 있다. 거짓말탐지기 원리는 '생리적 반응'에 있는데, 인체에 전기적 자극을 주어 그에 대한 피부 세포의 반사 활동의 저항을 판단하는 것으로, 평상시 말을 할 때의 신체 현상에 대한 반응과 그렇지 않은 반응을 비교하여 거짓말 유무를 판단하는 것이다.

나는 어느 날 입국장에서 자진신고를 하지 않은 여행자가 끝까지 거짓말을 하는 것을 보고 엉뚱한 생각을 하게 되었다. 생각의 실체는 바로 거짓말탐지기이다. 거짓말을 하는 여행자들에게 이 탐지기를 활용하면 좋겠다는 생각을 하면서 내 머릿속은 온통 탐지기 기능과 범인 조사 활용법 등으로 가득 찼다. 거짓말을 할 때 호흡, 혈류량, 심장박동, 혈압 및 맥박, 땀 반응 등을 측정해 그래프로 나타내는 거짓말탐지기는 정확한 통계는 없지만 범죄 연구가들은 흔히 거짓말탐지기의 정확도가 97% 수준이라는 점에 나의 생각은 오래 머무르고 있었다.

그러나 여러 날 그 분야에 대해 기본 지식에서 적용 사례 등 전문 영역까지 섭렵했으나 결론은 여행자 관련 업무에 접목시키는 것이 불가능했다. 왜냐하면 우범 여행자를 선별해야 하는데 불특정 다수 중에서 몇 사람만 골라 탐지기 검사를 할 수도 없고, 설사 그렇게 한다고 하더라도 검사의 난이도나 소요 시간 등을 감안할 때 별로 업무의 실익이 없다. 현재 우범 여행자를 골라내는 일은 직원들이 입국장 내를 순회하면서 여행자 동태를 관찰하는 것 이외에는 뾰족한 방법이 없다.

한동안 신체적인 변화를 촬영하여 검사하는 장비를 더 찾아보았다. 그러나 기계치인 내가 전문가들의 영역을 검토한다는 것은 정말 소가 웃을 일이다. 스스로도 어느 정도 생각하다가 지치면 그냥 포기하고 말 것이라는 생각을 하면서도, 머릿속에서는 자꾸만 우범 여행자를 과학적인 장비로 선별해 내는 방법이 있을 것이라는 생각에 쏠리고 있었다. 그러면서 거짓말을 하는 사람의 얼굴에는 어떤 변화들이 있을까? 에 집착한다.

나중에는 열화상 카메라로 고체온 여행자들을 체크하는 검역소 직원들을 만나 운영에 대한 설명을 듣는다. 비행기 출발지에 따라서 좀 다르지만 한 비행기에 고체온자에 해당하는 사람은 1명 정도 내외이며, 그들이 한꺼번에 몰려서 나오면 선별이 어려울 때도 있다고 한다. 나는 검역소에서 고체온자로 체크되는 사람의 정보를 우리에게도 공유해 주면 좋겠다고 협조를 요청해 본다. 고체온자가 세관 측면에서 우범성이 있는지 검토해 보기 위해서였는데, 그들은 안 된다고 하였다. 바빠서 곤란하다고 하여 괜스레 시간만 낭비할 것 같아 더 이상 부탁을 하지 않았다.

사람이 거짓말을 하면 얼굴이 붉어진다. 그리고 시선이 고정되지 않으며 체온이 갑자기 상승한다는 것도 알아낸다. 숨길 수 없는 내면의 진실과 생각을 담고 있는 몸의 반응이 과학장비를 통해 촬영됨으로써, 그것을 활용하여 유익한 결과물을 산출할 수 있다는 확신을 갖게 된다. 그리고 다음과 같은 사건 사고를 해결하는데 열화상 카메라가 활용되었다는 점에 착안하여 내 생각은 더 높은 단계로 진일보를 거듭하게 된다.

2013년 미국 보스턴시 외곽 워터타운의 한 주택가. 보스턴 마라톤대회에서 폭탄 테러를 벌인 범인이 숨어 있다는 제보가 들어왔다. 범인은 한 가정집의 이동식 보트 안에서 덮개를 씌운 채 몸을 숨기고 있었지만, 얼마 지나지 않아 경찰에 생포됐다. 온도를 감지해 사람의 몸과 타 물체를 구별해 내는 열화상 카메라에 모습이 잡혔기 때문이다.

2010년 남아메리카에 위치한 세계 최빈국 아이티가 슬픔으로 뒤덮였다. 리히터 규모 7.0의 강진이 수도 포르토프랭스 인근을 덮치면서 수십만 명에 달하는 이들이 숨지거나 다쳤으며, 100만에 달하는 이재민이 발생한 탓이다. 폐허가 된 도심에서 살아 있는 사람을 찾는 것은 결코 쉽지 않았다. 여기에 투입된 열화상 카메라는 인체의 열 감지를 통해 인명 구조에 많은 도움을 줬다.

열화상 카메라는 적외선을 이용해 온도를 측정하는 장비다. 사람의 눈에는 보이지 않지만, 열을 가진 모든 물체가 뿜어내는 적외선 에너지를 이미지로 변환시켜 표시해 준다. 그렇다면 열화상 카메라는 어디에 활용이 될까? 정답을 먼저 말하자면 '모든 곳'이다. 더 구체적 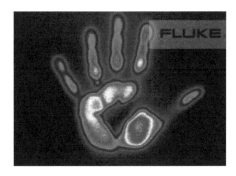 으로 온도 변화를 측정해야 하는 모든 곳에서 열화상 카메라를 사용할 수 있다. 군사, 보안, 전기, 의료, 연구개발, 건축, 기계 등 대부분의 산업 분야에서 활용된다.

이 카메라는 가장 처음 군사용으로 탄생했단다. 야간전투나 안개나 연기가 자욱한 전투 현장에서 적들을 찾아내기 위해 처음 개발됐다. 애초부터 군사 목적으로 만들어졌기 때문에 열화상 카메라는 군사 시설에서 많이 사용되고 있다. 병사 개개인이 휴대할 수 있는 개인용 열화상 장비 뿐 아니라 TOD(Thermal Observation Device)처럼 기지에 설치해 야간에도 적의 침투를 쉽게 감지할 수 있는 제품까지 등장했다. 우리나라에서도 최전방 부대를 비롯해 다양한 곳에서 열화상 카메라가 활용되고 있다. 천안함 침몰 사건 당시에는 침몰 전 상황을 짐작할 수 있는 정보가 담긴 TOD 영상이 이슈가 되기도 했다.

이 외에도 산업 기계설비 상태의 이상뿐 아니라 건물 창호나 외벽, 출입문 등의 단열 성능과 에너지 효율 측정에도 이용할 수 있으며, 모터나 펌프 등의 각종 기계류, 자동차, 조선, 항공 등 여러 산업 분야에서 다양한 방법으로 열화상이 활용되고 있다. 병원에서는 환자들의 통증 부위를 촬영하여 진단 및 치료에 활용하고 있다. "워낙 다양한 분야에서 열화상이 이용되다 보니 제조사들이 모르는 생소한 곳에서 고객이 먼저 사용하는 경우까지 생기고 있다."고 하는 다양한 용도를 확인하면서, 이것이 바로 내가 찾던 그 장비라고 생각했다.

이후 나는 사람이 거짓말을 할 때 얼굴 표면에 어떻게 온도가 상승하는지에 대한 자료를 백방으로 모으기 시작했다. 인터넷만으로는 자료 수집이 신통치 않아 교보, 영풍문고로 가서 '체온'과 '거짓말'이라는 검색어로 조회되는 책이란 책은 모조리 찾아보았으나 만족되지 않았다. 그러다 의과대학 교재인 『인체생리학』이라는 책을 찾아냈고, 그 책을 7만 원에 구입하기도 했다. 다시 그 책에 나오는 참고문헌을 추적하다 찾게 된 곳은 서초동 국립중앙도서관, 영어와 일어로 된 원서를 열람하여 복사 신청까지 한 후, 이를 번역 의뢰하여 상당 부분 설득력 있는 검증 자료를 만들어 내기에 이르렀다.

피부에 온도가 상승하는 원인은 여러 가지로 확인되었다. 거짓말을 하였을 때를 포함하여 술을 마신 경우나 운동 후, 감기에 걸렸을 때, 마약을 복용했거나 흥분했을 때도 얼굴이 상기되며 온도가 상승한다는 것을 찾아냈다. 원인이 이렇게 다양한데 얼굴 온도를 측정하여 수치가 좀 높게 나왔다고 그 사람이 거짓말하고 있다고 판단하기는 어렵다. 그러나 세관 직원에게 신고서를 제출하는 시점에서 갑자기 얼굴의 온도가 급상승한다면 그 사람은 어느 정도 우범도가 있다는 것으로 가정할 수 있을 것이다. 그런 만큼 실제 열화상 카메라로 입국 여행자를 촬영 및 시험을 해 봐야 한다는 결론에 이른다.

시험에 앞서 내가 그동안 정리한 자료를 연세대 장호열 교수에게 보내 1차 검토를 부탁했다. 장 교수는 일산병원에서 통증치료에 열화상 카메라를 이용하여 치료하는 권위자다. 내가 정리한 내용을 보더니 착안은 잘했는데 그것이 우범 여행자를 정확히 선별해 낼 수 있는지 입증할 수 있어야 한다는 것이다. 그러기 위해서는 여행자를 대상으로 직접 화상을 촬영하고, 그 결과 고체온자로 선별된 여행자에 대해 따로 세관 검사를 실시하여 그 선별이 적정했는지 여부를 따져 보자는 것이다.

서로 바쁜 일정을 피하여 교수님과 업체 기술자, 세관 등이 함께 3일간에 걸쳐 입국 여행자를 대상으로 화상 촬영을 실시하였다. 여행자가 나오는 통로 가장자리에 열화상 카메라를 설치하고, 그 카메라를 모니터에 연결한 후 입력 설정한 체온(표준체온)을 초과하는 여행자를 모니터에 제시된 영상을 보고 선별하였다. 비행기 한 편에 3~5명이 선발되어 세관 검사를 실시하였다. 신고할 대상이 있는 여행자나 과세물품을 통관해야 하는 여행자가 어느 정도 되는지가 주요 관심사였다.

사흘간에 걸친 촬영 및 검사 결과 적발율은 예상 밖으로 40%를 넘었다. 1차 자료로는 충분히 설득력이 있는 것으로 나타났다. 그러나 자료의 맹점은 입국장 온도와 여행자가 탑승교에서 입국장까지 걸어 내려오는 거리와 시간과 속도에 따른 운동량, 바깥 기온이 아침, 점심, 저녁에 따라 달라지므로 이런 외부 요인이 얼마나 촬영에 영향을 미치는지? 그리고 정상인의 표준체온을 어느 정도 범위로 설정해야 하는지도 연구 대상이란다. 그런데 그것을 감안하지 않아 다시 촬영해야 한다는 것이다.

며칠간 열심히 찍고 검사한 것이 모두 백지화되고 말았다. 다른 날을 잡아 촬영을 한 뒤 다시 자료를 만들고 그것을 여러 가지 요인별 그래프와 종합 분석 툴에 넣어 보다 구체적이고 과학적인 방법으로 논제를 이끌어 가며 한 편의 특별한 논문을 완성하게 되었다. 이렇게 특별한 고생 끝에 완성한 결과를 상부로 올렸더니 위에서는 아무런 반응이 없었다. 어쩌면 너무 황당한 논리라는 쪽으로 보는 듯했다. 나는 대한체열학회 세미나에 특별 초대되어 본 과제를 발표하기에 이르렀다. 마약 복용자 등 우범 여행자를 열화상 카메라를 이용하여 선별한다는 것이 참가자들의 큰 관심 대상이었고, 그들은 한결같이 적용 가능한 참신한 논문이라는 찬사를 보냈다.

이 논문은 영어로도 번역되어 교수님에 의해 미국과 중남미 여러 국가에서 개최하는 세미나에 발표되었고, 그들의 호응도가 무척 높았다고 했다. 왜냐하면 어느 나라 할 것 없이 우범 여행자를 쉽게 색출한다는 것은 어려운 일이며, 특히 정부에서는 마약 우범자를 찾아 발본색원해야 하는 사명을 띠고 있기 때문에 이 카메라가 어느 정도의 효과만 있다 하더라도 도입하게 된다는 것이다.

마약 복용자들은 투약 후 3일 정도는 고체온으로 나타난다. 그리고 거짓말을 하는 사람은 갑자기 체온이 올라간다. 이 두 가지 전제만으로도 열화상 카메라의 도입은 충분한 가치가 있다고 보는 것이 변함없는 나의 견해다. 만일 마약 투약자가 이런 체크 시스템이 있음을 알고 체온 강하제를 복용을 할 수도 있으나 약물이 전적으로 거짓말로 인한 갑작스런 체온 상승을 낮추어 줄 수 있을지는 의문이므로 이 점을 크게 걸림돌로 생각하지는 않는다.

고생을 동반한 과제 수행을 완료하고 심신이 지쳐 있을 무렵, 이 논문이 대한체열학회 주관 '최우수 논문상'을 수상하는 영예를 안게 되었다는 통보를 받는다. 이 학회는 종합병원장, 박사, 연구원 등 열화상 카메라를 활용하는 분야의 국내 최고 권위자 300여 명으로 구성되어 있으며, 향후 여행자 분야를 뛰어넘어 더 폭넓은 분야로 화상 카메라가 도입될 것이라는 예측을 내놓고 있다.

하지만 새로운 시도를 두려워하는 우리나라 공항은 아직까지 침묵이다. 그 이유는 사공이 많으면 배가 산으로도 올라가는데 '사공이 적어 바다에서도 항해가 되지 않고 있다.'는 표현이 더 맞을 듯하다.

사람보다 감시를 잘하는 똑똑한 카메라

감시를 잘하는 대명사로 곧잘 순사를 꼽는다. 큰 칼을 차고 긴 장화를 신고 말을 탄 채 이리저리 누비고 다니면서 맘에 안 들면 칼을 휘두르는 순사, 철없는 아이가 울음 그치는 것을 보면 무섭긴 무서웠던가 보다. 일제강점기의 경찰관 최하위 계급이지만 가진 권력의 몇 배 이상으로 휘두르며 무법천지로 날뛰었으니 순사는 요즘 감시 카메라보다 더 지독한 존재가 아니었을까 싶다.

북한에는 공산 독재 체제를 유지하려다 보니 감시를 소홀히 해서는 국가의 존립이 불가능하다. 그래서 만든 것이 '5호담당제(五戶擔當制)'이다. 전 세대를 5호씩 나누어서 열성당원 1명을 지명 배치하여 5세대의 가

정생활 일체를 지도 감시하도록 한 통제 제도이다. 이 제도는 가정에서 뿐만 아니라 직장에서의 행동까지 규제하는 통제 수단으로 발전하였다. 개인과의 일상적인 접촉을 통하여 그들의 지식, 소질, 취미, 희망, 사상 등 동태를 정확히 파악하는 것으로 어른에서 어린이들까지 그 대상에 포함시켰으니 북한에서는 감히 옴짝달싹이나 할 수 있겠는가.

감시 규제를 풀고 그것을 업체 자율에 맡긴다는 것은 그리 쉬운 일이 아니다. 왜냐하면 위법한 행위가 발생하였을 때 돌아오는 건 대안도 없이 풀어줬다는 비판의 목소리를 면하기 어렵기 때문이다. 그러나 이 시대는 신속한 물류 흐름이 국가경쟁력이다. 그러므로 물류 관련 규제를 대폭 완화하고 흐름이 왜곡 정체되지 않도록 관세청에서는 이제 더 이상 풀어줄 것이 없다고 할 정도의 선진 수준에 이르고 있다.

보세운송 제도는 세금을 내지 않은, 유보 상태의 화물을 운반하는 것을 규정하고 있다. 외국에서 물품이 공항만에 도착하면 통관 절차를 밟아야 한다. 그러나 거기서 통관하지 않고 통관지까지 운송하여 통관을 하려는 경우 지정된 보세운송업체에 의뢰하여 물품을 운반하게 된다. 예전에는 운송차량번호, 차량이 이동하는 길과 운송기간 지정, 도착 후 보고 등의 까다로운 절차를 밟도록 하였다. 그러나 규제 완화로 업체의 자율에 맡기다 보니 문제가 종종 발생한다. 물품 운송 과정에서 컨테이너 문을 몰래 열어 통관도 되지 않은 물품을 불법 반출하는 행위가 적발되기도 한다.

어떤 제도도 모든 것을 충족하는 완벽은 있을 수 없다. 그러므로 예외 조항도 두고, 부칙도 있게 마련이다. 그렇지만 고가의 물품을 운송하는 경우에는 감시 단속상 문제가 없도록 특별한 조치를 취하여야 한다. 특히 시내 면세점에서 판매하는 물품들은 고가에 속하는 것이 많고 시내에서 공항까지 사고 없이 운송해야 하므로 각별히 신경을 쓰고 있다. 특정 업체를 지정하여 운송을 전담시키고 있는데, 그래도 미덥지 않아 운송차량에 GPS를 설치하여 차량 위치를 파악, 감시하고 있다.

우리는 아침에 나와 저녁에 집으로 돌아갈 때까지 100번 정도 카메라에 찍힌다고 한다. 그만큼 감시 카메라가 도처에 설치되어 있다는 말이다. 카메라의 기능도 워낙 다양하여 사람이 직접 감시하는 수준을 넘어서고 있다. 이런 신기술도 모른 채 예전 방식 그대로 답습하고 있다면 너무 무사안일한 것이 아닌가. 이 경우 그만큼 업체에서 인건비와 제 비용 등을 고스란히 떠안고 간다는 것이 문제인 것이다.

이런 문제점을 그냥 두고 지나치지 못하는 나의 생각은 그것이 귀찮다거나 힘들다고 생각하지 않는다. 감시 카메라 제작 전문업체와 협의하여 면세점 물품이 운송 과정에서 불법 반출되지 않도록 현재 운영하고 있는 시스템의 보완 또는 새로운 시스템 도입 문제를 검토하게 된다. 그들이 권하는 새로운 제품에 대해 자세히 설명을 들어 본다. 이야기를 듣다 보니 세상이 이렇게 급변하고 있는지 참으로 놀랍다. 카메라를 차량의 문 좌우에 설치를 하면 사람이 문을 열 때마다 그 장면이 촬영이 된다고 한다. 그것도 문 열기 전 10초와 문 열고 난 후 10초가 생생하게 찍혀 저장이 되고, 그 자료는 인공위성을 통해 모니터로 곧바로 전송이 된다니.

이렇게 시작하여 도입한 면세점 물품의 운송을 감시하는 시스템, 바로 차량이 오가는 길을 생생하게 감시하는 '로드스캔(ROAD SCAN)' 이다.

순사보다 5호담당관보다 나은 시스템이 아닌가. 명품도 많고 물품이 대부분 고가인 만큼 면세점에서는 이런 시스템 도입을 환영하고 있다. 그리고 소요비용도 아주 저렴하여 적은 비용으로 큰 효과를 거두게 되어 그들의 만족도는 높을 수밖에 없다. 업무가 작은 것이라 방치해서도 안 되고, 큰 것이라 하여 엄두를 못내거나, 중도에 힘들다고 포기하면 안 한 것만 못하게 된다.

　남들에게 기계치라는 소리를 듣고 있어도 나는 틀에 박힌 기계처럼 생각하지는 않는다. 상상력과 창의력을 동원하여 아주 엉뚱한 생각을 꺼내 업무의 영역을 보다 확대 발전시켜 나가고 있다. 지금 내 앞에는 기계치가 만든 기계가 보인다. 동화의 나라에 있는 공상 이야기가 아니라 우리 업무에 적용되어 일이 더 잘 되도록 윤활유 역할을 하고 있다. 하지만 아직도 사고의 유연성이 부족한 사람들에게는 책을 많이 읽도록 하면 좋겠다는 생각을 한다. 그것이 영원한 기계치로 살지 않고 기계치를 극복하는 유일한 첩경이라고 생각되기 때문이다.

꽃보다 벨트

속담에 '꽃구경도 밥 먹고 나서 한다.'는 말이 있다. 아무리 꽃이 아름답다 하더라도 배가 불러야 구경을 한다는 뜻이지만, 요즘은 새로 고쳐써야 한다. '밥도 꽃구경하고 나서 먹는다.'로. 스피드 시대를 살고 있는 세상인데다 워낙 이상기후로 열흘 가는 꽃이 없으니 볼 수 있을 때 기회를 놓치지 말아야 한다. 꽃이 사람을 기다려 주지 않고 시간도 역시 사람을 기다려 주지 않는다. 꽃도 한때, 메뚜기도 한철, 사람도 제때를 알아야만 기본 이상의 위치를 점하게 된다.

아무리 기분이 우울하거나 힘들어도 꽃을 찬찬히 들여다보고 있노라면 다소 마음이 정화되고, 몸까지 치유받는 느낌이 온다. 요즘 꽃을 이용한 원예치료학인 플라워 테라피가 등장하고 있다. 스트레스, 우울증, 뇌졸중, 심장병 등에 효과가 있다고 한다. 단순히 눈으로 보는 즐거움 외에 정서적인 효과를 얻는다는 것이다.

장미꽃에서는 보는 즐거움과 맡는 즐거움을 얻게 된다. 장미향은 신경 안정작용을 도와 숙면에 도움을 주고, 잎에서도 향이 분출되어 콩팥을 강하게 만들어 밝고 유쾌한 기분을 갖게 한다. 국화꽃은 발한, 두통과 어지럼증, 관절에도 좋고, 고혈압과 눈의 피로도 개선한다. 백합을 이용하면 목이 마르고 몸이 나른해지는 등 당뇨병 특유의 증상이 개선되기도 한다. 백합을 방에 꽂아 두면 방향 성분이 발산되어 불쾌한 증상이 없어지고, 제비꽃은 고혈압에 효과가 있어 뜨거운 물에 띄워서 마시거나 국으로 요리해 먹는다.

꽃을 얼마나 좋아했으면 독일 시인 라이너마리아 릴케는 장미 가시에 찔려 죽은 시인으로 우리에게 알려졌을까? 릴케의 낭만적인 장미꽃 관련 죽음에 대한 이야기는 누구나 한 번쯤 들은 적이 있을 것이다. 듣기에 따라서는 그의 죽음이 너무나도 낭만적이라 할 수 있다. 스위스의 소읍, 그의 묘비엔 다음의 글이 적혀 있다.

Rose,
oh reiner Widerspruch, Lust
Niemandes Schlaf zu sein unter so viel Lidem.

장미,
오 순수한 모순,
그렇게 많은 눈꺼풀 아래 누구의 잠도 되지 않는 기쁨

얼마전 TV 프로그램 〈꽃보다 할배〉가 높은 시청률을 보였다. 2005년 〈꽃보다 여자〉로 시작된 '꽃보다~' 시리즈는 〈꽃보다 남자〉, 〈꽃보다 누나〉, 〈꽃보다 청춘〉 등으로 확대되고 있다. 앞으로 할매와 이모, 삼촌까지 나오지 않을지 식을 줄 모르는 꽃과의 비교급 제목은 십 년이 넘도록 사람들의 관심을 끌고 있다. 사람이 꽃보다 아름답다는 노래가 있고, 꽃보다 아름다운 사람들의 도시 고양도 있다. 고양시에서는 매년 봄 고양시 호수공원에서 국제꽃박람회를 개최한다. 이제 꽃이 주인의 자리에서 앉아 식물이 피워 낸 단순한 아름다움의 소산이 아니라 사람에게 가까이 다가와 사람을 치유하는 중요한 존재가 되어 가고 있다.

국제공항은 단위 건물 중 매우 큰 규모를 자랑한다. 그런 이면에 건물 내부는 그만큼 햇볕이 차단되어 24시간 불을 켜 두지 않으면 안 된다. 입국장은 여행자의 동선을 고려하여 대부분 1층에 있고, 보안과 검색 등의 문제로 사방이 거의 벽으로 막혀 있다. 그러나 여행자들은 좁은 기내에서 몇 시간씩 앉아 오다 보면 조금이라도 빨리 더 넓고 자유로운 공간으로 나가길 원한다. 하지만 입국 절차가 끝나야 하고, 수속을 밟는 중에는 왠지 갇혀 있다는 느낌이 들며 불안감이 생기기도 한다. 수속이 끝나도 항공기에 기탁한 수하물이 빨리 나와야 하지만 언제 나올지 잘 모르니까 무작정 기다리는 동안 마음만 더 조급해지고 저마다 조바심을 갖는다.

더구나 공항 건물 내에는 여행자들이 정해진 통로를 이용하도록 많은 철제 펜스들이 적색 청색의 벨트를 길게 뽑은 채 가로막고 서 있다. 이런 벨트들은 통제, 금지를 요하는 것이므로 여행자들은 일종의 경계심과 불쾌감을 느끼게 한다. 게다가 입국이라는 관점에서 보면 외국인은 타국이 낯설어서 불안하고, 내국인은 빨리 집으로 가려 하니 쓸데없이 서두른다. 나는 여행자들의 이런 모습을 수없이 보면서 이들에게 심리적인 안정감을 주고 마음의 여유를 갖도록 할 수 있는 방법이 무엇일까를 오랫동안 고민했다. 그리고 그 답을 무관할 것 같은 꽃에서 찾는다. 꽃이 벨트를 대신하도록 '화분형 벨트'를 별도 제작하는 일이다.

한국공항공사 조경팀과 수차례 회의를 한다. 그들은 식물의 특성과 관리, 조경의 미적 감각에 대한 전문성을 갖고 있고, 나는 직제 벨트 대신 화분으로 바꾸었을 때 어떤 문제가 있는지 면밀한 검토를 하게 되었다. '빛도 한 점 없는 곳에서 무슨 식물이 사느냐? 직물제 펜스로 잘 활용하고 있는데 왜 생돈을 들이느냐?' 는 반론도 만만치 않았다.

하지만 입국자들의 여행 스트레스 해소를 위해 미적 감각을 자극하고 정서적 안정감을 주는 일은 매우 중요한 일이다. 화분이야 한번 제작하면 반복 사용 가능하고, 꽃은 한 달 정도로 바꿔 심으면 되는 것이다. 그리고 화분을 펜스처럼 필요시 옮겨야 할 경우를 대비하여 화분 바닥에 바퀴를 달면 해결된다. 부정적인 생각을 갖고 안 된다고 주장하는 사람들을 설득시키는 일은 녹록치 않다. 그러나 초일류, 세계 최고 공항을 지향하는 여행자 서비스라는 관점을 강조하면서 윗분들을 설득시켜 나갔다.

직제형 벨트

화분형 벨트

먼저 샘플로 몇 개라도 만들어 시

범 운영해 보자고 한 것이 주효했다. 사람의 허리쯤 오도록 식물을 심은 화분, 거기에다 꽃을 곁들어 심으니 멋진 화분형 벨트가 탄생되었다. 꽃을 보고 싫어하는 사람들이 어디 있으랴. 화사한 꽃들이 입국장을 꽃밭으로 만들었고 여행자들은 조화가 아닌지 직접 만져 보거나 냄새를 맡아 보기도 하고, 화분을 배경으로 사진을 찍기도 했다.

세계 어느 나라에도 없는 최초의 시도가 드디어 성공으로 이어진 것이다. 꽃 없는 삭막한 입국장에서 꽃 있는 낭만의 입국장으로 바뀌었다. 수하물 수취대 위쪽 여유 공간으로도 별도의 조경을 하여 한참 동안 짐이 나오기를 기다리는 여행자들에게 녹색식물이 주는 에너지와 아름다운 미소가 감도는 여유를 주었으니 꽃 앞에서 사람들도 동색의 꽃이 되어 간다.

관세청, 입국인들 우리나라 첫 이미지 개선 기대
―공항 입국장 세관 벨트 '친환경 화분'으로 교체

우리나라를 방문한 외국 여행객들이 처음으로 맞는 공항입국장 전경이 보다 산뜻하게 개선된 해외여행객의 입국 관문에 설치된 세관 벨트(Customs Belt)는 여행객의 이동 동선을 안내하고, 신속 통관과 세관 검사의 원활화를 위해 면세 통로와 세관 검사 통로 등의 구분을 위해 표시한 경계 장치다.

기존의 세관 벨트는 벨트 삽입형 금속제로 되어 딱딱한 느낌을 줄 뿐만 아니라, 적색 벨트가 입국장 중심을 가로막고 있는 등 여행자들에게 경계심과 불쾌감을 줄 우려가 다분해, 세관과 공항공사가 공동으로 세관 벨트 교체 작업을 하게 됐다.

새롭게 설치된 화분은 가로 75cm, 세로 30cm, 높이 43cm의 대리석 재질의 화분으로, 색감이 뛰어난 스파티필름, 안시리움, 셀럼 등 다양한 웰빙 화분들을 잘 조화시켜 산뜻한 분위기를 연출하였으며, 공기 정화 및 적정 온습도 유지의 기능까지 해 주는 것으로 알려졌다.

> "이번 화분형 벨트 설치로 공항의 친환경적 이미지를 심어 주고, 입국장이 한층 새롭고 수준 높은 환경으로 개선됐다." 며, "해외여행객들에게 우리나라와 세관에 대한 첫 이미지 개선에도 도움이 될 것" 으로 기대했다.
>
> (연합뉴스 2008. 7. 24)

이렇게 '꽃보다 벨트', '꽃이 된 벨트', '화분형 벨트'라는 신조어를 탄생시켰다. 이것은 공항을 이용하는 수많은 여행자들에게 꽃다발을 선물하는 것과 다를 바 없는 기쁨을 안겨 준다. 이후 건교부에서 우수혁신 사례로 확대 실시를 권장하게 되었고, 이로 인해 인천, 김해, 제주, 무안공항 등 전국의 각 공항에도 화분형 벨트가 도입되었다. 그리고 나와 같이 이것을 추진하였던 공사 조경팀 담당자는 영광스런 'KAC 혁신스타' 상을 수상하였다.

관세청에서는 2008년 11월 26일 제2차 '국민소득 2만불 대비 여행자 통관 혁신 로드맵 추진 자문위원회'를 개최하여 로드맵 1차년도('07년) 과제에 대한 주요 성과를 평가하였다. 주요 추진성과 중, 공항 입국장에 화분형 세관 벨트라인을 설치함으로서 포근하고 미학적인 공간으로 바꾼 것을 주목한다는 내용이 들어 있다.

세관 검사장에 설치했던 경직되고 딱딱한 느낌의 세관 벨트(Customs Belt)를 없애고 그 대신 계절 화초를 심은 화분을 배치하여 화사한 입국장 분위기를 조성하였다는 점을 높이 평가하였다. 향후에도 나는 '여행자 통관 혁신 로드맵'의 성실한 이행과 신규과제 발굴 등을 통하여 급변하는 여행자 통관 환경에 능동적으로 대처함으로써 국민과 시대의 요구에 걸맞은 세계 최고(Global Top)의 여행자 통관 체제를 구축하기 위해 노력하였다. 이를 지켜본 청장님의 지시로 전국 세관 직원들이 우리 세관으로 견학을 오는 행사로 확대, 발전되기도 하였다.

꽃을 이용하여 별로 돈을 들이지 않고도 얼마든지 여행자들에게 양질의 서비스를 할 수 있다는 것을 재확인하는 좋은 사례가 되었다. 친환경 공항, 힐링 공항으로 탈바꿈하게 된 국제공항은 세계 각국에서 입국하는 여행자들에게 우리나라에 대한 좋은 이미지 부각에 톡톡히 한몫을 담당하고 있다. 공항 안에서 펼쳐지는 꽃들의 잔치는 결국 여행자를 위한 특별한 미소 잔치가 되어 가고 있다.

황금 알을 낳는 거위에게 모이를 주다

이솝우화에 〈황금 알을 낳는 거위〉 이야기는 많은 사람들이 잘 알고 있다. 매일 황금 알을 한 개씩 낳는 거위가 있었는데, 빨리 부자가 되고 싶은 마음에 거위의 배를 갈랐지만 황금 알은 없었고, 황금 알을 낳는 거위는 죽고 말아 매일 얻던 황금 알마저도 잃게 되었다는 이야기이다. 이렇게 우매한 주인은 없겠지만 요즘 우리나라 면세점의 과열 경쟁과 신규 면세점 확대는 황금 거위의 배를 가르는 사고가 발생할 수도 있다는 생각이 들어 자못 불안하기도 하다.

나는 5년 동안 서울 시내 7개 면세점 업무를 관리해 오면서 이들이 보다 많은 외화를 획득할 수 있도록 다방면에 걸친 행정적 지원에 힘을 쏟았다. 이것은 대기업의 특혜 지원이 아니라 외화 획득 차원에서 국부와 직결되므로 보다 판매가 증대될 수 있도록 지원에 나선 것이다. 그동안 보세화물인 면세점 물품의 철저한 관리를 위하여 규제 위에 규제가 자꾸 만들어지다 보니 누더기가 되어 버린 각종 규정을 현실에 맞도록 고쳐서 지원하는 것이 필요했다.

롯데 로또, lotte lotto

신나는 신라, 신라는 신나

ASK 워커힐, ANS 워커힐링

팔아 다 있어, 파라다이스, 신세계

가을동화, 겨울동화, 늘 좋은 사계동화

만나면 마음 트림하는

수식어 사랑이 만들어 가는

듀티 프리(DUTY-FREE)한 지구촌

_본인 졸시 〈한국 면세점〉 일부

　　그렇지만 사람들의 생각은 달랐다. 지금까지 아무 일 없이 잘 지내왔
는데 왜 멀쩡한 규정을 고치느냐는 것이다. 하지만 나의 생각은 좀 달랐
다. 아무리 대기업이 체계적으로 관리된다 하여도 면세점 물품의 판매량
이 많아질수록 물류의 이동이 많고 관리 체계에 혼선이 생길 수 있다는
점을 감안, 이에 사전 대비해야 한다는 점이다. 예를 들면, 판매사원의 수
는 기하급수적으로 증가하고 있는 데 비해 이들의 법규 준수도는 오히려
저하되고 있다는 것이 문제인 것이다.

　　물품을 철저히 관리한다고 하여도 워낙 수량이 많고 공항만 등으로
실시간 이동되고 있어 재고를 파악한다는 것도, 순찰을 통한 감시에도
한계를 느낀다. 손쉬운 방법으로는 감시 인력을 늘리는 것이지만 관세행
정은 빠르게 선진화되어 전산화와 더불어 대부분 업체의 자율에 맡기고
있어 막연히 업체의 성실도에만 의존한다는 것은 위험도가 뒤따른다. 그
러므로 인력 부족 현상이 심화될수록 첨단 기기를 활용한 감시망 구축이

나 시스템 개선도 필요하며, 이보다 더 중요한 것은 사방으로 뻗은 칡넝쿨 같은 규제를 시의적절하게 완화하는 일이라 생각한다.

하지만 작은 규제 하나를 완화하는 데도 곧잘 많은 저항에 부딪치게 되는데 그것은 우리 도처에 깊게 박혀 있는 요지부동의 전봇대 때문이다. 길가에 전봇대가 서 있어 교통사고가 자주 발생한다면 전봇대를 옮기면 되는데, 그것이 아닌 운전자에게 주의만 하라고 당부한다면 근본적인 문제는 해결되지 않는다. 전봇대 하나에 이해 당사자가 많은 것도 아닌데 그것을 옮기지 못하는 이유 중의 하나는 무사안일로 생각된다. 차라리 그들이 전봇대가 새들의 좋은 간이 쉼터가 되기 때문에 그대로 둬야 한다는 식의 주장이라도 했으면 좋겠다는 생각이다.

나는 처음 면세점 실무자 중심으로 모임을 만들었다. 'DFS Self Clnic', 내포된 의미는 '면세점(DFS: Duty Free Shop) 업무에 대해 스스로 문제를 발굴 진단하고 치유한다.'는 의미로 명명했는데 팀원들의 반응이 좋았다. 이후 회의는 격월로 개최하였다. 처음에는 문제점을 건의해도 개선되지 않을 것 같아 팀원들이 서로 눈치만 보며 참여하는데 더 의의를 두는 느낌이었다. 그러나 발굴된 문제점을 자체적으로 개선해 나가면서 회의를 거듭할수록 분위기가 달라졌다. 물론 규정을 개정해야 하는 것은 상부기관에 건의하여야 하므로 추진이 쉽지 않았다. 내용을 정리하여 지속적으로 개선 방안을 마련하면서 우리가 문제라고 생각했던 벽을 넘어서는 성과도 거둘 수 있었으니 당연히 참여도는 올라갈 수밖에 없었다.

2008년 결성된 'DFS Self Clnic' 팀은 13차례 회의를 개최하여 114건의 문제점을 발굴하게 되었다. 이 중에서 56건은 내부 결재를 거쳐 자체적으

로 개선을 완료하였다. 58건은 청
에 건의하여 5건은 즉시 개선하고,
나머지는 장기 검토하여 추진하는
결과로 이어졌다. 이때 너무 많은
문제점을 발굴한 것이 오히려 화가
되어 윗분들에게 욕을 먹기도 했다.
개선 내용이 아무리 견실하다 해도

너무 많은 문제점을 적시하면 그간 일해 온 사람들은 도대체 무엇이 되
느냐는 것이었다. 이야기를 듣고 보니 상당히 일리가 있다는 생각도 들
었지만 그렇다고 황금 알을 낳고 있는 면세점에 좋은 행정 서비스를 제
공해 주는 일에 소홀히 할 수는 없지 않은가.

면세점 업계와 세관이 함께하는 법규 준수도 제고
— '면세물품 공급자 업무설명회' 개최 및 'DFS Self Clinic 팀' 운영 강화

서울본부세관은 일본, 중국 등 외국인 관광객과 내국인 해외여행객 증
가로 서울 시내 면세점(보세판매장) 매출이 증가하면서 관련 법규 준수
에 소홀해질 우려가 있어 한국면세점협회 등 관련 업계와 함께 자발적인
법규 준수도 제고 활동을 실시하고 있다고 20일 밝혔다.

올해 2월부터 지난 19일까지 한국면세점협회와 함께 3회에 걸쳐 '면세
물품 공급자 업무설명회'를 개최한 세관은 판매장 직원을 직접 관리하
는 300개 공급회사 대표를 초청해 보세판매장 관련 규정과 절차, 위반
사례 등을 안내했다.

세관은 이들 회사에 지난해 세관에서 자체 제작해 한국면세점협회에 무상 제공했던 보세판매 사이버 교육 시스템 'DFS(Duty Free Shop) Edu Click'도 제공해 판매장 직원의 업무 능력 및 법규 준수 의식 향상을 도울 예정이다.

또한, 면세점 업무를 자가진단하고 발굴한 문제점을 자발적으로 개선하기 위해 '08년 11월부터 면세점 실무자와 세관 직원으로 구성해 운영 중인 민관 합동 'DFS Self Clinic' TF팀 활동도 한층 강화할 계획이다.

세관 관계자는 "앞으로도 관련 업계의 자율적인 법규 준수도 향상을 지속적으로 유도하고, 민관이 머리를 맞대어 제도상 불합리한 문제점을 발굴해 개선하는데 더욱 힘쓰겠다."고 다짐했다.

(연합뉴스 보도자료 입력 2010. 05. 20)

"반품 시 다른 면세점에서 구매한 물품을 동일지점으로 우편발송 시 관리방법 개선, 상품재고 목록등록 시 규격작성 철저, 이상화물 발생 시 보고서 양식 및 입증서류 통일, CITES 대상에 대한 요건 확인서 징구에 대한 운영지침 마련, 영수증을 이용한 구매한도 적극 홍보, 국산품 매장의 취급 품목의 다양화 협조, 면세점 판매물품 중 파손주의 물품에 대한 포장지 개선, EDI 전산장애 시 보세운송 신고방법 등이 자체적으로 개선되었다.

그리고 당시 녹색성장이라는 정부 정책방향을 감안, '저탄소 녹색성장을 위한 보세판매장 녹색인증제도, 보세판매장 물품판매 시 그린 마일리지제도 도입, 면세물품 포장지 재활용이 가능한 포장재로 개선, 환경오

염 방지를 위한 종이봉투 사용, 인터넷 주문 물품의 교환권 포장 비닐봉투 제거, 보세운송물품 통합보세운송 실시, 인터넷 면세점 취급 품목의 확대, 액체류 등의 포장제도 간소화, 바코드를 이용한 가격 관리로 가격표 부착비용 절감, 대중교통 이용자 점심 식사 쿠폰 증정' 등도 추진 완료하였다.

초록 편지지 위에
푸른 자벌레 한 마리
온몸 구부려
한자 한자 글씨를 쓰지만
몸이 연필도 되고
지우개도 되어
써도 써도
흔적이 남지 않는 길
자벌레 등에서
구불구불
햇빛 휘는 소리 들린다

_본인 졸시 〈자벌레〉 전문

위와 같은 민관 합동 업무 개선 외에도 심혈을 기울인 몇 가지 굵직한 프로젝트가 있다. 특히 '보세판매장 원격 감시 및 검사 시스템'은 면세점이라는 황금 거위가 외화라는 황금 알을 낳도록 특별한 모이를 주는 것에 비유될 법한 제도라고 할 수 있다. 시스템을 개발하기 위해 중기청 신제품개발사업 예산 5억 원을 지원받아 물품 검사 전용 '스마트 카메라'를 3년여에 걸친 노력 끝에 완료하게 되었다.

그동안 서울 시내 7곳에 산재된 면세점에 세관원이 수시로 출무하여 물품 검사를 실시함에 있어 인력이 검사 수요를 따르지 못해 물류 흐름이 현저히 왜곡 정체되었다. 결국 적기에 검사를 수행할 수 없고, 순찰 업무도 한계에 달하는 문제를 새롭게 개선하였다. 직원이 직접 검사 현장에 나가지 않고 사무실에 앉아서 원격 검사를 실시하고, 감시도 원격으로 하는 것이다.

의료 진료와 작물 재배, 학교 공부도 원격으로 하는 시대인데 물품 검사라고 원격으로 못할 것이 뭐 있겠는가? 직접 만져 보지 않으면 안 되는 특별한 물품을 제외하고는 대부분 사무실에서 검사가 가능하도록 검사 전용 카메라를 개발한 것이다. 스마트 카메라의 기능은 휴대폰 영상 촬영 및 전송 기능보다 훨씬 특별하고 매우 지능적이다. 검사 시 확인해야 할 사항을 스마트하게 해결하기 위한 여러 가지 고급 알고리즘이 많이 탑재되어 있다.

검사 대상 물품의 가로, 세로, 높이를 소수점 이하까지 정밀하게 측정하여 규격 확인 문제도 척척 해결해 낸다. 영하 20도 이하 냉동창고 안에서도 촬영이 가능한 혹한모드, 4천 배 확대 기능으로 중고 신품 식별기능 및 위해 식품까지 찾아내는 기능, 반대로 축소 기능을 통해 제자리에서 거대 화물을 검사하는 기능, 진짜 가짜를 식별할 수 있는 기능, 물품 검사 위치 파악 기능 등은 현장 출장 검사 이상의 효과를 거둘 수 있도록 잘 제작되어 있다. 이런 신제품 개발 제안과 성공적 마무리로 자타가 공인하는 기계치인 내가 2012년 국가과학기술위원회로부터 '과학기술인'으로 등록되는 뜻밖의 결과를 얻게 된다.

이후 서울과 제주, 부산 시내 면세점에 이 시스템을 각각 설치하여 검사 및 감시 업무에 효율적으로 운영하고 있다. 그러나 이렇게 쏠쏠이 있는 영리한 카메라를 단순히 면세점 물품 검사 확인 업무에만 국한하여 사용한다는 것에는 좀 아쉬움이 든다. 물류 흐름이 국가경쟁력을 좌우하는 시대에 일반 수출입 화물이나 정부기관에서 실시하는 각종 검사 및 확인 업무에도 일정 부분 도입했으면 좋겠다는 바람을 가져 본다.

국제무역 규모 세계 10위권에다 원자재나 부자재를 수입하여 수출로 먹고 사는 우리나라는 최근에도 물동량이 계속 증가 추세다. 이는 물류의 신속 처리가 곧 돈이라는 등식이 성립된다. 그러나 인력 부족으로 인해 산재된 검사 장소로 동분서주하며 뛰어다니는 직원들의 실물 검사 어려움을 보면 원격 검사의 필요성을 더 절감하게 된다. 신고 건수는 늘어나고 있으나 검사 비율의 상향은 엄두도 못 내고 있으니 그저 가슴이 답답해진다. 이런

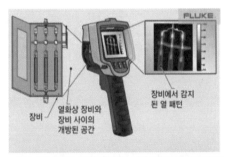

현실적인 사정을 감안한 스마트 카메라 같은 첨단화된 시스템을 이용하여 화물의 신속 및 안전한 처리를 확보하게 된다면 국가경쟁력의 강화에 큰 도움이 되리라는 생각이 든다.

서울세관, 시내 면세점 실시간 모니터링 시스템 구축

서울본부세관은 효율적인 시내 면세점(보세판매장) 면세물품(보세물품) 관리를 위해 실시간 반출입 모니터링과 물품 검사가 가능한 '천리보세' 시스템을 구축해 20일부터 운영한다. 이 시스템은 세관 모니터링 센터의 관리자 제어시스템과 28개 판독 화면을 통해 7개 시내 면세점(보세판매장) 물품 검사장 등에 설치한 CCTV에서 전송된 영상을 판독해 실시간 원격 감시와 물품 검사가 가능하도록 구현한 것이라고 서울세관 측은 설명했다.

'천리보세'란 이름은 이같은 첨단 시스템을 통해 보다 멀리(千里眼), 보다 빠르게(一瀉千里), 보세(保稅)물품을 관리한다(見)는 의미다. 세관은 그간 면세품 반출입과 반송물품, 해상운송화물, 이상화물, 폐기물품 등을 세관 직원이 직접 출장 검사해 건당 2시간 이상 걸리던 검사 시간이 '천리보세' 시스템을 통한 원격 검사 시 5분 이내로 획기적으로 단축된다고 설명했다.

또 현재 3명이 유동 순찰하는 면세품 관리 업무를 '천리보세' 시스템을 통해 1명이 처리, 인건비를 크게 절감할 수 있을 것으로 기대하고 있으며, 이와 함께 시내 면세점은 신속한 물품 검사가 가능해져 경비 절감과 판매 증대 효과를 거둘 것으로 예상된다.

이외에도 세관은 앞으로 물품 검사에 적합한 무선이동방식의 소형 휴대용 '스마트 카메라(SMART CAMERA)'도 개발해 운영한다는 계획이다.

(파이낸셜 뉴스 2010. 10. 20)

'통 큰 중국 관광객, 일본인보다 씀씀이 컸다.'(KBS), '면세점에서 토종 브랜드 뜬다.'(YTN), '외국인 관광객 증가에 국산 면세품 동나겠네.'(MBN), '한류 열풍에 면세점 국산품 판매 껑충'(SBS CNBC)은 2011년 8월 19일자 보도 제목들이다. 면세점 물품의 구매가 고급 명품에서 국산품으로 확대되고 있다는 내용을 보도하고 있어 모처럼 국민들의 표정을 환하게 만들었다. 일본 대지진의 여파와 한류 열풍 등에 기인된다고 분석되지만, 앞으로 외국인을 겨냥한 다양한 문화콘텐츠 개발과 함께 외국인 맞춤형 판촉 전략을 보다 확대해야 하는 과제도 안고 있다.

이에 발맞추어 '국산품 판매 열풍을 계속 이어가자.'는 의미의 '국풍코리아'라는 프로젝트를 추진하기로 했다. 면세점 토산품 관리 책임자 4명과 통관물류 관리자 6명, 통합물류창고 직원 1명, 그리고 물품공급사 3명, 중소기업유통센터 2명, 근대 황실공예문화협회와 세관 등 24명으로 구성하여 운영을 개시하였다.

추진 과제를 사전에 선정, 회원들에게 통보하여 회의 시 토의를 하는 방식으로 진행하면서 새로운 문제점 발굴과 개선에 주력했다. 주요 협의 과제로는 관광진흥법 등에 의해 국산품 매장에 반입할 수 있는 물품의 확대, 국산품 관련 반입 및 판매 절차, 보세운송 등의 간소화, 신상품 개발을 위한 마켓 분석과 판매 증대 방안, 면세점별 국산품 매장 운영실태 및 애로사항, 국산품 홍보 게시판 일제 정비, 국산품 원산지 표시 및 확인 등의 업무 처리 지침, 국산품 판매동향 및 외국인 구매 선호도 분석 정보 공유 등이었다.

'달라지는 소비 풍속도' 면세점선 外産보다 한국産 '날개'

서울 시내 면세점에서 국산품 판매가 호조를 보이고 있으며, 판매 품목 1위는 화장품인 것으로 조사됐다. 시내 면세점은 내국인도 이용할 수 있지만 주된 이용객은 한류 열풍을 타고 급증한 중국, 일본, 동남아 등 외국인 관광객이다.

서울본부세관은 14일 서울 시내 면세점 6곳의 국산품 판매 현황을 분석한 결과, 올 1~4월에 1,668억 원 어치가 팔려 지난해 같은 기간과 견줘 64.5% 증가했다고 밝혔다. 지난해 전체 국산품이 3,965억 원가량 판매돼 2010년(2,816억 원) 대비 40% 늘어난 흐름을 이어 가고 있는 셈이다.

화장품, 인삼제품, 식품류가 전체 판매량의 83%를 차지해 외국인 관광객 기호에 맞는 다양한 국산품 개발이 필요하다는 지적도 나오고 있다. 세관은 이에 따라 시내 면세점, 한국면세점협회, 국산품 공급업체, 중소기업유통센터 관계자 24명과 함께 '국풍코리아'란 협의회를 꾸려 본격 가동에 들어갔다.

"국산품에 대한 차별화된 홍보 추진, 우수 중소기업 생산제품의 면세점 판매 품목 확대 등의 의견이 첫 회의에서 제시됐다." 면서 "국풍코리아 협의회를 정례화해 고용 창출과 중소기업 지원에 최선을 다하겠다." 고 말했다.

(문화일보 입력 2012. 06. 14)

이 프로젝트를 수행하면서 회원 간 정보공유가 회사 기밀에 해당할 수도 있다는 점이 약간의 걸림돌이 되기도 했지만 회의를 통해 점차 상생의 분위기로 반전되었다. 관광의 산업화가 절실한 시점에서 면세점의 역할은 그 어느 때보다 중요하다는 데 의견을 모으고 외국인이 선호하는 우수 중소기업 국산품 발굴을 위해 노력하였다. 목동에 소재한 히트상품 매장 견학과 인천국제공항 국산품 매장 단체 견학 실시 및 토론회를 개최하고, 물품공급자 간담회를 실시하는 등의 과제를 꾸준히 펼쳐 나감으로써 미력이나마 국산품 매출 증대에 힘을 보태는데 기여하였다.

그리고 'DFS(Duty Free Shop) Edu Click'에 대해 말하고자 한다. 이것은 보세판매장 직원에게 판매장 운영에 관한 각종 규정과 사례를 사이버로 교육시킬 수 있도록 자체적으로 교안을 만든 것이다. 취지는 우리가 아무리 과학 장비를 동원하여 시스템을 정비하고 새로운 제도를 도입한다 해도 그것을 운영하는 것은 사람이기 때문에 법규 준수도 제고를 위해서는 교육이 우선되어야 한다는 말이다. 그러므로 면세점 판매사원에 대한 교육이 제대로 이뤄지지 않으면 또 다른 구멍이 생기기 때문에 이에 대비하고자 한 것이다.

교육 자료를 수집하여 전문가에게 의뢰하면 좀 더 편하게 만들 수 있지만 그럴 경우 몇 천만 원 정도의 비용이 들게 된다. 예산 확보도 어려울 뿐 아니라 내용을 쉽게 만들어야 교육 효과가 있기 때문에 그것을 자체적으로 만드는데 착수했다. 사례 중심, 문답식으로 틀을 짠 다음 담당 여직원이 직접 출연하여 강의하는 내용으로 수차례 동영상을 찍었다. 일과 시간에는 정상 업무를 하고 밤에 남아서 사이버 동영상 제작에 몰입한 결과 어느 정도 기본이 갖춰진 프로그램을 완성하게 되었다.

2만여 명에 가까운 판매사원을 주기적으로 교육을 시킨다는 것이 그리 쉬운 일은 아니다. 세상은 하루가 다르게 변하고 있는 데 비해 여건이 여의치 못해 몇 년에 한 번씩 소집교육을 실시하고 있는 현실적인 문제를 이 사이버 교육 시스템이 조금이나마 해소할 수 있었다. 세관에서 교육 자료를 만들어 면세점협회에 무상 제공하였고, 그들은 감사의 뜻으로 우리 과에 감사패 하나를 만들어 전달하였다.

이외에도 '수도권수출입통관발전협의회'에 대하여 언급을 하고자 한다. 이름 그대로 수출입 통관 발전을 도모하는 모임으로, 처음 이 협의회를 출범시키는 데는 쉽지 않았다. 왜냐하면 국가기관과 협회 등 관계 기관들은 저마다 고유한 일을 수행하면서 업무가 관련이 되는 부분에 대해 서로 조정이나 양보가 어렵기 때문이다. 굳이 부처 간 이기주의를 운운하지 않더라도 자신들의 업무 영역에 대해 매우 방어적인 자세를 갖고 있는 것도 한몫을 한다.

나는 차근차근 관계 기관을 설득과 이해로 끌어들이기 시작했다. 통관 관련 일들을 수행하다 보면 세관만 곤란을 겪는 것이 아니라 다른 기관도 마찬가지이므로 사회적 이슈가 되는 문제 발생 시 서로 협력 공동 대처한다면 매우 좋은 결과로 이어진다는 점을 강조하였다. 이렇게 취지를 설명하다 보니 대부분 협의회 회원에 동참을 수락했고, 드디어 2008년 11월 27일 우리나라에서 가장 큰 규모의 수출입발전협의회를 탄생시켰다. 그도 그럴 것이 서울은 우리나라 수도이자 서울세관과 대부분의 중앙행정기관이 모두 소재하고 있어 이것이 가능하게 되었다.

서울지방식품의약품안전청, 한강유역환경청, 서울중소기업청, 서울검역소, 국립농산품질관리원, 서울시청 식품안전과, 대한무역투자진흥공사, 대한상공회의소, 무역관련지식재산권보호협회, 대한상사중재원, 한국국제물류협회, 한국무역협회, 한국수입협회, 한국의약품수출입협회, 한국무역정보통신, 한국관세사회, 한국물류협회, 한국선주협회, 한국농림식품수출입조합, 소비자시민모임, 그리고 한국면세점협회 등 27개 기관 30여 명이 넘는 회원이 참여했으니 서로 통관 업무 관련 문제점들이 많이 쏟아져 나올 수밖에 없지 않는가.

지금도 이 협의회는 매 분기 1회씩 통관국장 주재로 서울세관에서 열린다. 그저 형식적인 회의가 아닌 서로 얽혀 있는 문제에서부터 사소한 협조 사항까지 자리만 만들면 토의 과제는 구색이 다양하고 회원들은 상당히 진지하다. 당시 논의된 과제는 식약청에서 건의한 '식품 등 부적합 제품관리 철저' 등 49건으로, 자체 수용된 건이 21건, 본청 이첩 및 건의 21건(수용 4건), 기타 7건으로 협의회 출범에 따른 기관 간 문제해결효과는 매우 높게 평가할 수 있다. 지금도 진행 중인 수출입통관발전협의회, 그곳에서 황금 알을 낳는 면세점의 모이를 주는 역할도 하고 있다고 말할 수 있다.

애국이란? 큰 의미로 보면 국가를 위하여 희생한 애국선열들 등에게 부칠 수 있는 단어이다. 작은 의미에서 보면 최근 면세점이 황금 알을 낳는다는 말이 나오기까지 눈에 잘 보이지 않게 묵묵히 일하고 있는 면세점 직원들의 판매 증대가 일종의 작은 애국이라 할 수 있다. 그것이 수긍된다면 그 틈에 나는 황금 거위에게 열심히 모이를 준 것이라 말해도 되리라.

세계 굴지의 유명 브랜드가 운집하여 대자본으로 움직이고 있는 면세

점, 중소기업으로는 국제경쟁력을 갖는데 한계가 있는 업종, 그런데 요즘 신규 특허를 받기 위해 사활을 건 업체들의 전략이 상상 그 이상이다. 공정 경쟁을 통한 수익 창출보다는 주어진 시장을 누가 더 점유하느냐는 싸움들이 이전투구 현상으로 보여진다. 문만 열면 황금 알이 쏟아져 나온다는 것은 설익은 꿈으로 보인다. 눈에 보이는 것은 빙산의 일각이며, 빛의 뒤에는 반드시 그림자가 있다는 점을 생각해야 한다. 남이 장에 간다고 따라갔다가 엄벙덤벙 일을 저지르게 되면 나중에 결국 돌아오는 건 쪽박 뿐이다.

시장이 일시적으로 좋다고 하여 신규 특허를 많이 해 주는 것보다 기존 면세점들이 세계 면세점 시장에서 경쟁력을 확보할 수 있는 여건을 만들어 주는 일이 더 중요하다고 본다. 중국인 관광객들의 한국 방문에 대한 만족도가 점점 떨어지고 있고, 1인당 구매단가도 50만 원대로 떨어지고 있으며, 일본 관광객은 점점 무게가 떨어지고 있다는 점을 감안해야 한다. 게다가 최근 일시적인 메르스 독감 여파에도 중국인 관광객들의 예약 취소가 줄을 잇고 있는 점도 한 번쯤 깊이 생각해 봐야 한다. 그만큼 냉철한 환경 변화의 분석과 적절한 대응이 필요하다는 점을 명심해야 한다는 말이다.

중국 정부에서 외화 지출을 줄이기 위해 관광객을 통제하거나 경제가 지금보다 나빠져 관광객 수가 줄어든다면 신규로 면세점을 차린 사람들은 어떻게 될 것인가? 연전 유통 경험이 많은 애경그룹에서 시내 면세점을 오픈했다가 5년 만에 엄청난 투자금을 날려 버린 사례를 곱씹어 볼 필요가 있다. 그래서인지 신규 특허 이야기만 나오면 나는 도시락을 싸가지고 다니면서라도 말리고 싶다. 그러나 문의 전화에 부정적인 전망이라도 하면 그것을 귀담아 듣지 않고 아주 섭섭해 한다. 일부러 진입을 못하게 사실과 다른 이야기를 해 준다는 식으로 오해를 하는 편이다. 황금 거위에게 모이를 주던 나의 입장에서 보면 왠지 마음이 아슬아슬하고 맥박 뛰는 소리가 점점 크게 들린다.

죽은 공항 살리기

죽은 자를 살려 낸 기록은 성경 속의 예수이고, 죽은 경제를 살려 내는 일은 대통령의 몫이다. 다시 말하면 죽음을 생명으로 바꾸는 일은 신의 영역이고, 도탄에 빠진 국민을 살려 내는 일은 지도자의 몫으로, 오히려 거대한 역경이 위대한 창조주를 찾게 만든다. 그 대상이 생물이건 무생물이건 간에 죽음을 삶으로 반전시키는 일은 기적이라 불러도 된다.

1944년 6월 6일 노르망디 상륙작전. 오마하 해변에 대기하고 있던 병사들은 한 치 앞도 내다볼 수 없는 긴장된 상황과 두려움을 감출 수 없었다. 노르망디 해변을 응시하는 밀러 대위와 가장 어려운 임무를 수행해야 할 두려움에 지친 그의 대원들……. 몇 번의 죽을 고비를 넘기고 맡은 바 임무를 완수하지만 3형제가 전사하고 적진에서 실종된 유일한 생존자인 막내 라이언 일병을 위한 미 행정부의 특별한 임무를 맡게 되는 줄거리를 가진 영화 〈라이언 일병 구하기〉에서는 거의 죽은 자를 살려 내는 화약 냄새나는 감동의 휴머니즘을 찾아볼 수 있다.

우리나라에 죽은 공항이 있었
다. 인천국제공항의 개항으로 그동
안 오랜 역사를 가진 김포국제공
항이 2001년 3월 28일 문을 닫으면
서 겨우 국내선 기능만 유지하게 된
다. 결국 국제선 청사는 88서울올
림픽을 개최하기 위해 신청사를 구
축, 확장까지 하였지만 인천국제공항의 개항과 활성화라는 명목으로 하
루아침에 거대한 건물이 유령의 집처럼 컴컴한 어둠 속에 잠들고 말았다.
2002년 월드컵과 맞물려 개항한 후 이용 승객이 없어 한때 외국 언론에게
'유령 공항'이라고까지 불리던 강원도의 양양국제공항도 이에 속한다.

그러나 역사의 수레바퀴는 끊임없이 돌아가고 있고 다시 음지가 양지
가 되기도 한다. 양양국제공항은 급증하는 중국인 관광객들이 살려 주
었고, 김포국제공항은 서울시장을 지낸 이명박 전 대통령이 죽은 공항을
살리는 데 큰 불을 지폈다. 서울과 가까운 공항 시설이 놀고 있음에도
불구하고 모든 비행기를 인천국제공항으로 오가게 한다는 것은 잘못이
라고 지적하였다. 인천국제공항은 김포국제공항에 비해 1시간 이상의 시
간적 손실을 초래하여 그만큼 국가경쟁력을 저해하는 요인으로 본 것이
다. 게다가 여행자의 급증으로 인천국제공항이 과포화 상태가 되어 가고
있다는 지적이 일자 이런 문제를 해결할 대안으로 김포국제공항의 재개
항이 급부상한 것이다.

인천국제공항 옹호론자들은 공항 기능의 분산으로 공항 발전에 걸림
돌이 되는 무모한 일을 즉각 중단하라고 반대하고 나섰다. 그럼에도 큰

공항과 작은 공항을 구분 운영할 필요가 있다는 논리가 더 설득력을 얻게 된다. 예를 들면 중국의 상해 푸동공항은 홍차오공항을, 일본 도쿄 나리타공항은 하네다공항을, 미국 케네디공항은 뉴왁공항을, 프랑스 드골공항은 오를리공항을, 영국 히드로공항은 게트윅공항을 품고 있다는 점이다. 그리고 서울과 동경과 상해를 1일 출장 권역으로 활용하도록 빠른 하늘 길을 열어야 한다고 주장한다. 아침 먹고 서울을 출발하여 동경에서 볼일을 본 후 점심을 먹는다. 다시 상해로 가서 바이어를 만난 후 저녁을 먹고 서울로 되돌아온다는 서틀 개념의 계획은 국제화 시대에 부응하는 매우 유쾌한 발상이 아닌가.

이렇게 시작되어 김포국제공항의 문은 서서히 열리기 시작했다. 먼지를 털어 내고 없는 시설을 새로 만드는 과정은 생각보다 수월하지 않았다. 이때 나는 출입국 여행자 휴대품 통관 업무를 수행 및 관리하는 자리에서 한국공항공사와 많은 문제를 풀어 나갔다. 혹자는 "인천국제공항의 것을 그냥 베껴 오면 된다."고 말했지만, 나는 그 방법에 전적으로 반대했다. 인천국제공항의 최신식 건물과 첨단화된 각종 시스템과는 상당한 차이가 있기 때문에, 김포국제공항에 적합한 시스템이 도입되어야 한다는 생각이었다.

한국공항공사에서는 초기 단계에 '고객참여위원회'를 발족시켜 14명 정도의 위원을 위촉하였다. 운영자들의 생각보다는 고객들의 소리에 더 귀를 기울이면 그만큼 문제가 줄어들고, 고객만족도도 증대된다는 것이 운영 취지였다. 위원회 개최 시 공항공사 사장이 직접 참석하였고, 운영은 부사장이 주도하였으니 그만큼 내실 있는 위원회 운영으로 발전되어 나갔다. 나는 3년여 동안 위원회에서 활동하며 많은 문제를 발굴, 제안하여 개선시켰다. 그렇지 않아도 불편하거나 문제가 있는 것을 보면 지나치지 못하는 성격인데 자리까지 깔아 주니 매우 신나는 일이었다.

나비 한 마리가
붉은 꽃에 가서 눈 맞추고
푸른 꽃에 와서 입 맞추고
그래 서로 눈과 입이
꽃이 되고

나비 한 마리가
하얀 꽃에 가서 볼 부비고
자주 꽃에 와서 귀 만지고
그래 서로 볼과 귀가
꽃잎이 되고

나비 한 마리가
꽃 한 송이 피우고
그 꽃이 나비를 춤추게 하고
그래 세상이 알록달록
꽃 천지가 되고

_본인 졸시 〈나비효과〉 전문

　문제점을 발굴하는 비법은 '안 되는 것, 또는 불편한 것' 부터 먼저 찾아낸다. 발굴된 문제는 왜 안 되는지? 그 이유를 자세히 따져 나가면서 대안을 마련하는 방법을 동원한다. 누가 안 된다고 하여 지레 포기하면 안 된다. 조금이라도 가능성이 있다면 해결책 강구를 위해 심도 있게 몰입을 한다. 세상에 답이 없는 문제는 존재하지 않는다. 불편이 발명을 낳는다는 뜻과 상통한다. 실익이 없다면 문제가 달라지지만 그렇지 않다면 상상력과 창의력을 발휘하여 가능성을 타진해 나간다.

나는 고객참여위원회와 휴대품 통관 업무 혁신팀 등에서 주인의식을 갖고 열심히 일했다. 28건의 문제점을 발굴, 제안하여 22건을 개선한 점을 높이 평가받아 뜻밖에 공사 사장의 감사패와 상금까지 받게 된다. 업무 혁신팀에서도 주도적인 활동으로 많은 문제점을 개선하였는데 그것이 죽어 가는 공항을 살려 내는 데 보약이 되었고, 이후 김포국제공항은 종전과 다른 모습으로 변모되었다.

- 장애인 〈전동 휠체어 인계접점 개선〉으로 장애인 편의 제공
- 〈자가용 항공기 내국기 자격 변경〉 시 절차 간소화
- 여행자 언어 불편 해소를 위한 한국인 〈승무원 교체 탑승〉
- 허위신고 방지를 위한 〈진짜가짜 영수증 판별기법〉 개발
- 여행자 편의를 위한 〈화장실 안내표지판〉 개선

- 국제선 입국장 〈화분형 벨트(Customs Belt)〉 설치 운영
- 〈외국어 동시통역 시스템〉 구축
- 입국장 〈수하물 수취대 소음〉 발생 개선
- 1층 환영홀 여행자 〈휴대품 통관창구〉 신설
- 2층 출국 카운터에 〈세관신고대〉 설치 운영

- 입국 여행자 〈Help Zone 설치〉 운영
- 유치물품 〈자동계량 및 재고관리〉 시스템 구축

- 수작업 〈출국 근무일지 등의 전자결재〉 처리
- 자가용 항공기 탑승 〈여행자 입출국 절차〉 개선
- 〈서울공항 국빈행사〉의 성공적 지원을 위한 의전능력 배양

- 〈면세물품 재반입 여행자〉에 대한 답변서 징구제도 도입
- 〈방북 관련 외화 반출〉 등 통관 업무의 효율적 개선
- 출국 여행자 대상 세관 규정의 〈디지털 방식 홍보〉
- 〈무사각 영상 감시〉를 통한 Ubiquitous customs 구현
- 국제선 3층 〈3번 보안구역 출입자 통제 업무〉 개선

- 여성 여행자 편의를 위한 〈여자용 화장실〉 추가 설치
- 여행자 동선 확보를 위한 〈면세점 물품 별도 반입통로〉 확보
- 〈T/S 승객을 위한 램프장 내 창고〉 1개소 신설 운영
- 〈수하물 수취대 유지 보수〉 및 청결 유지
- 품격 있는 서비스를 위한 〈여행자 상담실〉 신설 운영

- 〈Cart 사용방법 표기〉로 여행자 사용 편의 제공
- 공사 홈페이지에 잘못된 〈전화번호 수정〉 요청
- 한류 열풍을 반영한 〈홍보 조형물〉 설치
- 미관을 해치는 〈세관 전산신원조회대〉 교체 개선
- 〈세관신고안내 한글표기〉를 외국어로 병기 표기

- 수하물 투입 편의를 위한 〈X-ray 검색기 보조벨트〉 개선
- 쾌적한 환경 제공을 위한 〈바닥 및 천정공사〉 실시
- 입국장과 램프장 간의 〈연락을 위한 인터폰〉 설치
- Box형 〈검사 대상 화물 표지 접착식 Sheet〉로 개선
- 수하물 〈감시 등을 위한 CCTV 추가 설치〉

- 여행자에게 〈통관규정 영상 홍보를 위한 PDP 설치〉 운영 등

- 〈현금카드 이체방식 세금납부 시스템〉 개발 운영
- 법규 준수도 제고 등을 위한 〈승무원 사이버교육 시스템〉 구축
- 입국장 수취대 위 〈테마가 있는 조경〉 설치 운영
- 2층 X-ray 판독실을 1층 〈중앙집중식으로 이전 설치〉 운영
- 입국장내 〈도착안내 전광판〉 도착 시간과 일본어 표출

모든 것을 남의 일처럼 생각하고 그냥 지나치면 별반 문제가 없어 보인다. 그러나 조금만 제 일처럼 들여다보면 얼마든지 문제가 보이고, 해답 구하기도 그렇게 어렵지 않다. 하지만 사람들은 앞장서서 궂은일이나 귀찮은 일을 하기 싫어한다. 사람들의 차이는 정말 종이 한 장도 안 된다. 그런데 누가 좀 더 주인 행세를 자처하고 고객의 관점에 서서 바라보느냐는 차이에서 점점 방향은 달라진다. 하루 정해진 시간만 소극적으로 일하고 퇴근하면 누가 특별히 시비를 걸어올 사람은 없다. 하지만 다른 측면으로 보면 이것이 무사안일이 되고 철밥통이란 말을 듣게 된다.

나는 조금 더 관심과 성의를 보이는 차이뿐, 특별한 것은 없다고 생각한다. 그러나 유별난 근성으로 일하는 나를 바라보는 주변의 시선은 별로 곱지 않다. 내 자신의 목적을 위해 별의별 짓을 다한다며 손가락질을 한다. 심지어 특별한 사정으로 상사가 휴일에 나와 특정 업무를 수행하라고 지시를 했음에도 "휴일인데 왜 나와서 하느냐."는 식으로 씹어 대곤 했다. 나는 씹히는 것이 겁나는 것도 아니요, 원래 출세지향적인 성격도 못된다. 상사에게 잘 보이는 것에 만족감을 느끼는 것도 아닌 단순히 나의 맡은 업무를 성실히 수행할 뿐이므로 그들의 사실과 다른 험담이나

모함에도 개의치 않았다.

사방팔방을 두리번거리며 남의 눈치를 보지 않는, 오로지 외눈박이 정신을 지향한다. 사람의 눈은 두 개지만 각각 다른 방향의 사물을 볼 수 없다. 굳이 다른 곳을 보려고 한다면 한 곳으로 고개를 돌려야 하고, 다시 정면을 바라볼 수밖에 없는 외눈박이 장애인이다. 이런 자세로 앞만 보면서 열심히 가다 보니 개선 실적이 점점 쌓여 간다. 제안이 받아들여져 개선으로 이어질 때는 뿌듯한 성취감을 느낀다. 상사에게 인정받거나 남들에게 자랑하고픈 마음에서가 아닌 그만큼 편리해지고 효율적이라는 점에서 가슴이 벅차오르고 설렘도 함께 동반된다.

인천공항세관, 여행자 현금카드 이체방식 세금 수납제도 시행

해외여행자의 휴대품 통관 시 세금 납부 방법이 편리해지게 됐다. 인천공항세관과 김포세관은 해외여행자가 면세 범위를 초과하여 반입한 물품에 대하여 세금을 납부하여야 하는 경우 소지한 현금이 세금보다 부족한 여행자의 불편 해소를 위하여 '현금카드를 이용한 세금납부 시스템'을 도입하여 1일부터 시행하고 있다고 밝혔다.

종전에는 해외여행자의 면세 범위(1인당 미화 400불) 초과 물품에 대하여 세금을 부과한 경우 현금이 부족한 여행자는 환영홀로 나가 현금자동인출기에서 현금을 인출하여 납부하여야 함에 따라 통관 시간 지연 및 입국장 재입장 시 보안검색 실시 등 많은 불편을 겪어야 했다.

현금카드를 이용한 세금 납부 시스템은 이러한 여행자의 불편함을 해소하기 위해 현재 은행에서 운용 중인 환전 시스템을 이용하여 여행자가 납부하여야 할 세금을 현금카드를 이용하여 여행자의 계좌에서 국고 수납 계좌로 이체시킴으로서 현금 없이 세금을 수납하는 방식이다.

세관 측은 이번 조치로 면세 범위를 초과해 관세 등 세금 납부를 하는 월 평균 1,500여 명 여행자의 불편이 상당 부분 해소될 것으로 기대하고 있다.

(뉴스와이어 입력 2006. 12. 06)

'현금카드 이체방식 세금납부 시스템'을 개발, 운영하게 되었다. 해외여행을 갔다가 돌아오는 길에 세관에서 휴대품 통관을 하는 경우가 더러 발생한다. 면세 기준을 초과하는 물품은 당연히 세금을 내고 통관하는 것에 대해서는 별다른 이의가 없다. 그러나 대부분 돌아오는 길에는 세금을 납부할 수 있는 현금을 가지고 있지 않아 곤란을 겪게 된다. 결국 입국장 밖에 있는 은행의 현금자동인출기에서 현금을 뽑아 다시 입국장으로 들어와 세금을 납부해야 한다. 절차상의 번거로움도 있지만 통관 지연으로 인해 여행자 만족도는 턱없이 저하된다.

이런 문제점을 가까운 곳에서 자주 지켜보면서 여행자들에게 미안한 마음이 생긴다. 그 문제를 생각할 때마다 입국장 내 은행 환전소에서 세금을 납부할 수 있을 것이라는 생각을 한다. 은행원에게 "여행자 통장에 있는 돈을 이체하여 세금으로 충당하면 안 되느냐?"고 물으면 단순히 환전 기능밖에 없어서 안 된다고 답했다. 어느 날 부지점장이 왔을 때 그 문제를 해결할 방도에 대해 진지하게 대화를 나누었다. 그 답은 기존 환전하는 시스템을 이용하여 별도의 비용을 들이지 않고 '현금카드 이체방식 세금 납부 시스템'으로 운영이 가능하다는 것을 찾아낸다. 무작정 답이 없다고만 할 것이 아니라 구하면 답이 나온다는 것을 알게 된다는 사례가 되었다.

법규 준수도 제고 등을 위한 '승무원 사이버교육 시스템'을 구축하였다. 항공기 승무원들은 본인의 법규 준수는 물론 여행자들에게 관련 규정을 잘 설명해 줄 수 있는 정도의 수준이 되어야 한다. 그러나 생각보다 법규 준수도도 낮고 관련 규정의 숙지도 상식 수준 정도에 머무르고 있어 문제점으로 지적된다. 그러다 보니 알게 모르게 크고 작은 법규 위반 사례가 발생되어 선진 공항의 얼굴에 먹칠을 하는 불명예스런 일이 생기기도 한다.

우리나라 항공기 승무원들의 숫자는 3만 명에 육박한다. 그런데 그들을 위한 관세법 등의 교육은 신입사원 시 수박 겉핥기식 교육을 빼면 거의 드물다. 항공사에서는 승무원들을 대상으로 전원 교육을 시키려면 십 년도 더 걸린다고 말한다. 거짓말이 아닌 게 세계 각국을 누비는 불규칙한 근무와 소집할 수 없는 많은 인원이라는 것이 교육을 아예 손 놓게 만든다. 이런 교육 시스템 미비 문제가 해결되지 못하고 있는 것은 소집교육을 시켜야 한다는 고정관념 때문이다.

나는 아시아나 항공사와 세관 합작으로 승무원이 알아야 할 규정에 대하여 사이버교육 프로그램을 제작하자고 협의했다. 교육 프로그램 안에 내가 직접 출연하여 규정을 설명하는 것도 들어 있는데, 그것을 만드는데 여러 번의 펑크가 나기도 했다. 약 1시간 분량으로 사례 중심의 스토리텔링, 퀴즈, 동영상, 애니메이션과 삽화 등을 삽입하여 내용이 딱딱하지 않고 흥미를 유발할 수 있는 프로그램으로 한 달여 만에 제작 완료하게 되었다.

그리고 항공사 홈페이지 사이버캠퍼스에 올려놓고 모든 승무원이 연 1회 의무적으로 이수하도록 하였다. 대한항공에도 무상 보급하여 승무원 교육에 활용하도록 통보하였으니, 항공사에서는 관련규정 교육에 취약한 것을, 세관에서는 승무원의 낮은 법규 준수도 중대 문제를 서로 보완하는 좋은 계기가 되었다. 민관이 상생하면 이렇게 효율적인 교육 시스템이 탄생된다는 걸 확인할 수 있었다.

입국장 수취대 위에 '테마가 있는 조경'을 설치 운영하게 되었다. 기탁수하물이 나오는 수취대 위쪽이 빈 공간으로 남아 있어 그곳이 늘 허전하게 보였다. 짐이 나오기까지 몇 십 분을 그곳에서 기다려야 하는 여행자들은 괜한 불안감과 초조감, 그리고 지루함을 느끼며 서 있는 군상들을 보면 안쓰럽다는 생각이 들기도 한다. 그렇다면 그들을 위해 무엇을 해 줄 것인가?

공항은 나라의 관문으로 여행자에게 첫 인상을 느끼게 하는 접점이다. 그래서 친절을 강조하지만 그것만으로는 부족하다. 시설과 같은 환경도 매우 중요하다는 점이다. 나는 수취대 빈 공간에다 테마 조경을 설치하였으면 좋겠다는 생각을 하게 된다. 테마 조경을 통해 짐이 나오기를 기다리는 여행자들의 마음을 편하게 만들어 주어야 한다는 제안 취지를 공사 관계자에게 설명을 한다. 그러나 입국장 내에는 햇볕이 들지 않아 식물이 오래 살기 어렵다는 점, 한번 설치로 끝나는 것이 아니라 지속적으로 관리해야 하는 등의 문제로 인해 많은 예산이 든다는 점을 들어 반대를 하였다.

그러나 고객을 최고로 모시는 서비스가 필요한데, 특히 김포국제공항은 신설 공항에 비해 환경이 노후되어 있으므로 그것을 조경으로 메워야 한다. 딱딱한 건물의 경직성을 완화해 주며, 식물이 뿜어내는 산소로 인해 쾌적감을 제공하고, 눈이 즐거운 자연친화적 녹색 서비스로 인한 심미적 안정감이 확보되어 여행자들의 불만까지 해소해 주는 조경을 주저해서는 안 된다며 그들을 설득시켜 나갔다.

그렇게 동의를 얻고, 몇 차례 회의를 거친 뒤 입국장 테마 조경이 설치되었다. 1번 수취대 위에는 오색찬란한 꽃들과 관엽식물이 자리하고 그 중간에 '영희의 기다리는 마음'이라는 석고상이 자리하게 되었다. 단발머리 소녀인 영희가 두 손으로 턱을 괴고 외국에서 돌아오는 아빠를 기다리는 형상이다. 2번 수취대 위에는 '철수의 인사하는 손'인데, 조경의 형태는 같고 석고상은 동안의 소년이 오른손을 어깨 높이로 들고 여행자들을 바라보고 있다. 손님들에게 반갑게 손으로 인사를 하는 모습을 나타낸다.

여행자가 생각보다 오래 머무는 장소인 입국장, 그러나 무조건 빨리빨리와 친절 통관만 외칠 것이 아니라 자연친화적인 환경 제공이 이렇게 중요하다는 것을 새롭게 알게 하였다. 기다리는 여행자들이 꽃과 식물을 보고 직접 만져 보거나 향기를 맡아 보기도 하고, 색다른 풍경을 배경으로 사진을 찍기도 한다. 어떤 여행자는 창이공항이나 인천공항보다 더 분위기가 낫다며 테마조경을 칭찬하기도 했다. 안 된다는 고정관념을 타파하고 다소 냉소적인 반응에도 지속적인 설득의 점화로 일관한 열정은 칙칙한 공항을 아름다운 공항으로 만드는 데 기여하게 되었다.

2층에 산재되어 있는 X-ray 판독실을 1층에 '중앙집중식으로 이전 설치' 하게 되었다. 우리나라는 세계 유일의 분단국이다. 그런 이유로 늘 보안검색의 강화는 특별한 것이 아닌 일상이 되어 있고, 치안 역시 세계 최고를 자랑한다. 입국 수하물의 검사는 혹시나 모를 총포, 무기류와 마약, 밀수 등의 반입을 방지하고자 함에 목적을 두고 있다. 여행자들은 자신의 짐이 그런 검사를 받고 있는지 모를 정도로 신속하게 검사가 종료된다.

그러나 검색실은 2층 여기저기에 컨테이너 박스형 건물로 산재되어 있어 환경이 매우 좋지 않았다. 겨울에는 춥고 여름에는 에어컨 없이는 근무가 불가하며, 검색실당 1인 근무로 인해 직원 간 검색의 공조도 어려우며 판독의 집중도도 훨씬 떨어진다. 이러한 문제의 해결은 예산이 문제다. 1층에 사무실 하나를 임대하고 2층에 있는 판독 시스템을 1층으로 집중시켜야 한다. 그것은 거의 억 소리 나는 돈이 있어야 가능한데 그것이 어찌 쉬운 일인가.

모든 일에는 우선순위가 있다. 미리 예산에 편성된 것은 집행만 하면 되지만 그렇지 않은 경우 여러 사업 중에서 시급성을 따져 순위를 정하게 된다. 지금까지 어떻게 그런 환경에서 근무해 왔는지 잘 이해가 되지 않는다. 그냥저냥 불편해도 그날이 그날처럼 말없이 견디며 살아온 것이다. 한편으로는 예산을 쓰지 않았으니 착하고, 다른 한편으로는 바보처럼 미련하게 견뎌온 것이 못마땅하다. 청에 계획서를 제출하여 시급하게 개선해야 할 사업으로 하루빨리 개선이 될 수 있도록 지원을 요청했다.

울어야 젖을 준다는 말이 있지만, 요즘은 울지 않아도 윗분들이 잘 찾아서 젖을 주기도 한다. 그러나 이십 년이 넘도록 긴 세월 동안 열악한 환경에서 소리 없이 근무해 오다가 갑자기 시급한 사안이라고 울어 대는 모습도 남 보기에 좋은 일은 아니다. 준비된 사람들에게는 늘 계획표가 있다. 무계획도 계획이라는 말이 있지만 주먹구구나 임기응변보다는 체크 리스트같이 하나하나 계획성 있게 챙겨 나가는 것이 중요하다. 결국 근무 환경을 새롭게 개선하여 보다 편리하고 쾌적한 환경에서 투철한 국경 감시가 가능한 것이라 생각한다.

비행기 '도착안내 전광판'에 도착 시간과 일본어 표출이 되도록 하였다. 공항에 가면 먼저 찾게 되는 것이 입국이나 출국을 확인할 수 있는 전광판이다. 보통 전광판에는 비행기 편명과 출발지, 도착 시간, 도착 장소 등이 표출된다. 환영이나 환송을 하는 경우에도 비행기 시간과 출발지는 매우 중요하다. 사람들은 편명을 잘 기억하지는 못하지만 출발지는 잘 알고 오기 때문이다. 만일 출발지가 전광판에 표시되어 있지 않다면 어떤 일이 벌어질 것인가? 여행자들은 당황하게 될 것이고 편명을 확인한 다음 자신이 원하는 비행기가 어디에 있는지 파악하게 될 것이다.

그런데 당시 김포국제공항에는 일본인들의 입국이 주를 이루고 있었는데 출발지가 'HANEDA, 하네다'로만 표출되고 있었다. 외국 어느 나라를 가나 특정국가의 여행자 수가 많으면 그 나라 국어로 표기 내지 방송을 해 주는 서비스를 제공한다. 하지만 하네다의 일본어 표기인 '羽田'은 표출하지 않고 있고, 도착 시간 역시 표출이 없었다. 비행기가 언제 들어왔는지에 따라 환영객 입장에서는 마중 시간을 가늠하기 편해지는 법인데 왠일인지 시간이 없는 전광판으로 운영하고 있었다. 공사에 건의하여 뒤늦게 고치긴 했지만 개운치 않은 뒷맛이 남는다. 그동안 미비된 전광판 운영으로 얼마나 많은 일본인 여행자들이 불편했겠느냐는 점이다.

이렇게 몇 가지를 자세히 설명을 했지만 다른 개선 내용도 이와 유사한 사례다. 좀 더 주인의식을 갖고 보면 보이는 문제, 그 문제를 개선하기 위해서는 남다른 열정을 가져야 한다는 점이다. 김포공항의 문을 닫기는 쉬웠어도 다시 여는 데는 이렇게 여러 가지 보이지 않는 노력들이 있었기에 가능할 수 있었다.

초기에는 인천국제공항의 일을 줄여 주기 위해 서울공항 의전 업무를 김포국제공항에서 수행하도록 하였다. 적은 인원에서 차출하여 서울공항까지 출무하여 업무를 수행하는 일은 매우 힘이 들었다. 거리상으로도 힘이 들었고 근무 시간이 월간 300시간을 육박하여 파김치가 되어 있었다. 그 결과 직원들은 졸음운전 사고가 났고 근무 중 쓰러져 119에 실려 가는 사태가 발생했다. 그럼에도 우리는 각종 자가용 항공기와 평양 순안공항에서 들어오는 고려항공의 여행자 통관 업무까지 묵묵히 수행해 냈다.

김포국제공항! 동경과 상해로 가는 가장 빠른 비행기를 이용하는 여행자들은 지속적으로 증가하고 있다. 승객 탑승률 80%를 상회하는 황금 노선으로, 여행자의 외국인 구성비가 60%를 넘어 우범도도 낮은 깨끗하고 작은 공항으로 소리 없이 내실을 다져가고 있다. 그동안 어려운 여건 하에서도 다른 무엇보다도 신속과 친절을 기본으로 한 열정적인 업무 개선은 거의 죽어 버린 공항을 다시 살려 내는데 작은 보탬이라도 되었으리라 생각한다.

열두 시에 만나요 브라보콘

   '열두 시에 만나요'로 시작되는 가사를 흥얼거리면 7080세대라면 이내 알아듣는다. 국민 아이스크림이 된 부라보콘의 CM송이다. 당시 '아이스케키를 사 먹으면 촌놈, 아이스크림을 사 먹으면 왕자'라고 하던 시절, 연인들끼리 열두 시에 만나 살짝쿵 데이트를 하면서 함께 먹는 달콤한 부라보콘의 추억은 아직도 우리들의 뇌리에 남아 있다. 이 아이스크림은 해태제과에서 생산 판매하고 있는데, 1970년 4월 국내 순수 기술로 첫 출시되어 2001년에는 국내 최장수 아이스크림으로 기네스를 인정받았다.

   나는 과자가 너무 달콤하여 썩 좋아하지 않는다. 그러나 '브라보(Bravo)'라는 말은 매우 좋아한다. 왜냐하면 '칭찬과 용기를 북돋워 주는 감탄사'이기 때문이다. 브라보는 파이팅이라는 말처럼 사람들이 빈번하게 사용해서인지 외국어라는 생각이 들지 않는다. '브라보'는 우리말의 '바라보라'는 말과 유사하게 들려, '다 같이 한곳을 바라보자'는 의미로도 받아들여진다. 나는 좋은 어휘가 있으면 따로 적어 두고 어딘가 절묘하게 쓰일 것이라는 생각을 갖고 있었는데, 우연히 그 기회가 찾아온다.

2013년 7월, 나는 부산세관 부두통관3과장으로 발령장을 받고 부산 강서구 성북동에 있는 사무실에서 근무를 하게 되었다. 힘이 부족하였을까? 임지를 올레길이 눈앞에 아른거리는 제주세관으로 생각하고 있다가 결국 바다를 건너지 못한 채 부산신항 컨테이너 수입 통관 업무의 관리자로서 소임을 다해야 했다. 처음에는 가덕도의 비릿한 바람도 싫었고, 특히 쇳덩어리로 만든 각진 컨테이너의 행렬이 눈에 거슬렸다. 그러나 변화를 두려워하지 않고 주어진 현실을 곧잘 수용하는 나의 적응력은 시간의 흐름에 따라 서서히 살아나기 시작했다.

날 세운 갈치와
무지개를 삼킨 전복
오랏줄 거누고 노려보는 문어
그리고 희망의 부레 불며 사는
자갈치들의 펄펄 뛰는
시퍼런 가슴 소리 소리들

그곳에 가면
비린내 나는 눈치와
어설픈 염치가 한물에 놀아도
정직한 세 치의 혀가 즐거워
용두산 뭉게구름도
거울 바다 위에 잠이 든다

_본인 졸시 〈자갈치〉 전문

부산신항은 세계 5위의 컨테이너 물류 항만답게 최첨단 처리 시스템을 갖추고 있다. 사람이 크레인을 수동으로 컨테이너를 작업하는 것이 아니라 여직원이 사무실에 앉아 모니터로 자동 처리한다. 부두 안에는 운전기사와 순찰 경비직원 몇 명을 제외하고는 사람들이 거의 보이지 않는다. 크레인도 다른 항만에 없는 대형으로 작업처리 능력 또한 비교가 되지 않으니 물류의 신속 처리가 경쟁력으로 이어지는 요즘에는 대부분의 선박들이 가능한 신항 이용을 선호하게 된다.

우리나라 컨테이너 화물의 75%가 부산으로 반입된다. 그중 65% 정도가 신항으로 반입되며, 부두에서 직통관하는 처리 업무는 모두 우리 과에서 담당한다. 부두직통관이란? 선박 도착 전부터 수입신고를 받아 물품을 다른 곳으로 이동하지 않고 곧바로 부두에 둔 채 통관 절차를 마치는 제도로 부산항에만 있는 신속 통관 제도이다. 하루에 보통 3천여 건이 신고 되고, 많은 날에는 5천여 건이 넘으며, 매월 3천억 원이 넘는 국세 징수를 하는 것을 보면 신항의 물류의 상당 부분을 우리 과에서 처리함을 알 수 있다. 아니 전국 세관 다 합쳐 단위 부서에서 우리만큼 일을 많이 하는 곳도 없다.

이런 숫자를 어림 셈해 보더라도 15명 정도의 인원으로 이 업무를 처리한다는 것은 상상할 수도 없다. 직원들은 화장실 가는 시간을 빼고는 동료와 짧은 대화를 나누거나 민원 전화를 친절하게 받을 시간도 없다. 점심 시간에도 밥만 먹고 와서 책상에 붙박여 일하고 있는 모습을 보면 미안함이 앞선다. 나는 이런 현실적인 문제를 지켜보면서 직원들을 따뜻한 위로와 거듭된 격려만으로는 고품격의 신속 통관이 어렵다는 것을 쉽게 감지한다.

총을 들고 국경선을 지키는 것은 군인들의 몫이지만, 공항만에서 경제 국경을 관리하는 것은 세관원의 몫이다. 군인들은 주어진 초소에서 전방의 주의의무만 다하면 되지만, 세관원은 수입신고 되는 물품의 서류 검토와 검사 및 심사를 철저히 해야 한다. 그렇지만 사람이 처리할 수 있는 적정 건수를 현저히 초과하면 아무리 최선을 다한다고 해도 업무의 부실이 뒤따르는 것은 눈앞에 불 보듯 뻔하다. 나는 일단 인력의 증원의 필요성을 담은 보고서를 만들어 윗분들에게 문제점을 수차례 보고하게 된다.

　윗분들은 '인원을 달라.'고 하면 가장 싫어한다고 한다. 그렇지만 나는 미운 털이 박혀도 좋다는 자세로 당위성을 보고하고 문제의 시급성을 설득시켰다. 나의 노력으로 인원이 어느 정도 충원되고 사무실은 분위기가 조금씩 달라지기 시작했다. 그러나 서울에서 내려온 과장이 부산에서 오래 터 잡은 과장보다 더 잘할 것도 없고, 또 적당히 있다가 갈 사람이니 별로 충성할 것이 없다는 식으로 나의 지시에 좀 미온적인 태도를 보였다. 그럴수록 묵묵히 내가 직원들을 위하여 최선을 다하는 모습을 보여 주면서 점차 협조적인 태도로 바뀌기 시작했다.

　인원 충원 이후 나의 할 일은 비효율을 효율로 바꾸는 일이었다. 그런데 우선 문제를 발굴해 내는 일이 문제였다. 직원들은 출근만 하면 말도 못 붙일 정도로 바쁘고, 퇴근 시간이 되면 신항이 대중교통의 사각지대여서 통근버스를 타기 위해 군사작전처럼 신출귀몰하게 사라져 버리는 통에 내 스스로 문제를 발굴하는 수밖에 없었다.

　생각 끝에 문제 발굴팀을 만드는 것이 정답이라고 결론을 내리고 팀을 구성하기에 이른다. 부두 직통관과 관련이 있는 국가기관과 공사, 운영사, 관세사 등을 하나의 팀으로 묶어 16명이 참가하기로 했다. 명칭은 직원들에게 공모하였으나 마땅한 게 없어 내가 예전에 생각해 오던 '브라보'를 적절하게 끌어와 새로운 의미를 부쳐 본다.

겉만 번지르르한 전시적인 모임보다는 실속 있고 신항 여건에 적합한 모임이 더 필요했다. '열두 시에 만나, 같이 점심을 나누면서 살짝쿵 문제를 이야기하고 해결하는 모임'으로 가자는 취지에서, 부라보콘의 CM송을 끌어온 것이다. 제법 우리가 추구하는 방향과 잘 맞아 팀 명칭을 '브라보콘팀'으로 정한다. '브라보'는 건배를 하듯 '다 함께 잘해 보자'는 뜻이고, '콘'은 '컨테이너'의 줄임말이다. 의미를 이어 보면 '컨테이너 통관을 위해 다 함께 잘해 보자는 모임'이라는 의미의 '브라보콘'이 되는데, 다른 사람들도 이름이 좋다는 반응을 보였다.

이렇게 출범한 브라보콘 팀 활동은 예상 외로 활발했다. 처음에는 적당히 하는 척하다가 접을 것으로 생각하는 눈치였다. 그러나 역으로 시간이 갈수록 많은 문제점이 제시되고, 업무 개선 또한 적극적으로 이뤄지자 팀원들이 보다 적극적으로 동참하기 시작했다. 분기별로 만나는 것이 너무 소원하다면서 격월 만남을 제시하는 팀원도 있었으나 처음대로 분기 1회 원칙을 그대로 준수해 나갔다.

소통과 협력으로 부산신항 달라진다
—부산세관, 부산신항 민관 실무자 협의회 개최

　　부산세관은 4월 30일 수출입물류체계 선진화 및 안전관리 시스템 강화에 적극 앞장서기 위해 부산신항 및 배후단지 입주 업체와 유관기관 합동으로 실무자 협의회('브라보콘')를 개최했다.

　　이번 회의에서는 '신항 부두 내 재해 및 안전사고 대책', 관세청 수출입 동향 및 식약처 전자뉴스레터 공유 등 '기관 간 보유정보 활용 방안'에 대해 논의했다.

　　브라보콘 회의는 지난해 9월부터 부산지방식약청, 농림축산검역본부 (영남지역본부), 부산해경을 비롯해 PNC 등 6개 부두 운영사, 관세사 등이 참여한 가운데 매 분기마다 정기적으로 개최하며 다양한 의견을 듣고 현장에 적용시켜 나가고 있다.

　　지금까지 3차례에 걸친 간담회를 열어 통관 소요 시간 단축을 위해 현장통관 사무소를 설치하고 현장 통관 체제를 정착시키는 등 관세행정 선진화에 큰 역할을 담당했다는 평가를 받고 있다.

더불어 신항 인근 지역의 열악한 교통여건 개선을 위해 부산지방경찰청, 진해구청, 강서구청 등과 합동으로 '대중교통 노선 확대', '교통사고 빈발 지역에 대한 단속용 CCTV 설치', '부산신항 주변도로 재정비' 등 교통편의 및 도로안전 시스템 강화를 적극 추진하고 있는 것도 내외부로부터 좋은 반응을 얻고 있다.

부산세관은 앞으로도 세관, 검역기관, 해경, 항만공사 등 유관기관 합동으로 행정 효율성 및 안전관리 강화 노력을 지속적으로 추진해 나가면서 정부 3.0 정착의 선도적 역할을 담당해 나간다는 계획이다.

(이뉴스투데이 2014. 05. 01)

이후 브라보콘팀 활동 실적은 1년 6개월간 총 62개 과제 중 51개를 완료하는 괄목할 만한 성과를 거두었다. 전국 세관을 대상으로 관세청장이 포상하는 '이달의 관세인' 1명, 부산본부세관장이 포상하는 '이달의 부산경남세관인' 4명을 배출하고, 1명의 특별 승진과 4명의 일반 승진이라는 영광을 직원들에게 돌릴 수 있었다. 부서 성과평가에서도 매년 우수 부서에 들지 못했는데 우수부서로 선정되는 기쁨도 같이 나눌 수 있었다. 이 외에도, 우리 팀의 과제 추진에 도움을 준 부산경찰청 직원에게는 관세청장 표창을 수여함으로서 관계 기관 간 협조 체제를 더욱 공고히 하게 되었다.

그동안 완료한 51개 과제 중 중요한 몇 가지 사례를 소개하고자 한다. 먼저 '남북 검사조 분리 운영'을 꼽을 수 있다. 부산신항은 6개의 회사가 운영하는 컨테이너 부두를 이동해 가며 세관 검사를 하게 된다. 검사 직원들은 자신에게 배부된 서류가 6개 검사장에 산재되어 있어 검사를 위한 이동 동선이 길어 동분서주하는 모습을 보인다. 이로 인해 차량으로 빨리 이동하여야 하므로 교통사고 우려와 통관 지연으로 이어지고 있다.

나는 검사조 편성을 남과 북쪽 지역으로 분리하여 1주일씩 순환 운영하도록 개선을 추진했다. 그러나 반대 의견이 제시되었는데, 그것은 특정 지역에 검사 직원을 고정배치하면 부정 청탁의 소지가 있을 수 있다는 점이다. 만에 하나 그럴 수도 있겠지만 일주일 단위로 순환배치하고 있어 별로 문제가 없다는 게 나의 판단이었다. '작은 것을 구하려다 큰 것을 잃는다.'며, 내가 책임을 진다는 조건을 걸고 곧바로 시행할 것을 지시했다. 이후 자동차 운행 거리는 절반으로 줄어들고, 검사 직원들은 더 많은 건수를 신속하게 처리할 수 있었다. 이는 교통사고 위험도 줄이고 물류의 신속 처리로 화주들의 반응도 좋으니, 이런 걸 두고 '누이 좋고 매부 좋다.'는 것 아닌가.

다음은 'UNI-PASS를 활용한 현장통관 체제를 도입'하였다. 부산신항에는 6개의 검사장이 있는데 직원들이 순회 검사를 한 후 사무실로 돌아와 전산 결재 처리를 한다. 이 결재 완료를 시점으로 하여 외국 물품이 내국 물품화되고 또한 물품의 반출도 가능해진다. 보통 오전 검사를 한 것은 11시 30분 정도에, 오후 검사를 한 것은 5시 정도에 사무실로 돌아와 처리를 한다. 다시 말하면 오전과 오후에 각각 한 차례씩 결재 처리를 해 주고 있어 긴급한 물품의 경우에는 검사 도중 사무실로 돌아와 처리를 하거나 그렇지 않으면 모든 검사를 마친 뒤 처리를 하게 되므로 통관 지연이 초래되고 있다.

일분 일초가 급한 시대에 이렇게 물류가 지체되는 것은 하루빨리 시급하게 개선해야 한다. 나는 운영사를 불러 개선하고자 하는 현장통관 체제에 대하여 설명을 하고 세관 검사장에 작은 사무실 공간 확보를 검토해 보라고 했다. 검사 후 즉시 현장에서 전산 결재를 할 수 있도록 한다는 뜻을 충분히 전했음에도 "장소가 없다, 지금까지도 잘 처리해 왔는데 왜 돈을 들이느냐."는 등의 엉뚱한 반응을 보이기도 했다. 나는 "물품의 신속 처리가 얼마나 중요한데 그렇게 안일한 생각을 하고 있냐."며 대표에게 직접 면담 신청을 하겠다고 했더니 그제야 긍정적인 협조로 나왔다. 요즘도 부산신항은 검사 대상의 30% 정도를 현장에서 직접 처리를 해주는 고품격 신속 통관 서비스가 진행 중이다.

교통사고 빈발 지역인 견마교차로에 '무인 교통단속 카메라를 설치 운영' 하게 되었다. 브라보콘 팀에서 뜬금없이 왠 교통사고 예방을 위한 과제를 추진하느냐는 물음을 던질 수 있다. 그렇다. 엄격하게 말해서 교통사고 예방은 경찰이나 시청 차원의 문제이지 그것은 브라보콘과는 아무 관련이 없는 것처럼 보인다. 그러나 우리 직원들의 사정을 살펴보면 상당히 관련이 있음을 알 수 있다. 견마교차로는 출근과 퇴근, 검사 수행을 위해 직원들이 그곳을 통과해야 하는 필수 코스이다. 때문에 그곳의 빈번한 사고 발생은 상주기관 근무자들에게 큰 불안감을 느끼게 하고도 남음이 있다.

부산 강서구에서 교통사고가 났다고 하면 견마교차로라고 할 정도로 대형 교통사고 발생으로 악명 높은 곳이다. 삼거리에 신호등도 있고 컨테이너를 운송하는 운전자들이 도로 사정을 잘 알기 때문에 겉으로는 문제가 보이지 않는다. 그러나 40피트 컨테이너를 싣고 엄청난 속도로 달리는 대형 트레일러들은 신호등을 무시하는 일이 비일비재하고, 달리는 속도의 힘으로 인해 급정거를 하지 못하는 상황이 오면 어쩔 수 없는 전쟁을 방불케 하는 끔찍한 대형사고가 벌어지고 만다.

신호는 있으나 마나하고 차선도 다 지워져 중앙선마저 잘 보이질 않는다. 매일 생과 사의 경계가 따로 없는 것 같은 견마교차로를 지나면서 점차 나의 불만이 커진다. "여기에 무인단속 카메라 하나 달지. 다들 뭐하고 있나?" 혼자말로 중얼거리다 보니 어느새 그것이 브라보콘 과제로 선정되었고, 카메라 설치를 위해 나는 본격적으로 활동을 개시했다.

하지만 카메라 설치는 하늘의 별따기처럼 어려운 것으로, 경쟁률로 따지면 150:1 정도는 족히 넘는다고 한다. 바꾸어 말하면 내가 아무리 혼자 용을 써 봐도 제 풀에 지쳐 포기하고 말 것이라는 의미가 내포되어 있다. 국정원 실장은 내게 "부산항만공사에서 자체 예산을 들여 설치 직전까지 갔다가 안 된 것"이라며 괜히 헛수고하지 마라는 정도의 말을 해 주었다.

그렇다면 결국 수천 명이 매일 아슬아슬한 생명의 곡예라도 벌여야 한다는 말인가. 힘 있는 기관과 돈 가진 공사에서도 포기한 것을 안 다음 내 가슴은 오히려 설레기 시작했다. 국가 물류 흐름의 동맥 역할을 하는 부산신항 근무자들이 이렇게 초라한 존재로 사고의 위험성에 무방비로 노출되어서는 안 된다. 무엇보다도 브라보콘팀이 살아남기 위해서라도 반드시 카메라 설치의 꿈을 이뤄야 한다는 게 나의 일념이었다. 직접 관할 경찰서와 경찰청으로 민원을 냈다. 그리고 얼마 후 보내온 답신은 '검토해 보겠다.'는 미적지근한 내용이 전부였다. 검토해 보겠다는 말은 긍정이 아니라 부정이라는 느낌으로 말이다.

이대로 조용히 앉아 요행을 기다리며 있을 수만 없었다. 그동안 이곳 교차로에서 일어난 교통사고의 사진과 신문보도 자료 등을 수집 정리하였다. 5억 원이라는 거액을 들여 교차로 시설 개선공사를 한 보도자료도 추가로 챙겼다. 그리고 바람 찬 세모의 끝자락에 매달린 12월 24일, 봉고차에 브라보콘 팀을 가득 태우고 경찰청 해당 부서를 방문하여 우리들이 처하고 있는 딱한 사정을 설명하고 적극 검토를 요청하였다. 그러나 원하던 속 시원한 대답은 듣지 못했지만 그래도 한 가닥의 가녀린 희망을 버리지 않았다.

그리고 한 달 뒤 나는 "환경이 열악한 항만에서 국가를 위해 묵묵히 일하는 역군들에게 안전이라는 선물을 주시면 고맙겠다."며 다시 경찰청에 신년 인사를 하러 갔다. 하루 1건 꼴로 발생하는 죽음의 교차로, 그곳은

희망찬 삶의 진입로가 되어야 한다. 하루 1만여 대가 넘는 화물차량 통행과 3천여 명의 항만 종사자들이 오가는 삼거리가 왱왱대는 견인차량들의 대기소가 되어서는 안 된다. 이런 문제를 개선하기 위해서는 하루빨리 카메라를 설치하는 것만이 유일한 대안이라고 간곡하게 적극 검토를 요청하였다.

얼마나 지났을까? 뛸듯이 기쁜 소식이 사무실로 전해져 왔다. 드디어 견마교차로가 무인단속 카메라

설치대상으로 확정되었단다. 나는 자리에서 일어나 큰소리로 만세삼창이라도 부르고 싶은 심정이었다. 국정원 실장도 정말 수고했다며, 예전 공사에서 7천만 원을 들여 자체적으로 운영하려고 했던 것을 이렇게 해결해 주어 감사하다고 했다. 부두 운영사에서는 난관에 부딪힌 숙원사업이 깨끗이 해결되었다면서 기대도 하지 않은 일을 해낸 브라보콘을 칭찬하며, 나에게 감사패를 만들어 전달하기까지 했다. 지금 견마교차로는 과속과 신호 위반이 사라지고, 안전과 질서가 확보된 새로운 교통 문화가 펼쳐지고 있다.

무인교통단속 폐쇄회로텔레비전(CCTV) 설치에 따른 행정예고(2014. 11. 10)

「개인정보보호법」 제25조 및 같은법 시행령 제23조에 의하여 교통정보 폐쇄회로텔레비전(CCTV)의 설치에 따른 의견을 듣고자 주요 내용을 「행정절차법 제46조와 같은법 시행령 제24조」에 의거 다음(강서구 성북동 신항남로372 견마교차로, 녹산산업단지 → 부산신항)과 같이 행정예고 (공고)를 실시하오니 의견이 있으신 분은 의견서를 제출하여 주시기 바랍니다.

부산지방경찰청장

직원들이 입고 싶어 하는 '안전조끼'를 제작하여 착용하도록 하였다. 제복 공무원은 복제 규정에 의해 지급된 옷을 착용하면 된다. 제복의 종류도 다양하여 사무실에서 입는 정복이 있는가 하면 작업복도 있고, 추동복과 하복도 따로 있다. 겨울용 조끼와 방한복도 있고, 넥타이, 구두, 장갑 등도 있으나 검사 직원용 안전조끼는 없다. 하지만 필요하다고 자질구레한 것까지 다 복제 규정에 넣는다는 것도 문제는 없지 않다. 하지만 부산신항 부두의 경우 출입자들의 안전을 위하여 조끼를 착용하지 않으면 출입을 금지하겠다니 착용을 하지 않을 수도 없다. 안전사고가 물품 검사를 하는 세관 직원이라고 예외가 될 수는 없기 때문이다.

세관 직원들은 제복 위에 안전조끼를 입어 보더니 미화원 같은 느낌이 난다며 입기를 거부했다. 안전조끼는 대개 노랑이나 주홍 바탕에 흰색 야광 줄무늬가 들어 있는 것이 일반적이다. 작업자용으로 만들어서인지 조

끼 자체가 워낙 품위가 없고 바느질도 허술하다. 가격이 한 장에 5천 원 정도 수준으로 정장형 유니폼 위에 조끼를 입으면 아무리 멋쟁이가 입어도 스타일이 저절로 구겨진다. 그렇지만 부두 운영사 사장은 외국인으로 안전을 최우선으로 강조한다면서 자사에서 조끼를 만들어 우리에게 입으라고 권유하기까지 한다. 세월호 사건도 그렇거니와 안전은 아무리 강조해도 지나침이 없는데 우리는 무슨 대책이라도 강구해야 했다.

나는 본인들이 입고 싶은 조끼를 인터넷에서 검색하여 제출하라는 숙제를 내주었다. 열 명 이상이 의견이 나왔는데, 그것을 놓고 젊은 직

원들과 여러 차례 회의를 가졌다.
그중에서 선호도가 가장 높은 디자
인을 고른 후, 다음으로는 원단이
어느 정도 괜찮은 것을 선택하였다.
다시 직원들의 의견을 물어 몇 번이
고 수정과 취소와 선택을 반복했
다. 이렇게 고심 끝에 만들어진 조
끼는 나오자마자 직원들의 표정을 일시에 환하게 만들어 주었다.

비싼 옷도 마음에 들지 않으면 안 입게 되는데, 그동안 품위 없는 싸구
려 안전조끼만 주고 반드시 입으라고 강요한들 누가 잘 입겠는가? 이와
반대로 좋은 원단으로 마음에 드는 디자인의 조끼는 입으라고 말하지
않아도 본인들이 더 챙겨 입고 나간다. 관복이 좀 어두운 색깔이므로 부
두 안에서는 식별력이 떨어진다는 위험성을 알고 있으니, 자기 몸을 지키
기 위해서 안전조끼를 갖춰 입는 건 지극히 정상이다.

이렇게 안전조끼를 입고 검사에 임하는 직원들을 볼 때마다 안전에 대한
걱정이 조금이나마 줄어드는 느낌을 갖는다. 몇 달이 지나서 직원들은 나
에게 또 건의를 했다. 지금 입고 있는 겨울 조끼는 더우니까 하절기용으로
새로 제작해 달란다. 다시 하절기용 안전조끼 제작을 하는 데는 그간의
노하우가 있어 많은 시간이 걸리지 않았다. 조끼는 안전사고 예방뿐만 아
니라 관복의 오염 및 훼손을 방지하고 검사자의 활동성을 높여 주는 역할
이라는 효과를 높이 평가하여 향후엔 복제 규정에 안전조끼를 넣는 것도
검토해 보겠다고 한다.

부산세관, 신항 부두 안전조끼 의무화

> 부산경남본부세관은 22일 부산신항 민관 실무자협의회 회의 결과, 신항 부두 출입자에 대해 안전조끼 착용 의무화를 추진한다고 밝혔다. 부산신항이 사람이 잘 보이지 않을 정도로 첨단화돼 있는 부두이지만 크고 작은 사고를 사전에 방지하기 위한 대책의 일환이다.
>
> (파이낸셜 뉴스 입력 2014. 05. 22)

고철류의 신속 원활한 통관을 위하여 '이미지 패스(Image Pass) 통관시스템'을 만들어 시행하게 되었다. 고철류는 산물이나 압착 상태로 반입되어 검사를 하기가 매우 힘든 물품으로 분류된다. 특히 부산신항으로 반입되는 고철은 컨테이너 안에 내장되어 있어 검사 난이도는 최상급이다. 고철을 밖으로 꺼낼 수도 없고 그렇다고 컨테이너 문만 열었다가 닫으려면 차라리 검사를 생략하는 것이 낫다고 할 수 있다.

그렇지만 검사 대상으로 지정되는 경우 특별한 사유 없이 검사를 생략할 수도 없고, 그렇다고 검사의 흉내만 내는 것은 더더욱 아니다. 이런 문제를 어느 정도 해소할 수 있는 방법이 컨테이너 검색기를 활용하는 것인데 그렇게 하려면 시간과 별도의 비용이 든다는 단점이 있다. 아무튼 고철은 우리나라에서는 꼭 수입하여야 할 원자재다. 그 이유는 금속제품을 만드는 재료이기 때문에 부존자원이 부족한 우리나라는 세계 각국에서 쇠라는 쇠는 다양하게 수입이 되고 있다고 보면 된다.

아프리카, 중동 지역에서 들어오는 고철, 그 고철 안에 혹시 다른 무엇이 들어 있을지 자꾸만 고개가 갸웃거려진다. 전쟁이나 분쟁 지역에서 고철이 될 만한 것은 탄피와 포탄, 총알 등도 얼마든지 섞여서 들어올 수 있다. 그렇다면 어떻게 문제점을 해소할 수 있을까? 방법은 수입통관 후 회사 고철 야적장이나 용광로 앞에서 중장비를 동원해 하나하나 이를 잡듯 파헤치며 확인해 보는 수밖에 없겠지만 그 방법의 시행은 불가능하다. 그런데도 점점 부산신항을 통해 컨테이너로 고철 반입이 증가되고 있는데 그저 어렵다는 핑계로 뒷짐만 지고 있을 순 없는 일이다.

이런 문제를 풀기 위해 신항으로 반입되는 고철류의 수입 실적을 뽑아 이를 심층적으로 분석해 본다. 자료를 놓고 직원들과 심도 있게 대안을 논의해 보지만 회의 결과 뾰족한 답은 없고, 급기야 고철은 컨테이너 상태로의 반입을 금지하여야 한다는 엉뚱한 주장도 나온다. 몇 날 며칠을 고민한 후 나는 '이미지 패스'라는 새로운 시스템을 내놓게 된다. 고철을 수출국에서 컨테이너에 적입할 때 종류와 성상을 다각도로 촬영하여 수입신고 시 이미지로 세관에 제출한다. 검사로 지정되는 경우 특별한 우범도가 없다면 검사는 생략하고 이미지를 심사하여 통관 처리한다는 것이다.

불가능한 것을 가능한 것처럼 위장할 필요는 없다. 다만 문제가 무엇인지를 먼저 파악하고, 그것이 문제를 해소할 수 있는 대안이 된다면 어떤 불가능도 두렵지 않게 된

다. 컨테이너에 들어 있는 고철은 문을 잘못 열어도 쏟아지는 속성이 있다. 자칫 고철 더미에 검사 직원들이 피해를 입을 수도 있는데 섣부른 검사를 한다고 판을 벌이는 것도 매우 위험하다.

이 문제를 해결하기 위해 '수입신고 시 고철 등 산물 상태의 물품에 대한 적입 상태까지 신고'하도록 업무 개선을 하게 되었다. 신고인과 화주는 물품의 신속한 수입 통관도 중요하지만, 검사자의 안전에 문제가 없도록 적입된 산물 상태의 유의사항을 신고기재란에 표기하도록 했다. 규정에 없으면 규정을 만들면 되는 것이고, 규정에 없어도 이런 정도의 협조는 수입자가 반드시 지켜야 할 기본이라고 생각한다.

부산세관, 고철류 통관 이미지 패스 시스템 시행

부산세관은 최근 부산신항으로 고철류 반입이 크게 증가함에 따라 효율적인 통관을 위해 이미지 패스(Image Pass) 시스템을 시행한다고 17일 밝혔다.

이미지 패스 시스템은 수입신고 시 수출국에서 고철류를 컨테이너에 실을 때 촬영한 사진 등의 영상자료를 제출하면, 이를 심사한 뒤 우범성이 없다고 판단될 경우 검사 생략으로 신속하게 통관하는 것이다.

부산세관은 이 시스템을 통해 우범 화물이 발견되거나 테러 위험 지역에서 반입되는 물품의 경우에는 컨테이너 전부를 열어서 직접 검사하는 등 이원화된 체계로 운영할 방침이다. 세관은 시스템이 본격적으로 운영되면 간소한 검사 체제를 통해 비용 절감과 통관 편의가 크게 높아질 것으로 기대하고 있다.

한편 고철, 구리 스크랩, 알루미늄 스크랩 등 산업용 원자재로 반입되는 고철류는 국내 반입량의 26%가 부산항으로 통해 들어오고 있다.

(부산=뉴시스 2014. 05. 17)

브라보콘! 살짝꿍 데이트로 시작하여 그동안 51건의 업무 개선을 이끌어 낸 그 힘은 어디에서 온 것일까? 나는 당당히 말할 수 있다. '안 된다는 부정적인 생각을, 하면 된다는 긍정적인 생각'으로 이끌어 낸 긍정의 힘이라고. 부산의 날씨는 따뜻하지만 바람은 세다. 그래서인지 사람들의 마음은 따뜻하지만 열정은 세다. 따뜻하고 센 부산의 좋은 에너지는 우리가 함께한 브라보콘을 더 높은 수준으로 발전시켜 국익에 많은 도움이 되는 밑거름이 되

고 있다.

흔히 좋게 말하면 개성이고 나쁘게 말하면 고집이라고 한다. 고집은 꺾어야 하는 것이 아니라 잘 조화를 이루면 개성으로 바뀐다. 개성은 틀리다는 것이 아닌 다르다는 것, 나의 생각과 다르다고 하여 그것을 배척하면 업무 개선이나 발전은 기대하기 어렵다. 부산 갈매기는 야구장에서 노래하고, 꽃피는 동백섬은 자꾸만 돌아오라고 손짓을 하는 정이 많은 고장, 나는 그들의 고집을 꺾은 것이 아니라 함께 조화를 이룬 아름다운 시간이었다. 찰랑찰랑 다가와 살을 부비는 파도는 곱고 아름다운 해변을 만들고, 마음과 마음을 부비는 소통의 시간은 직원들의 힘을 하나로 결집시켜 세계 최고 물류 항구의 넓은 지평을 열어 가는 시간이 되었다.

파뿌리 되도록

'파뿌리 되도록', 이 말은 결혼식 주례사에서 많이 듣는 말이다. 파뿌리는 흰머리를 비유한 말로 머리가 하얗게 세도록 부부가 함께 산다는 뜻으로 시경(詩經)에 근거를 두고 있다. 전쟁터에 나간 병사가 사랑하는 아내를 그리워하며 애절함을 읊은 〈격고〉라는 시에 백년해로의 뜻을 담은 구절이 나온다.

죽거나 살거나 함께하자던(死生契闊)
당신과 굳게 약속했지(與子成說)
고운 당신의 손을 잡고(執子之手)
함께 백년해로하자고(與子偕老)

사랑하는 사람과 백년 동안 산다는 것은 큰 축복이다. 금혼식이라는 영광을 누리는 사람들이 주변에 별로 많지 않은 걸 보면 백년해로는 쉽지 않다는 말이다. OECD 국가 중 이혼율이 높은 나라에 속하다 보니 요즘 '파뿌리 되도록'이란 말을 강조하면 고지식하다고 할는지 모른다.

하지만 사람들이 너무 쉽게 만나 너무 쉽게 헤어지는 것은 불행이 되므로 서로 더불어 해로할 수 있는 노력이 필요하다.

직장 생활을 하다 보면 낯선 조직 문화가 있고 특별한 전통도 있다. 그러나 그것이 구성원 모두의 공통분모가 되어 만족을 주기란 어렵다. 조직의 리더는 구성원들이 하나가 되어 조직 발전에 힘을 모으기를 원한다. 나중 인사이동이 되어 서로 흩어지게 될지라도 있는 동안 힘을 결집하면 좋은 성과를 만들 수 있기 때문이다. 더구나 예전과 달리 부서별로 실적을 평가하는 시대에는 리더와 조직원들의 일체감과 동반자 의식이 빼놓을 수 없는 중요한 덕목으로 손꼽힌다.

전국 최고의 물동량을 처리하는 부산신항 통관 부서의 장으로 근무하면서 눈코 뜰 새 없이 바쁜 가운데 1년 6월의 시간이 흘러갔다. 그리고 집에서 가장 가까운 곳, 제6대 파주세관장으로 부임하게 된다. 집을 떠난 지 7년 만에 돌아와 아내가 해 주는 따뜻한 밥을 먹고 일산대교를 건너 출근길에 오른다. 왠지 품에 맞지 않는 옷을 입은 것처럼 어색하고 한편으로 불편함까지 느껴진다. 하지만 나는 객지 생활을 많이 하다 보면 어딜 가나 적응을 빨리하는 습관이 몸에 잘 배어 있다. 업무와 분위기 파악을 빨리하고 그다음으로는 새로운 일의 목표를 세우는 일부터 시작한다.

우리 세관은 서북부 중심의 내륙지 세관으로 생각보다 관할구역이 매우 넓다. 고양시와 파주시 일원으로, 서울특별시와 안양시를 합한 면적의 1.4배 정도나 된다. 게다가 파주가 혁신도시로 급성장하면서 LG디스플레이를 중심으로 세계 최고의 디스플레이 클러스터가 형성되어 업무량 또한 만만치 않다. 이런 여건을 감안하면 '업무를 찾아서 지원하는 행정'이 우선되어야 한다. 가만히 앉아서 업체에서 불편을 호소하는 것은 올바른 행정이 아니다. 그러기 위해서는 결국 민관의 소통 채널이 필요하다는 것을 절감하게 된다.

물론 전에도 협의회가 있어 간담회를 개최하고 문제점 개선을 위해 노력해 왔다. 그러나 여기서 중요한 것은 업체 등에서 제시한 문제점을 보다 적극적이고 신속하게 해결해 주는 자세가 필요하다. 현재 있는 규정을 설명하고 그 규정으로 인해 안 된다는 설명의 자세는 대민의 입을 막는 것과 같다. 부정적인 입장보다 긍정정인 입장에서 바라보고 함께 논의해야만 서로 소통이 된다는 점을 나는 강조하게 된다.

파주세관은 내륙지로 보세공장과 보세창고가 20여 개 정도 있고, 수도권에서 가장 큰 킨텍스라는 보세전시장도 있다. 세관 특성상 보세 업무가 핵심으로 세금을 내지 않은 화물의 관리는 대부분 감시 일변도로 되어 있어 생각보다 크고 작은 규제가 많다. 이런 문제점을 해결하기 위하여 '규제개혁협의회'를 '파보세(保税)협의회'로 명칭을 바꾸고, 회원들을 재정비하여 4월에 회의를 개최하였다. '파보자, 보세(保税) 업무를 끝까지 파보면 문제가 보이고, 그 문제를 끝까지 몰고 가면 파주의 규제는 사라진다.' 는 취지를 전하자 회원들은 박수를 보내 주었다.

파주세관, '파보세(保稅)' 규제개혁협의회 개최

　　파주세관(세관장 김병중)은 23일 기업 눈높이에 맞는 현장 중심의 규
제개혁을 위해 세관, 보세공장, 보세창고, 관세사 등이 참여한 가운데
'파보세(保稅) 규제개혁협의회'를 개최했다.

　　이날 협의회에서는 정부 3.0 추진과제와 2015년 파주세관 업무계획 등
은 물론, 최근 개정된 관세행정 규정 등 수출입 관련사항을 설명하고 업
체의 애로 및 건의사항을 수렴하는 한편, 규제개혁 과제를 발굴하고 이
에 대한 개선 방안 등을 논의했다.

　　특히 또한 민관 쌍방향 의사소통을 통한 전문적이고 현장 중심적인
규제개혁 추진으로 고객 중심 관세행정 구현을 위한 활발한 정보 교류
가 이뤄졌다.

(조세일보 입력 2015. 04. 24)

　　그리고 기존의 민관이 함께하는 '미래발전협의회'의 명칭도 바꾸기에
이르렀다. 이름이 너무 평범하고 포괄적이라는 게 나의 생각이다. 고민 끝
에 '파未來愛협의회'라고 바꾸게 되었는데, 이 뜻은 '파주의 미래를 사랑
하는'의 뜻으로 기존 의미는 그대로 살려 두고, 다만 '파미래애'의 발음
이 '패밀리(가족)'와 유사하므로 다 함께 '가족애'를 느낄 수 있는 의미
를 지향하는 협의회로 만들어 가자는 제안이었다.

　　또, 파주세관 직원 중 분기별로 1명을 선발하여 포상하는 제도가 있
다. '파주세관 스타賞', 직원들이라면 누구나 한번쯤 나도 저 상을 받아

봤으면 하는 바람을 갖게 된다. 그런데 상의 명칭이 왠지 일반적이고 상의 가치를 부각시켜 주는 힘이 떨어진다. 나는 상의 이름을 바꾸기로 하고 생각 끝에 '파고다賞'으로 정한다. '파주세관에서, 최고의 성과를, 최다로 낸 직원에게 주는 상'이라는 의미까지 덧붙였더니 직원들도 좋아했다. 하나의 탑을 쌓듯 개인이 꾸준히 업무 실적을 쌓으면, 그것이 금자탑을 이루게 되어 이에 걸맞는 보상이 뒤따른다.

파주는 출판문화도시이자 헤이리에 예술인 마을이 있는 도시이다. 그리고 예로부터 청백리 황희 정승과 대성현(聖賢) 율곡, 영토 확장의 충신 윤관 등의 유적지가 있고, 돌아오지 않는 다리로 알려진 임진각과 북한을 강 건너에 둔 오두산 전망대가 있는 고장이다. 게다가 인근 고양시에는 킨텍스에서 꽃박람회와 세계모터쇼가 열려 하늘이 푸른 토요일, 직원들과 다섯 차례 날을 잡아 문화예술의 향유와 애국선열들의 자취를 더듬어 보는 등 뜻깊은 나눔의 장을 만들어 보기도 했다.

그러나 이제 나는 가야 할 때, 사랑하는 후배들을 위하여 이 자리를 비워 주고 명예스런 퇴임을 나서기로 한다. 35년여 세월, 눈 깜빡한 찰라, 쏜 화살처럼 빨리 흘러가 버린 시간이었다. 이제 사설은 접고 빨리 서둘러 짐을 싸야 한다. 이형기 시인의 〈낙화〉라는 시구는 지금의 나를 두고 하는 말인 듯하다. '언제인가를/분명히 알고 가는 이의/뒷모습은 얼마나 아름다운가/봄 한철/격정을 인내한/나의 사랑은 지고 있다'는 심금 울리는 대목이 나의 콧등을 찡하게 만든다.

두 번째 서른 살, 아니다. 세 번째 스무 살의 나이에 더 꽃다운 청춘을 불태우기 위하여 이제 자유로를 떠나 나의 우거가 있는 김포 '시인의 마을' 로 돌아가련다. 거기엔 새로운 꿈이 있고 또 다른 미래가 펼쳐진다. 시와 평론과 드라마와 스토리텔링을 쓰면서, 도서관의 향기로운 책들과 문수산의 신령한 처녀와의 잦은 만남을 나는 기약한다. 그리고 세관에 처음 발을 디딘 인천항, 빨간 우체통이 서 있는 고딕식 우체국 건물이 마주 보이는 그곳에서 새 둥지를 틀고, 국가 물류의 꾸준한 지원자로서 자주 눈을 맞추고 힘차게 발자국을 찍게 될 것이다.

자유로는
차가 달리는 길이 아니다
담 없는 마음이 가는 길
꽃망울 가슴이 뛰는 길
아지랑이 눈물이 스미는 길이라
진정한 자유로는
자유가 넘치면 안 되는 길이다
그런 자유를 지키려고
먼저 행주치마 바람이 불고
한강과 임진강이 번갈아 동행하며
그래도 못 믿어 철조망까지 두른다
얼마쯤 달려왔을까
아직 길은 끝나지 않았지만
자유로의 자유는
과거도 미래도 아닌 현재
나의 자유는 지금부터 시작이다
삶은 돌아오지 않는 다리
인생의 전장에서 시간의 포로로 살고 있지만

이제 자유로의 귀환이 바로 눈앞이다

저 다리가 두 번째 서른 살

꽃다운 나이에 나는 두 번째 시인을 꿈꾼다

_본인 졸시 〈자유로의 귀환〉 전문

한강과 나란히 달리는 자유로에는 아무 신호등이 없다. 한강물이 한 번도 머문 적이 없듯 자유로에는 일단 정지 차선도 없다. 그러기에 무작정 앞만 보고 달려가야 하는 것, 공직에서 떠난다고 하여 제자리걸음이나 휴식의 의자가 없는 자유로 인생, 그것이 행복이라는 걸 이제사 알았으니 얼마나 다행한 일인가. 모든 사람들께 그저 감사하다는 말밖에는 드릴게 없다.

처음이 중요하듯이 끝도 중요하다. 시종일관, 시종여일이란 말이 내 귀에 쟁쟁하게 들린다. 누가 나의 이적지의 삶을 용두사미가 아닌 사두사미라고 해도 좋다. 그것은 자유로가 나를 반겨 주고, 발전을 거듭하는 파주세관과 사랑하는 직원들이 함께하였기에 짧았지만 아쉬움보다는 진한 행복이었다. "파뿌리 되도록!" "파주의 뿌리가 되도록!" 이라고 다 함께 외치며 남은 직원들에게 희망의 메시지를 전한다. 그리고, "파주세요, 사랑도 파주고, 마음도 파주고, 일도 파주고, 규제도 파주고, 그렇게 다 파주면 남는 건 최고의 파주세관이 남는다."고 그렇게 책의 끝말에 덧붙이며 마침표를 찍는다.